U0136916

往返尋覓詮釋——楊牧文學論輯

許又方 主編

臺灣學生書局 印行

往返尋覓詮釋——楊牧文學論輯

目　次

散文史建構及其經典重塑
——以楊牧《中國近代散文選》爲核心

清華大學台灣文學研究所教授
王鈺婷

摘　要

　　一九八〇年代楊牧於《文學的源流》撰述〈中國近代散文〉，對於散文文類、品類與散文史等議題提出深刻的思索，其中涉及典律的建構與文化政治相關課題，也和文學史與正典形成（canon formation）息息相關。同一時期，楊牧透過編選《中國近代散文選》與對於豐子愷、周作人、許地山等作家經典作品之重刊，對舊有散文典範進行重估，此一編選工作有楊牧對於文化歷史的深入思考，並且於此進行具有時代典範意義之文學生產工程，是爲一九八〇年代楊牧思索文學史斷層之銜接志業，呈現出楊牧散文史建構的多重面向。

關鍵詞：楊牧　《文學的源流》　《中國近代散文選》　典律　散文史

一、前言

　　楊牧散文創作有其多元面向，須文蔚指出楊牧的散文作品，大致可區分為四種類型，包括主題廣博，以抒情為主要旋律的作品；以論述見長的雜文系列；自傳散文的傑作；與充滿哲理思辨的文學創作[1]，可見楊牧散文創作的多重向度；而其中第二類須文蔚提出楊牧的入世情懷，包括《柏克萊精神》之評論現實，以及《交流道》、《飛過火山》等，為報章雜誌所撰述的雜文系列。1980 年代楊牧在散文創作上更見深廣度，同一時期楊牧也提出對於散文論述與散文理論的探討，其中可見於《文學的源流》一書。

　　楊牧的《文學的源流》有其對於詩和散文的評析，也是楊牧文學評論的集結，其中包括詩論〈現代詩的台灣源流〉、〈詩的自由與限制〉、〈神話與現代詩〉；也有為數不少的散文評論，包括〈中國近代散文〉、〈豐子愷禮讚〉、〈留予他年說夢痕〉、〈記憶的圖騰群〉、〈散文的創作與欣賞〉，而人物論〈周作人論〉、〈周作人與古典希臘〉，兼及周作人的散文研究，其中值得注意的是此一時期楊牧對於散文研究與批評的關注，並且從歷史源流的角度考察現代詩與現代散文的發展，可作為理解楊牧文學理論與美學理念的重要面向。

　　一九八〇年代楊牧於《文學的源流》撰述〈中國近代散文〉，對於散文文類、品類與散文史等議題提出深刻的思索，其

---

[1]　須文蔚，〈楊牧評論與研究綜述〉，須文蔚編選《台灣現當代作家研究資料彙編　楊牧》，台南：國立台灣文學館，2013 年，頁 102。

中涉及典律的建構與文化政治相關課題，也和文學史與正典形成（canon formation）息息相關。同一時期，楊牧透過編選《中國近代散文選》與對於豐子愷、周作人、許地山等作家經典作品之重刊，對舊有散文典範進行重估，此一編選工作有楊牧對於文化歷史的深入思考，並且於此進行具有時代典範意義之文學生產工程，是為一九八〇年代楊牧思索文學史斷層之銜接，呈現出楊牧散文史建構的多重面向。

二、散文源流之探索

沈謙論評楊牧的《文學源流》，探討其歷史源流提出：「主要從歷史源流的角度考察 20 世紀的中國文學，以現代文學為研究重心，卻明顯地以傳統古典為覆按和嚮導。」[2]在此〈中國近代散文〉以現代散文為研究重心，具有散文史的關照面向，可見學貫古今中外的楊牧，在此融會對於古典文學與比較文學所懷抱的視野。首先，在〈中國近代散文〉中，楊牧透過中西文化之比較，釐清散文在中國文學所具有的特殊定位，提到相較於西方文學以詩、戲劇、小說為主要文類，散文卻擁有與「西方價值」全然不同的「中國屬性」，其重要性絕非是西洋文學傳統所能體會：「散文之為文類（literary genre），只有在中國文學傳統中才看得出它顯著的重要性。西方文學以詩，戲劇，和小說為主，雖然其中曾經出現了一些結構圓融辭藻華茂的散文作品，藉著它

---

[2]　沈謙，〈探索現代散文的源流　評楊牧《文學的源流》〉，須文蔚編選《台灣現當代作家研究資料彙編　楊牧》，台南：國立台灣文學館，2013 年，頁 287。

突出的藝術渲染和思惟趣味，大略可以成為一種文類，但西方散文，不論長篇論著，或短篇小品，其賴以維繫共相而成為文類的條件卻又十分參差薄弱。」[3]楊牧進一步強調中國散文所擁有的悠久傳統，與不可動搖的正統地位，認為散文堪稱中國文學的精髓，楊牧提出：「散文是中國文學中顯著而重要的一種類型，地位遠遠超過其同類之於西方的文學傳統，原因在於它多變化的本質與面貌，往往集合文筆兩種特徵而突出，不受主觀思想的壟斷，也不受客觀技巧的限制。」[4]在此楊牧透過中西文化比較之觀點，提出近代中國散文之「中國屬性」。

　　楊牧從整個文學史的發展，來對於中國近代散文源流提出考察，關於「現代散文」的定義，楊牧提出「所謂近代散文，專指二十世紀初葉以後，中國人以白話文為基礎，實踐新思想，開創新藝術，充分表現時代的感性體悟和觀察，而能於文學的大理念和結構方面承接古典的神髓，吸收歐西乃至於日本風格的精華而不昧於媿趣，進而為這時代的文學提供新面目，甚至可望為後代勾畫新風氣的散文作品。」[5]楊牧提到近代散文的三源論，包括：古典、歐西乃至於日本風格的傳承，為近代散文梳理出偉大的傳統，也為近代散文的發展勾畫出多維度的源流觀，特別是楊牧指出歐西與日本兩大層面的影響。

---

[3]　楊牧，〈中國近代散文〉，《文學源流》，台北：洪範，1984 年，頁51。

[4]　楊牧，〈中國近代散文〉，《文學源流》，台北：洪範，1984 年，頁53。

[5]　楊牧，〈中國近代散文〉，《文學源流》，台北：洪範，1984 年，頁54。

　　此外，楊牧探討影響近代散文的兩股文學風潮，從宋元與晚明的文學發展來加以探討：「近代散文的成型除了依倚上文所提及的偉大傳統，以古典成績為理想的寄託，隨時不忘一文學藝術命脈的傳承之外，更直接拜受兩股文學風潮之所賜，即宋元以來的小說，和晚明以來的小品——前者是近代散文白話面貌之基礎，後者則為近代散文體製的啟發……」[6]提出現代散文以宋元以來小說發展所奠定之白話文基礎，以及現代散文體制所受到晚明小品文的影響。楊牧在另一篇為《聯合報·副刊》所做的演講〈散文的創作與欣賞〉，也提到閱讀傳統白話小說對於散文學好的益處，楊牧提到散文是中國固有的一項非常重要的文學傳統，並以〈紅樓夢〉和〈老殘遊記〉古典白話小說為例，提到「傳統的白話小說使中國文字的流動性，朗暢性得到最大的發揮，而且它本身有趣味，我們不但可以看它的情節，也可以看它藝術錘鍊的過程。」[7]楊牧認為明清時代的小品文對於現代散文之形成具有重要的影響，在此精闢提到小品散文新的形式所塑造出的面貌，此一文學藝術的形構，楊牧指出：「明清時代的小品文，就是把新感性，新體裁，新字彙和新語調不斷的磨鍊，替中國散文構成一種更純粹的面貌，變成真正獨立的文學藝術。」[8]楊牧提到小品散文的新形式，包括體裁、字彙與語調的創新性，以表明

6　　楊牧，〈中國近代散文〉，《文學源流》，台北：洪範，1984 年，頁54。

7　　楊牧，〈中國近代散文〉，《文學源流》，台北：洪範，1984 年，頁82。

8　　楊牧，〈中國近代散文〉，《文學源流》，台北：洪範，1984 年，頁82。

散文成為獨立藝術形式的一面，其中也有楊牧對於近代散文結構的體會，例如在〈記憶的圖騰羣〉中，楊牧提到散文必須具有精緻的結構：「最成功的散文必須在結構組合上顛撲不破，於文字的鍛鍊洗亮深沉，而且，必須具有一個令讀者會心的主題。散文之所以值得提倡，更因為散文的嚴肅主題，通常總能沖淡於洗亮瀟灑和多義的文字，向它結構組合的各種『零件』突兀衝刺，鏗鏘回響，又巧妙地指回那個嚴肅的主題。」[9]楊牧提到現代散文的「三一律」予以現代散文鑑賞之高度[10]。

在〈中國近代散文〉中，楊牧總結現代散文之面貌，依散文之典型與品類，將現代散文分成七類，包括(1)小品(2)記述(3)寓言(4)抒情(5)議論(6)說理(7)雜文。楊牧對於散文典型與分類的論述，雖難以關照全面，卻是目前散文研究最可據以檢視的分類研究之一，也為近代散文奠定典型與品類。如鄭明娳的研究指出，散文此一文類向來缺乏嚴謹的要求，至今均無一完滿的分類方法，她特別提出楊牧的分類從形式與結構審視之意義：「楊牧之分類已摻雜了形式的考慮，其中(1)(3)(7)有形式和結構的意義，但是(2)(4)(5)(6)項則以功能觀點出之，各類錯綜在一起，分類界線顯得相當模糊。例如『小品』一項就可能同時具有(2)至(7)項的分類基礎，如果把(2)至(6)歸併於『小品』中，則散文已無何

---

[9]　楊牧，〈記憶的圖騰羣〉，《文學源流》，台北：洪範，1984 年，頁75。

[10]　楊牧指出：「現代的散文，也具有它的三一律：一定的主題，尺幅之內，面面顧到；一致的語法，音色整齊，音象鮮明；一貫的結構，起承轉合，無懈可擊。」，〈記憶的圖騰羣〉，《文學源流》，台北：洪範，1984 年，頁 75。

類別可言了。」[11]在此可以看出楊牧的分類兼顧形式體裁與內容性質，而衍生出鄭明娳提出可以從小品的形式體裁涵蓋多元內容性質的一面。

此外，在〈中國近代散文〉中每一類別皆標舉其奠基者及其風格追隨者，以表明代表性作家[12]，也是一種歷史源流考的角度，楊牧曾對於奠基者所處的時代背景有所詮釋：「七位先驅人物都生於十九世紀末年的晚清時代，他們成年開始執筆的時候，適逢中國新舊抉擇艱厄困危的大風氣，意義非凡。」[13]楊牧敘明七類開山人物生於知識變動的十九世紀末年，也影響二十世紀初葉散文家的崛起，對於近代散文風貌典型品類之歸納，楊牧也提及是以最初濫觴者風格為準，並認為「我們相信每一種近代散文的品類都包涵了傳統散文的本質，也都或多或少吸取溶化了外來的文學因素，此為其共同的藝術精神，至於各家各派獨自發展出來的特徵，則與作家之時代地域背景，學養功力，乃至於客觀經驗有關。」[14]同一時期，楊牧也對於現代詩發展過程中的台灣風

11　鄭明娳，〈第一章 總論〉，《現代散文類型論》，台北：大安，1987年2月，頁40。

12　楊牧提到：「一曰小品，周作人奠定其基礎；二曰記述，以夏丏尊為前驅；三曰寓言，許地山最稱淋漓盡致；四曰抒情，徐志摩為之宣洩無遺；五曰議論，趣味多得之於林語堂；六曰說理，胡適文體影響至深；七曰雜文，魯迅總其體例語氣及神情。」楊牧，〈中國近代散文〉，《文學源流》，台北：洪範，1984年，頁55。

13　楊牧，〈中國近代散文〉，《文學源流》，台北：洪範，1984年，頁52。

14　楊牧，〈中國近代散文〉，《文學源流》，台北：洪範，1984年，頁57。

貌進行思考，從傳統中國文學精神與技巧、本土文學的元素，和現代詩台灣風貌所具有的藝術性加以探討，來檢討現代詩的發展，可見在楊牧的思想體系中，不論是台灣源流下的現代詩，或是現代散文，都有其複系統的觀照，在此有楊牧對於此兩大文類藝術性特色提出觀察，從源頭中對於近代散文源流進行勾勒，有其超越地域與政治的懷抱：「我們相信文學的歷史傳承，相信真正的藝術必須超越地域和政治的局限，故能為近代散文家勾劃一些試探性的源流梗概……」[15]楊牧提到三百年台灣源流下的現代詩，有一種超越國族的世界感（cosmopolitanism），提出詩人的真善美保有放之四海皆準的潛力。

　　楊牧列舉七大類中，每一類都述其風格，也標示出奠基者與影響作家。[16]其中包括：周作人、豐子愷、梁實秋、夏丏尊、朱自清、郁達夫、許地山、沈從文、徐志摩、蘇雪林、何其芳、林語堂、胡適、魯迅等人，這也是楊牧對於五四傳統承繼與轉化議題的思考。關於戰後五四新文學傳統在台灣的相關論題，呂正惠大致從兩個角度來闡釋五四新文學傳統在台灣斷絕的現象，分別為五四文學重要的作家作品被禁，與五四寫實主義精神成為禁忌，歸結出 49 年後台灣文學趨向西方現代主義的面向[17]。

　　張誦聖從威廉斯的「殘餘文化積澱」（residual cultural

---

[15] 楊牧，〈中國近代散文〉，《文學源流》，台北：洪範，1984 年，頁58。

[16] 楊牧，〈中國近代散文〉，《文學源流》，台北：洪範，1984 年，頁55-57。

[17] 呂正惠，〈國民黨與五四新文化傳統〉，《戰後台灣文學經驗》，台北：新地，1992 年，頁 190-191。

formations）的概念，提出文學傳統可以經由文字或是形式成規
予以承襲；一方面強調五四傳統的選擇性傳承，顯露出戰後初期
承襲五四遺緒，具有浪漫傾向的軟性文學現象：「在四九年後傳
承於五四的新文學傳統中，『批判的寫實主義』（"critical
realism"）顯然備受壓抑，而『文學研究社』和『新月社』等英
美派作家最不具攻擊性和顛覆性的作品，則被挑選出來加以宣
揚。因此，儘管若干此類作家的作品亦被列為禁書，其主觀的情
感結構——諸如沈從文的田園抒情及冰心的理想化浪漫主義——
仍構成了一九四九年後台灣主流美學的基調。」[18]楊牧在八〇年
代思考到五四新文學成規與台灣戰後文壇所形成斷層的議題，他
也透過「選擇性的中國新文學傳統」來詮釋出中國現代散文發展
樣貌。

　　張誦聖提出國府文藝政策以「選擇性的中國新文學傳統」來
構成戰後台灣文學重要的成分，亦即對五四傳統的選擇性傳承：
「事實上，中國五四以來新文學習用的文學成規大量跨越了四九
年國府遷台的歷史斷層；即便是標誌著左翼傳統的文學成規，也
不乏被右翼作品所轉化、挪用的案例。」[19]然而楊牧的散文源流
論有其對於理想的中國現代散文藍圖的看法，其並非全然依循主
導文化體制所認可的新傳統主義和抒情的藝術視野，而是從整個
近代散文的發展，去對散文的源流進行考察，一一羅列卓然成家
的五四時代散文名家，在以文學研究社和新月派為主流思考的散

---

[18] 張誦聖，〈袁瓊瓊與八〇年代台灣女性作家的「張愛玲熱」〉，《文學
　　場域的變遷》，台北：聯合文學，2001 年 6 月，頁 55。

[19] 張誦聖，〈「文學體制」與現當代中國／台灣文學〉，《文學場域的變
　　遷》，台北：聯合文學，2001 年 6 月，頁 152。

文史架構下，亦兼其五四左翼傳統，並讓少為人知的作家作品浮現，例如關注方令孺、陸蠡、李廣田等人的作品，可見楊牧獨特的文學品味與審美雅趣。

尤其是楊牧提到近代散文的發軔受到宋元以來小說與晚明小品兩大思潮的影響，更提到「真正的散文，以小品記述，寓言抒情，或議論說理自揭面貌……」[20]，為近代散文建立品類以小品為首位，並揭示出周作人為此類開山人物，指出近代散文受知堂筆路影響者最多：「小品上承晚明遺風，平淡中見其醇厚的一面；又在傳統理趣上，注入他的日本經驗，增加了一份壓抑的激情。其人號稱『雜學』博通，中外學識掌故知之最詳，下筆閑散，餘味無窮。」[21]作為一種散文文學史傳承詮釋的框架，陳平原從周作人《中國新文學的源流》切入，提出以「如何解釋中國現代散文的成功」此一面向，認為「胡適的禪門語錄與白話小說，顯得過於空泛；魯迅的魏晉清言與唐宋雜文，未曾認真闡述；林語堂的蘇軾與莊周，只能算是明末小品的上溯。況且，魯、林二說，乃是對於周作人明末小品說的回應。如此說來，影響最大且較有說服力的，還是當推周作人的假說。」[22]陳平原的研究提示出周作人《中國新文學的源流》的研究路徑，並揭示出

---

20 楊牧，〈中國近代散文〉，《文學源流》，台北：洪範，1984 年，頁52。

21 楊牧，〈中國近代散文〉，《文學源流》，台北：洪範，1984 年，頁56。

22 陳平原，〈現代中國的「魏晉風度」與「六朝散文」〉，《中國現代學術之建立──以章太炎、胡適之為中心》，台北：麥田，2000 年，頁343。

對於晚明小品文推崇的周作人，也促使 1930 年代小品文的大行其道，此一觀點也和楊牧的看法不謀而合。

十分耐人尋味的是，七大分類多數作家圍繞在抒情傾向的感性典型，楊牧也將「說理」與「雜文」兩類被擯斥於評論之外，提出：「魯迅（1881-1936）和胡適（1891-1962）各具典型。前者以深切潑剌睥睨三十年代文壇，稱雜文大家；後者建立了近代學術說理文章的格式，證明白話文之可用，貢獻良多，此二典型的散文重實用，不重文學藝術性的拓植，茲不論。」[23]在此值得注意的是，楊牧將「議論」一類與「說理」與「雜文」兩類區分出來，有其用意，特別側重「議論」的思想性與生命議題之闡發。以鄭明娳對於現代散文三大類型情趣小說、哲理小品與雜文來加以比喻，「議論」一類偏向於「哲理小品」，而「說理」與「雜文」兩類偏向於「雜文」一類，楊牧提出：「林語堂（1895-1976）偏重議論，但所議之論平易近人，於無事中娓娓道來，索引旁徵，若有其事，重智慧之渲染和趣味人生的闡發，最近西方散文體式。言曦，吳魯芹，夏菁的作品屬於這一派……」[24]言曦在鄭明娳的《現代散文類型論》中被歸入「哲理小品」，特別是「直接式說理」一類，鄭明娳提出哲理小品和情趣小品有若干重疊之處，情趣小品以表達作者個人的情感，哲理小

---

[23]　楊牧，〈中國近代散文〉，《文學源流》，台北：洪範，1984 年，頁57。

[24]　楊牧，〈中國近代散文〉，《文學源流》，台北：洪範，1984 年，頁57。

品以傳達出作者個人的哲學觀[25]，認為言曦「方塊散文」能提出客觀又別緻的理論來[26]。

　　在此透露出現代詩壇以「婉約抒情」見稱的葉珊，個人對於藝術的一貫堅持，深受浪漫主義美學的影響，將文學視為一純粹美學客體的傾向。在楊牧的分類中，女性散文家則集中於「記述」與「抒情」兩類，不論是記述一派所提及的琦君、林海音都可歸入這一派，指出林文月、叢甦等人的作品也多少流露出白馬湖風格；或是抒情風格，影響見於蘇雪林，張秀亞，胡品清，其他如張菱舫，張曉風，季季等人的作品，也開啟女作家和溫婉柔情有其相通之處。這也符合張誦聖指出在高壓與懷柔相互參照的歷史情境下，針對女性特質、文類特徵與文學現象提出觀察，提出一個關鍵的概念即是「文類型式的性別化」（gendering of literary genre）[27]。

　　楊牧在〈留予他年說夢痕〉中給予琦君的小品文高度評價，認為「琦君的小品散文晶瑩清澈，典雅雋永，是當今猶能一貫執筆的資深作家中，風格確定而不衰腐，題裁完備而不殭化，最能

25　鄭明娳，〈第二章 散文的主要類型〉，《現代散文類型論》，台北：大安，1987 年 2 月，頁 134。

26　鄭明娳，〈第二章 散文的主要類型〉，《現代散文類型論》，台北：大安，1987 年 2 月，頁 137。

27　張誦聖提及：「性別化的文學類型與『官方意識型態』結合之下，與『女性特質』等同的抒情文類得到額外的正統性，並且在文學生產場域裡分配到很大的發展空間（比如說張秀亞、鍾梅音、蘇雪林、琦君、林海音等作家身上我們看到的是五四一支流派、古典抒情傳統與女性特質文類的結合）。」張誦聖，〈台灣女作家與當代主導文化〉，《文學場域的變遷》，台北：聯合文學，2001 年，頁 128。

持續開創，時時展現流動的心意，而不昧於文字，反能充分駕御
文字以驅策新感性新思維的二三健筆之一。」[28]楊牧自言在散文
的文類中琦君是他長期觀察的作家，他關注該作家文學和時代變
化的關係，並觀察其與新起作家的異同，來探索現代文學發展的
軌跡，以做為各文類綜合研究的憑藉，而在名單上「散文方面的
三五人生命力似乎最強，至少有一半不但不廢耕，反而越來越
嚴，越深，越廣。琦君正是其中一位」[29]楊牧提到琦君表面上平
淡明朗的文體，所含涵嚴密深廣的文學理念，來自於琦君散文中
由歲月累積的功力，能不刻意求變，以不變應萬變：「長期堅持
他完整確切的風貌與性格，烈火生青焰，冷水為增冰，如陳酒之
醇，如老薑之辣，或如琦君憶舊文章中所提到的『陳勝德的八寶
茶』，良方一味，涼沁心胸，亦可顯示其歲月累積的功力，初不
一定必極言新潮，驚世駭俗才算是有價值的新文學。」[30]楊牧肯
定琦君文學藝術之一為「古今中外各種因素的輻輳交織」[31]，提
到琦君憶兒時和記海外的文章，透過交織的技巧來展現出散文的
層次。

　　楊牧也捕捉琦君小品散文的特徵在於平淡中注入深沉的感

---

[28]　楊牧，〈留予他年說夢痕　琦君的散文〉，《文學源流》，台北：洪
　　　範，1984 年，頁 69。

[29]　楊牧，〈留予他年說夢痕　琦君的散文〉，《文學源流》，台北：洪
　　　範，1984 年，頁 70。

[30]　楊牧，〈留予他年說夢痕　琦君的散文〉，《文學源流》，台北：洪
　　　範，1984 年，頁 70。

[31]　楊牧，〈留予他年說夢痕　琦君的散文〉，《文學源流》，台北：洪
　　　範，1984 年，頁 70。

情，來自於她無時不在的淺愁[32]，也認為深厚的古典文學素養，對琦君的創作具有一定的影響。楊牧提及琦君藉助典麗的古典詩詞，援引一段古詩詞就能將稍一不慎即逾越限度的憂傷，提鍊至內斂的絕對經驗，收束在充滿象徵的哲人之思之中，楊牧指出這使得琦君的惆悵是「無害的淺愁」，保持一貫溫柔敦厚，而且將無窮的悲憫指向更大的思想空間，楊牧道出「琦君則以她靜謐的詩詞含蘊將悲憫擴散在時空之外」[33]：

> 琦君的淺愁永遠是無害的淺愁，不是傷人的哀歎──然則，她又如何能不流入泛情的哀歎？我發現她時常能於筆端瀕近過度的憂傷之前，忽然援引一句古典詩詞，以蒙太奇的聲形交錯，化解幾乎逾越限度的憂傷，搶救她的文體於萬險之間，忽然回頭，保持琦君散文的溫柔敦厚，而且更廣更博。[34]

楊牧認為琦君以通達人情為基礎，其淺愁呈現出懷舊的惆悵，比賦於魯迅介於小說與小品之間的文章，諸如〈祝福〉與〈在酒樓上〉顯現出古典的節制，認為琦君通過詩詞含蓄悲憫，維繫住「古典的節制」，也為小品散文樹立溫柔敦厚之面貌。這

---

[32] 楊牧，〈留予他年說夢痕 琦君的散文〉，《文學源流》，台北：洪範，1984 年，頁 73。

[33] 楊牧，〈留予他年說夢痕 琦君的散文〉，《文學源流》，台北：洪範，1984 年，頁 73。

[34] 楊牧，〈留予他年說夢痕 琦君的散文〉，《文學源流》，台北：洪範，1984 年，頁 73。

也足以解釋琦君作品得以超越時空之「永恆」，寄託愛與和諧的烏托邦視境，並在半個世紀以來擄獲眾多讀者的心靈，產生廣泛而持久的吸引力。

三、《中國近代散文選》與舊作重刊之典律塑造工程

《中國近代散文選》兩冊由楊牧進行嚴謹編選，費時兩年左右的時間，以呈現出中國散文藝術風格與發展變化，本書選錄作家 54 家，從二十世紀初葉開始，選錄五四時期代表作家，上自周作人起，歷經中國三十年代文學之流變，下達台灣現代散文家童大龍，演繹戰後至 1970 年代台灣散文創作的風貌。其中五四時期以迄三十年代代表作家為周作人、夏丏尊、許地山、林語堂、徐志摩、郁達夫、方令孺、蘇雪林、朱自清、豐子愷、俞平伯、梁實秋、沈從文、朱湘、梁遇春、李廣田、陸蠡、徐訏、何其芳，台灣現代散文家為言曦、琦君、吳魯芹、林海音、張秀亞、胡品清、陳之藩、夏菁、王鼎鈞、蕭白、余光中、張拓蕪、莊因、司馬中原、逯耀東、顏元叔、林文月、王尚義、張菱舲、叢甦、林冷、許達然、楊牧、白辛、張曉風、亮軒、王孝廉、季季、陳芳明、羅青、舒國治、渡也與童大龍，也兼及香港作家思果與也斯。

楊牧透過代表性的作家重要作品的選編，以呈現出近代中國散文的發軔、成熟以迄於變化，而其中的〈前言〉，是以前述〈中國近代散文〉為主體，論述散文的特徵與源流，並於第三部

分附上編選原則，為五大部分[35]，在此值得注意的是楊牧選錄作品為二十世紀中國文學作家以中文撰寫的作品，以白話文為基礎，選錄範疇為文學感性、知識體悟與社會觀察的題材，並以原刊文集選錄為主。楊牧也逐一說明不選錄的原則，其中包括翻譯文學；在類型上不選錄與以實用為功能的說理文章（如胡適）和偏重刺激反應的時論雜文（如魯迅）；在主題上不選錄以政治目的或宗教信條宣揚者、主題卓越而文筆粗糙者、文筆優美而主題荒誕者，這其中可以看到楊牧編選的標準，以及回應楊牧在〈中國近代散文〉七大分類中將「說理」與「雜文」兩類擯斥於評論之外的意見。

　　楊牧自謙「惟本書之編選大旨及取捨標準，是非正謬，悉歸我個人之文學鑑知和學術尺度所決定」[36]，然而正因為編者深厚的文學鑑知與學術尺度，而使得這部《中國近代散文選》頗有可觀之處。《中國近代散文選》是對於散文史具有豐厚累積的楊牧，對於散文史的源流、史觀、範疇所進行的編選，其中蒐集素材之豐富和種種細緻的考量，都顯現出楊牧的文學史觀與人文思維，某種程度上來說也是楊牧介入散文史典律的塑造之中，如同解昆樺所指出：「典律是審核者所須存的文學藍圖，他透過審核文本的種種手段（包括批評、獎勵等等），完成典律的具像化，

---

[35]　楊牧，〈前言〉，楊牧編，《中國近代散文選 I》，台北：洪範，1981年，頁8-9。

[36]　楊牧，〈前言〉，楊牧編，《中國近代散文選 I》，台北：洪範，1981年，頁9。

並經由種種管道達到其典律的散播。」[37]文學選本是典律生成型態的顯示，也是文學系統中典律建構的重要過程。

《中國近代散文選》形構出楊牧心中的散文文學史藍圖，這也是影響戰後台灣散文史典律生成之選集，並且形構出共同論述。關於《中國近代散文選》和典律建構的關係，可從建制化典律與民間典律交互作用來加以探討，如同許經田所言，民間典律所保存的文集、詩選與名著叢書，可提供給學校選取教材的資源，推動學校教育，並且形成共同論述核心的建制化典律[38]，特別提到典律的建構和文學公器的推動有深刻的關係，如劉光能指出：「直接面由開創至守成，統括文學流派運動、出版業、批評與理論工作、修史與教學；間接面涵蓋的主要範圍當然是政權，或是以意識形態、思潮為形式發揮影響力的反政權；兩面之中，教學公器化或機構化、體制化最為深刻、也最受政權左右。」[39]這也令我們反思《中國近代散文選》其中的譜系關係與典律之塑造性，以下將從開放典律和舊作重刊的現象，來探討《中國近代散文選》中典律的生成。

典律建構與文化政治過程中的權力有關，典律的建構也與必讀經典、主體性緊密扣合。周英雄曾提及必讀經典與主體性的關係，提到必讀經典為制度化的知識（institutionalized

---

37　解昆樺，《台灣現代詩典律與知識地層的推移：以創世紀、笠詩社為觀察核心》，台北：秀威資訊，2013 年，頁 15。

38　許經田，〈典律、共同論述與多元社會〉，陳東榮、陳長房主編，《典律與文學教學》，比較文學學會出版，1995 年，頁 27。

39　劉光能，〈文學公器與文學詮釋：法國近百年之變動與互動舉要〉，《中外文學》第 23 卷 2 期，1994.7，頁 63。

Knowledge），透過歷史的程序，將斷代與文類（genre）觀念交叉使用，建立一套代表各時期、各文類的必讀經典[40]。周英雄繼而論述必讀經典與學科的關係，提到從理論架構、方法論、研讀客體與客體運作的範疇來論述學科得以建立的因素，並提出研讀客體是塑造對內、對外的雙重意識，以建構制度化的身份（institutional identity）[41]。在《中國近代散文選》中，楊牧塑造從周作人等人到童大龍的文學系譜，周作人作為中國現代散文發展的先驅，建構五四時期散文理論，也從社會和文化的因素，塑造必讀經典和自我歷史的辯證關係。

　　楊牧在〈中國近代散文〉從周作人在小品散文的創始之功談起，表彰其在中國近代散文發展的關鍵地位，以及周作人在散文發展的奠基之功，1950、60 年代台灣戰後政治上的因素，國民黨當局對於文化出版進行全面監控，其中包括 1949 年以前在中國大陸出版的左翼文學，以及戰後滯留在中國大陸的作家，包括：老舍、魯迅、周作人、田漢、丁玲、艾青、何其芳、沈從文、豐子愷等人文藝書刊皆受到查禁。楊牧以周作人作為《中國近代散文選》的開創人物，梳理周作人在小品散文領域所開闢的發展方向，並以周作人為中心，以研究後繼者對於周作人風格與小品散文的傳承與轉化，一方面突破國民黨當局對於文化出版的箝制，也進行楊牧式的典律建構，其中選錄周作人〈故鄉的野

---

[40]　周英雄，〈必讀經典、主體性、比較文學〉，陳東榮、陳長房主編，《典律與文學教學》，比較文學學會出版，1995 年，頁 1。

[41]　周英雄，〈必讀經典、主體性、比較文學〉，陳東榮、陳長房主編，《典律與文學教學》，比較文學學會出版，1995 年，頁 4。

菜〉、〈水裡的東西〉、〈蒼蠅〉與〈死法〉四篇，這些作品具有周作人散文中的博識與理智，呈現出他對於風土、地方、博物和山水之關懷，也具有民俗學的視野。此外，楊牧對於在台灣長期禁書政策下被忽略的作家進行「開放典律」的實踐，其中包括方令孺、梁遇春、陸蠡、李廣田等人的作品。《中國近代散文選》中方令孺選錄〈憶江南〉、〈悼瑋德〉兩篇；梁遇春選錄〈「春朝」一刻值千金〉、〈淚與笑〉、〈途中〉、〈觀火〉等七篇；李廣田選錄〈山水〉、〈兩種念頭〉、〈一粒砂〉三篇；陸蠡選錄〈貝舟〉、〈溪〉、〈秋〉、〈識〉等七篇，在此可以看到楊牧將自己的美學理念實踐於散文選本上，輯錄這些作家頗具數量的作品，梳理出中國近代散文重要發展的路線。

　　以童大龍作為中國近代散文文學系譜的代表人物，其中也可見楊牧對於散文史典律塑造的獨具慧眼，尤其具有「開放典律」此一層面。就讀國立藝專影劇的童大龍，即是詩人夏宇，1956年出生的童大龍，曾以〈蕾一樣的禁錮著花〉獲得 1980 年第二屆時報文學獎散文優等獎，在此楊牧選錄為童大龍的〈交談〉，曾獲《中外文學》創刊五週年散文徵文第三名，〈交談〉具有詩化散文的特色，也可視為散文詩，具有跨文類書寫的特色，其中具有奇詭的意象，充滿神祕奧義。文中藉由在亞熱帶揣想北極人交談的方式，探究緘默與話語的本質，並思及仰望與願望在時間中的演變，也帶領出時間、逃逸、虛無等多層次的命題，在結尾處童大龍提及：「生命是不是愛斯基摩人那種幾捆柴火的數學問題，你不需要同意，你接過留著我微弱手溫的雪塊，帶回去，升一盆爐火，慢慢的聽，你將看到火焰一舌一舌的舔舐它們，你將

看到它們，亡散和逸失。」[42]文中思索生命究竟意謂什麼？而在亡散和逸失之間，終將有何種體會？這是童大龍具有現代感的散文書寫，也是楊牧藉由選錄童大龍散文所展示開放典律的具體實踐。

　　在此值得關注的也包括《中國近代散文選》中的香港因素，楊牧關注香港散文發展的面向，揭示了研究香港散文的路徑，選錄香港作家思果與也斯的作品，也包括當時任教於香港中文大學余光中的〈沙田山居〉與〈尺素寸心〉。專擅於散文與翻譯的思果，其主要成長定居於香港和美國，但其作品大都於台灣出版，對於台灣具有不容小覷的影響力，在此選錄〈藝術家肖像〉和〈惑〉。〈藝術家肖像〉一文談的是藝術家朋友的各種癖性，為學問追求的藝術性與個人風格的講究等，也以「那種人屬於悲劇的一型，而現在這個時代卻並不歡迎」，鮮明表達對於風格藝術家時代性的觀點，有其深刻體驗；〈惑〉一文從人生體驗與閱讀經驗闡釋「惑」的意涵，可見思果散文表現領域的廣闊。楊牧選錄也斯作品，也可見楊牧對於具有跨文化視野也斯的青睞，〈佛塔與十字架〉是也斯旅遊淡水的特殊見聞，展現也斯作品中抒情與寫實並重，具有高度生活化，也傳達出也斯對於淡水文化情境的理解與地方想像的一面。

　　在一九八〇年代，楊牧對於豐子愷、周作人、許地山等作家經典作品之重刊，對於舊有散文典範進行重估，是為文學場域中舊作重刊的文學生產模式，也標誌著現今價值對於舊時代典範的挪移與運用，如向陽指出舊作重刊為一種「經典再塑」（cannon

---

[42]　楊牧編，《中國近代散文選 II》，台北：洪範，1981 年，頁 914。

reformation）的過程，舊作重刊，是對於舊有典範的重估，「一方面顯示了文學詮釋社群集體記憶的再現，一方面也突顯了不同年代的典範價值的累積與疊合」[43]在此將以舊作重刊為分析對象，以觀察楊牧對於豐子愷、周作人、許地山等作家舊作重新複印出版與評選，以作為觀察楊牧散文史典律的另一種獨特視角。

　　豐子愷是一代美學宗師，對於近代中國文藝界具有深遠的影響，楊牧所編選的《豐子愷散文選》4 冊，收錄豐子愷散文隨筆，其中包括小品、隨筆、散文、童話與美術等各種題材與風格，展現出豐子愷的文學成就。在前序收錄楊牧〈豐子愷禮讚〉一篇，略述豐子愷的經歷，以表明在一個傳統藝術文學環境成長的豐子愷，其秉賦的不凡，直指豐子愷溫文儒雅、民胞物語，其人格和藝術足以作為現代文化人之生命啟迪，提及：

> 豐子愷的文學創作探索局面甚為廣大，但所有的作品都指
> 向人生社會的同情和諒解，以赤子之心固定地支持著他的
> 想像力和認識。他思考宇宙的奧秘，生命的本質，生活的
> 趣味，社會的心理；他在兒童的世界裡尋找哲學和美，在
> 藝術的鼓吹裡肯定人心的光明，提升精神的力量，為中國
> 現代社會描繪祥和和智慧的遠景。[44]

---

[43] 林淇瀁，〈場域‧權力與遊戲：從舊書重印論臺灣文學出版的經典再塑〉，《場域與景觀：臺灣文學傳播現象再探》，台北：印刻，2014年，頁 118。

[44] 楊牧，〈豐子愷禮讚〉，《豐子愷文選 I》，台北：洪範，1982 年，頁3。

　　楊牧分析豐子愷作品如何剖析自己知識和精神的成長，並體
會到時間和空間的奧妙，認為兒童是豐子愷大自然虔信的落實
者，並由赤子之心推廣到對於昆蟲禽獸和草木的關懷，是民胞物
與的深刻體現，楊牧也在〈豐子愷禮讚〉結語，再一次提示出豐
子愷其人其作品所揭示的經典性，在於「豐子愷確實是二十世紀
動亂的中國最堅毅篤定的文藝大師，在洪濤洶湧中，默默承受時
代的災難，從不徬徨吶喊，不尖酸刻薄，卻又於無聲中批駁喧囂
的世俗，通過繪畫和文學，創作和翻譯，沉潛人類心靈的精神，
揭發宇宙的奧秘，生命的無常和可貴。」45

　　周作人為楊牧提到中國近代散文發展方向上，開創出散文範
式，是五四一代中國現代散文的重要理論建構和實踐者，認為周
作人為近代散文建立了小品散文的品類，在楊牧對於周作人的舊
作重刊中，特別推崇周作人對於現代風格之開創，與在作品中鼓
吹開明進步的觀念。在《周作人散文選》兩冊中，楊牧將周作人
散文創作數十種精心選輯，依照年代排序，上起 1923 年之《自
己的園地》，下迄 1965 年之《知堂回想錄》，將周作人創作四
十年的精華匯為一輯。在《文學源流》中，楊牧有關於〈周作人
的古典希臘〉與〈周作人論〉兩篇專著，可以看到楊牧對於周作
人研究功力之深厚。〈周作人的古典希臘〉46，是篇楊牧英文論
述的中譯，為深入詳實的學術論文，楊牧提到周作人希臘學術是
在日本受到啟發，透過剖析周作人對於古典希臘之文化傳統之研

45　楊牧，〈豐子愷禮讚〉，《豐子愷文選 I》，台北：洪範，1982 年，頁
　　9。

46　楊牧，〈周作人的古典希臘〉，《文學源流》，台北：洪範，1984
　　年，頁 91-141。

究，可以看到周作人與中西文化對話的寬廣視野，並深入異文化之探索，這也有助於認識周作人的文學理論。

此外，〈周作人論〉亦為《周作人散文選 I》特地撰寫的緒言，楊牧推崇周作人一生對於新語法的塑造，奠定現代散文的風格，並提及其所提倡的「人的文學」，對於自由民主的擁護與知識文化的尊重，深入探討周作人的散文體式和作品中心內涵：

> 他繼承古典傳統的精華，吸收外國文化的神髓，兼容並包，體驗現實，以文言的雅約以及外語的新奇，和白話語體相結合，創製生動有效的新字彙和新語法，重視文理的結構，文氣的均勻，和文采的彬蔚，為 20 世紀的新散文刻劃出再生的風貌，所以五十年來景從服膺其藝術者最眾，而就格調之成長和拓寬言，同時的散文作家似無有出其右者。周作人之為新文學一代大師，殆無可疑。[47]

此外，楊牧進行舊作重刊的典律塑造工程，還包括《許地山散文選》的選編，楊牧參酌海內外多種版本，收錄許地山散文隨筆四十餘種，其中包括許地山散文，以及許地山珍貴的童年回憶〈我底童年：延平郡王祠邊〉，楊牧在〈後記〉中再次重申許地山作為散文「寓言」品類開山祖師的特色：

> 許地山富於感情和想像，敏銳有心，是一個博學深思的文

---

[47] 楊牧，〈周作人論〉，《周作人文選 I》，台北：洪範，1983 年，頁1。

學家，但他創作的基礎初不僅只是外國古典和中國傳統文
學裡的象徵系統而已；他涉獵的學術範圍包括神話，宗
教，民俗，傳說等，而且為文觸類旁通，進出自如，善於
吸收轉化，精緻而準確地注入文學世界之中。[48]

楊牧透過對於豐子愷、周作人與許地山的舊作重刊，傳達出對於
前輩作品風範的讚揚與歷史興衰的感懷，其中楊牧透過各種選本
的選編進行舊典範的承續，也透過此一路徑，使得豐子愷、周作
人與許地山之作品獲得再造之空間，這是楊牧塑造文學典律的志
業，也傳達出其對於散文典律的介入與重構。

四、結語

　　1980 年代楊牧投身於文學創作與文學評論，致力於散文選
集的編輯工作，包括 1981 年編選《中國近代散文選》（台北：
洪範）、1982 年編輯《豐子愷文選》四冊（台北：洪範）、
1983 年編輯《周作人文選》兩冊（台北：洪範）、1984 年出版
《文學源流》（台北：洪範）、1985 年主編《許地山散文選》
（台北：洪範）等，其中可見楊牧對於近代散文發展的關心，特
別從文類的方向，散文的源流、文類特徵與類型論來觀察近代散
文的發展，以總結散文的面貌，並且透過《中國近代散文選》的
編選工作，以及豐子愷、周作人與許地山的舊作重刊，來提出對
於散文史的詮釋，積極的介入散文史的建構之中，在楊牧的文學

---

[48]　楊牧，〈後記〉，《許地山散文選》，台北：洪範，1985 年，頁 199。

創作與學術論述之外，透過散文文本的編選，呈現出楊牧的文學
史眼光與歷史視野，更寓寄其對於散文未來發展之真摯期盼，楊
牧與顏崑陽共同編選的《現代散文選（續編）》之文學志業，也
期待後續研究予以重估。

參考書目

（一）專書

呂正惠，《戰後台灣文學經驗》，台北：新地，1992 年。

許又方主編，《向具象與抽象航行──楊牧文學論輯》，台北：台灣學生書局，2021 年。

陳東榮、陳長房主編，《典律與文學教學》，比較文學學會出版，1995 年。

陳平原，《中國現代學術之建立──以章太炎、胡適之為中心》，台北：麥田，2000 年。

林淇瀁，《場域與景觀：臺灣文學傳播現象再探》，台北：印刻，2014 年。

張誦聖，《文學場域的變遷》，台北：聯合文學，2001 年。

須文蔚編選，《台灣現當代作家研究資料彙編 楊牧》，台南：國立台灣文學館，2013 年。

楊牧編，《中國近代散文選 I》，台北：洪範，1981 年。

楊牧編，《中國近代散文選 II》，台北：洪範，1981 年。

楊牧，《周作人文選 I》，台北：洪範，1983 年。

楊牧，《文學源流》，台北：洪範，1984 年。

楊牧，〈豐子愷禮讚〉，《豐子愷文選 I》，台北：洪範，1982 年。

鄭明娳，《現代散文類型論》，台北：大安，1987 年。

解昆樺，《台灣現代詩典律與知識地層的推移：以創世紀、笠詩社為觀察核心》，台北：秀威資訊，2013 年。

（二）期刊論文

劉光能，〈文學公器與文學詮釋：法國近百年之變動與互動舉要〉，《中外文學》第 23 卷 2 期，1994 年 7 月。

楊牧散文技藝溯源及探究
——以《葉珊散文集》、《年輪》及《疑神》爲例

廈門大學嘉庚學院人文與傳播學院副教授
張期達

摘　要

　　楊牧散文延續五四文學傳統，對於現代散文做出重要貢獻，也留下具有前瞻性的文學範式。本文通過《葉珊散文集》、《年輪》、《疑神》的相關性，説明「虛構敘事」是把握楊牧散文技藝的一個關鍵。所謂虛構敘事，即利用特定文體的虛構來進行敘事。本文認為楊牧的五四精神，正表現在散文文體的不斷試煉，及開創散文新格局的一代文豪雄心。

關鍵詞：楊牧　葉珊散文集　年輪　疑神　現代散文

　　現代散文務求文體模式的突破，這是我的信念。

　　　　　　　　　　　　　　　　　　──楊牧《搜索者》

前　言

　　楊牧（本名王靖獻，1940-2020）是臺灣文學中的一位豪傑。這不僅因為楊牧勤勉創作，為現代漢語文學史添增厚重的一頁，也因為楊牧一生覊旅，反映一位臺灣文學菁英在 20 世紀後半葉的典型與傑出發展。楊牧是臺灣脫離日本殖民後回歸漢語教育的第一屆學童，是冷戰結構下赴美留學的第一批臺灣留學生，也是戰後第一代積極從中國文化汲取養分的臺灣知識分子。

　　從楊牧文學創作的內容來看，〈妙玉坐禪〉、〈延陵季子掛劍〉、〈林沖夜奔〉等許多詩歌名篇，改寫自中國文學經典。楊牧的師承與學術發展，脫離不開中西文化交流的歷史語境。楊牧在臺灣東海大學讀外文系時，師從新儒家徐復觀（1904-1982）；楊牧在美國柏克萊大學修讀比較文學時，以《詩經》為博士論文題目，師從北大才子陳世驤（1912-1971）。再如楊牧與友人創辦的「洪範書店」，則在 1980 年代臺灣突破政治禁區，編選並出版五四文學套書。凡此事例，說明楊牧對於中國文化的開放態度，以及楊牧在現代漢語文學史中的典型意義。

　　是以，兩岸學界對於楊牧的研究不在少數。以楊牧為研究主題的學術隊伍，「楊牧學」亦逐漸成形。而在浩瀚的研究文獻中，針對楊牧《葉珊散文集》、《年輪》、《疑神》的討論較少，本文將聚焦這三部散文作品的相關性，藉此討論楊牧的五四

精神與散文技藝。[1]

一、《葉珊散文集》的書信體與「虛構敘事」

　　《葉珊散文集》（1966）是把握楊牧散文基調的重要文獻。《葉珊散文集》是楊牧第一本散文集，分為《陽光海岸》、《給濟慈的信》、《陌生的平原》三輯，記載楊牧 19 至 25 歲的生活，包含東海大學讀書、金門服役、美國愛荷華大學讀書三個階段。至於《葉珊散文集》內容與形式，基本符合 50 至 70 年代臺灣散文發展趨勢，即「抒情美文」。[2]

　　例如，楊牧在第一輯《陽光海岸》裡的〈自剖〉：「我在心中有一種完整的憧憬，那是對一個歡樂，無憂的樂土的憧憬。那

---

[1]　本文原題「楊牧的五四精神與散文技藝」，於 2022 年「楊牧文學青年論壇」發表，後根據東華大學張寶云老師的講評意見及匿名審查意見，進行題目修訂與內容增補，志之以表謝忱。另，本文為筆者〈浮士德精神：論楊牧的《疑神》〉、〈楊牧與周作人〉兩篇論文的後續研究，部分內容重疊，然討論重點與使用例證上有差異。本文嘗試突出楊牧在散文文體上的技藝與突破。張期達，〈浮士德精神：論楊牧的《疑神》〉，收於許又方主編，《美的辯證——楊牧文學論輯》，臺北：臺灣學生書局，2019，頁 143-172。張期達，〈楊牧與周作人〉，收於許又方主編，《向具象與抽象航行——楊牧文學論輯》，臺北：臺灣學生書局，2021，頁 315-342。

[2]　吳孟昌指出臺灣散文大量出現抒情美文，「並非自然形成的現象，而是文化乃至教育政策由上到下扶掖與翼護的結果」，「著力于抒發作者個人內心的感受，而與複雜多音的社會語境保持疏離。」吳孟昌，〈後現代之外：九〇年代臺灣散文現象析論〉，《東海中文學報》第 27 期，2014，頁 193。

種聆聽晚鐘似的心情；肅穆，淒冷，我就這樣冥想著，如何企及那片夢幻中的樂土？」[3]

　　第二輯《給濟慈的信》裡的〈第十二信〉：「而我們追求的到底是甚麼？美的事務是永恆的歡愉，像夏季溫婉的涼亭，我們捨舟去到它的芳香裡。」[4]

　　第三輯《陌生的平原》裡的〈田園風的樂章〉：「夜鶯開始唱了，在一座大森林的邊緣上唱，從枝頭跳到腐朽的欄杆，似乎只為多踢幾顆暴風雨後的水點。地平線的烏雲很快地撤離，把天邊的平靜讓出來，教黃昏星開始閃爍。」[5]

　　楊牧的抒情語調，具有濃厚的浪漫主義色彩，多令論者聯想到五四文人留下的文學典型。何寄澎指出楊牧散文受到徐志摩「精麗」與周作人「疏淡」兩派的影響。[6]陳芳明指出楊牧「飄逸遐思」類似何其芳。[7]方忠指出「早期楊牧的散文偏於徐志摩式的浪漫與唯美，染濃麗之風，其後期的散文在承周作人之博雅老練的同時，別具一番『甜美精麗與感性』」。[8]

---

[3]　楊牧，《葉珊散文集》，臺北：洪範書店，1977，頁 31。楊牧《葉珊散文集》有四個版本，1966 年的大林版、水星版；1977 年的洪範版；1994 年的洪範版（二十五開本）。1977 年洪範版始增列〈第十二信〉並為日後流通定本。

[4]　楊牧，《葉珊散文集》，臺北：洪範書店，1977，頁 127。

[5]　楊牧，《葉珊散文集》，臺北：洪範書店，1977，頁 165。

[6]　何寄澎，〈永遠的搜索者──論楊牧散文的求變與求新〉，《臺大中文學報》第 4 期，1991.6，頁 176。

[7]　陳芳明，《典範的追求》，臺北：聯合文學出版社，1994，頁 205-211。

[8]　方忠，《臺灣當代文學與五四新文學傳統》，南京：江蘇鳳凰教育出版社，2016，頁 381。

　　有意思的是，楊牧的創作背景與五四文人不同。楊牧是面對現代主義思潮的一代，五四文人則更多面對寫實主義的衝擊。[9]這個歷史條件，使《葉珊散文集》第二輯 15 封《給濟慈的信》顯得特殊。五四文學中的書信體散文，絕大多數如郭沫若《三葉集》（1920）、周作人《周作人書信》（1933）、徐志摩《愛眉小劄》（1936）等作品，都是文學的書信。[10]這類兼具交際功能與文學價值的應用文，與其稱「書信體散文」，不如稱「書信」直截。五四文學中，也有少數作品是寫給想像讀者的，例如冰心《寄小讀者》（1927）、朱光潛《給青年的十二封信》（1929）。但相較於冰心與朱光潛確實可能收到「小讀者」與「青年」回信，楊牧《給濟慈的信》卻是一種收不到回信的「虛構敘事」。

　　利用特定文體的虛構來進行敘事，構成楊牧散文技藝的重要一環。楊牧《給濟慈的信》不是書信，而是書信體的虛構；敘事目的不在交際，而在抒情。這種藝術手法，更趨近現代主義而非寫實主義。黃麗明指出「本質屬乎抒情，楊牧的書簡展現一種『渾忘時間的臨即感』，其實乃『虛構的臨即感』。」[11]例如「寫給濟慈的信」第九信《向虛無沉沒》：「你沒想到吧，直到

9　馬森「二度西潮說」關注臺灣文學的歷史地位，突出臺灣文學與五四文學的連續性，論及臺灣文學在 1949 年後更多要面對西方「現代主義」而非「寫實主義」的衝擊。馬森，《世界華文新文學史》，臺北：印刻文學生活雜誌出版有限公司，2015。

10　韓蕊，《從文學的書信到書信的文學》，長春：吉林大學中國現當代文學專業博士論文，2007。

11　黃麗明著，詹閔旭、施俊州譯，《搜尋的日光：楊牧的跨文化詩學》，臺北：洪範書店，2015，頁 237。

有一天我翻開卡謬的書，我忽然慢慢的冷淡了你」。[12]卡謬
（Camus, 1913-1960）是 20 世紀的法國作家，19 世紀的濟慈
（Keats, 1795-1821）自然不會「想到」。但關鍵不在楊牧的後
設語法，而在書信體的虛構，一人分飾兩角，於是發信者與收信
者的界線變得模糊。簡單地說，楊牧《給濟慈的信》是寫給自己
的。這點使得《給濟慈的信》的敘事交流，始終隱含現代主義美
學常見的「反身性」或說「自我指涉」，從而拓展了抒情主體的
表現空間。

二、《年輪》的雜文體與舊作「改編」

《年輪》（1976）是楊牧散文虛構敘事一次更為徹底的實
踐。楊牧《年輪》分為《柏克萊》、《一九七一至一九七二》、
《北西北》三輯，記載楊牧 25 歲至 44 歲間的生活，包含柏克萊
大學讀書、麻州大學任教、華盛頓大學任教初期三個階段。《年
輪》的內容與《葉珊散文集》相接續，抒情主體的日常感觸依舊
表現突出，唯社會意識比較強。[13]

《年輪》在形式上，則通過雜文體的虛構進行散文實驗，展
示楊牧開創現代散文新局的雄心。

---

[12]　楊牧，《葉珊散文集》，臺北：洪範書店，1977，頁 109。

[13]　楊牧就讀柏克萊大學時經歷了柏克萊學運、保釣運動，啟發了楊牧的現
實關懷。影響所及，楊牧創作了《柏克萊精神》（1977）、《交流道》
（1985）、《飛過火山》（1987）等報章體散文。賴芳伶，《新詩典範
的追求：以陳黎、路寒袖、楊牧為中心》，臺北：大安出版社，2002，
頁 301-331。

　　例如《年輪》第一部《柏克萊》，佈局結構明顯複雜化，有大量文體混雜的現象。首先，《柏克萊》裡 20 篇「散文」不設標題，一律阿拉伯數字標號，但各篇區分段落的標號形式不一致，包含：■、（1）、甲乙丙丁、子丑寅卯、……等。這些抽象符號使得《柏克萊》的佈局結構，在沒有明確標題收束的前提下，雜亂無章。再次，《柏克萊》雜文體的虛構，集中表現在散文形式的「陌生化」，散文混雜大量喧賓奪主的詩歌、小說、戲劇體敘事，已超出傳統意義上的「雜文」。《柏克萊》的雜文體，雖有楊牧的抒情語調作為統攝，但敘述人稱的頻繁轉換，思維不斷跳躍，場景、動作與事件皆非線性發展，容有敘事失控的風險與質疑。最後，《柏克萊》筆法也有複雜化傾向，少見平鋪直敘，多見隱喻、換喻、象徵、用典等修辭技巧，處處精雕細琢，高強度壓縮語意。

　　總體而言，楊牧《柏克萊》雜文體的虛構，一方面使《柏克萊》表現的生命經驗支離破碎，另方面《柏克萊》繁複的美學編碼也使得讀者難以接近。[14]然而，楊牧《年輪》不止于挑戰現代散文的既有形式，還從更大的角度思考並創造散文結構。楊牧將舊作「改編」進《柏克萊》即是例證。

　　《柏克萊》標號 10，原先是一篇名為〈逃出鳳凰城〉的散文。[15]這篇散文在 1966 年寫成，1969 年發表，屬於舊作。楊牧卻在不易一字的情況下，刪去標題，編進《柏克萊》，再通過新

14　溫任平指出「《年輪》是一部相當難讀的散文集」、「絕非輕鬆雋永的小品文。」溫任平，〈從楊牧的《年輪》看現代散文的變〉，《中外文學》第 8 卷第 3 期，1979，頁 112-118。

15　葉珊，〈逃出鳳凰城〉，《中國時報》，1969.8.2，11 版。

的結構賦予舊作「新生」。

　　單獨看楊牧〈逃出鳳凰城〉這篇散文，是遊記，記敘 1966
年楊牧與第一任妻子陳少聰（1941-）結婚前夕，「從加里福尼
亞到內伐達到猶他到阿里桑那」的旅遊經驗。主要敘事者為「我
們」，敘事時空鎖定旅途中兩個網站，一是小山城「比爾·威廉
斯」（Bill Williams），一是鳳凰城（Phoenix）。〈逃出鳳凰
城〉最末，描述「我們這兩隻不情願火化的中國鳳凰」，耐不住
鳳凰城的高溫，連夜逃離，詎料「在高溫的黑夜裡出城。逃亡的
節奏猶夾雜著震撼天地的恫嚇。才離城界，復入荒原，忽然雷電
大作，荒原的雷電是不帶一滴水的，這一刻我乃體會艾略特的準
確，雷電說些甚麼？」[16]

　　但當〈逃出鳳凰城〉變成《柏克萊》標號 10，這篇散文與
標號 9、標號 11 的前後文關係，影響著意義的輸出。通過《柏克
萊》前後文對照與創作背景考察，不難發現散文主旨已經「改
編」，這篇遊記變成一篇寓言。

　　《柏克萊》標號 9 最末，寫一對小情人划船，旁觀的敘事者
說：「隔得太遠，我覺得那滑行是無聲的，和平的，充滿愛情而
不畏懼命運的。」緊接另起一段，單句收尾，「Here ends the
Epithalamion for S. K. and T. C.」（這是婚禮頌歌的結束。）《柏
克萊》標號 11 開頭則是四行詩，「不要試探你的慾，捲起夜風
如捲起／一張被汗水浸濕濕透的草席／吹著口哨關窗，把月亮衰
弱地／交給十里以外的海浪去處理」。是以，順序地閱讀《柏克
萊》標號 9、10、11，敘事線圍繞著愛情開展，剛完婚的愛侶，

---

[16]　楊牧，《年輪》，臺北：四季出版公司，1976，頁 32-41。

卻走進鳳凰城這「火勢威烈的葬場」，逃離後的結論則是「不要試探你的慾」。而如此敘事，莫非暗示「婚姻是愛情的墳墓」？

〈逃出鳳凰城〉顯然不預期有這個指涉。楊牧所以通過《柏克萊》的結構，賦予舊作新的意涵，反映楊牧心境有了轉變。因為楊牧創作《柏克萊》時，與陳少聰的婚姻很可能已觸礁；兩人1976 年離婚。於是，《柏克萊》不無反諷意味地，寄寓楊牧與陳少聰終將各自東西的命運。

由此可見，楊牧《年輪》作為散文實驗，可說極力證明散文形式的虛構性：任何文體都隱含後設概念，任何語言都可以重生，隨物賦形，形式的虛構並不能斲傷內容的真實。散文重點仍在表現當下的生命感。

三、《疑神》的筆記體與「斷簡新編」

楊牧的散文創作，涵蓋書信體、雜文體、報章體、自傳體、筆記體、論文體、序跋體等不同文體實踐，例如雜文體《搜索者》（1982）、《星圖》（1995）；報章體《柏克萊精神》（1977）、《交流道》（1985）；論文體《傳統的與現代的》（1974）、《文學知識》（1979）；自傳體《山風海雨》（1987）、《方向歸零》（1991）、《昔我往矣》（1997）與《奇萊後書》（2009）等。

有趣的是，楊牧第二階段出現的筆記體散文《疑神》（1993）有點突兀，發展脈絡不很清楚。《疑神》的抒情語調相對不明顯，敘事以議論為目的，屬於楊牧散文的變格。然而，《疑神》是楊牧第二階段的經驗歸整，有里程碑意義，反映楊牧

長期實踐虛構敘事而錘煉出的散文技藝,即通過「互文性」（intertextuality）,一種文本間的有機互動來創造美感經驗。本文稱為「斷簡新編」。

首先,《疑神》各輯不列標題,僅標號,總計 20 輯,收錄436 則筆記。每輯收錄的筆記數量不一,最短 15 則,最長 32則。每則篇幅不一,最短一句,最長數頁。每則筆記間僅以「‧」作為區隔。《疑神》第一輯發表時有副標題「仿王文興手記體」,似乎說明這是隨手記錄的「斷簡」,無所謂主題章法。實則《疑神》與《年輪》相類似,隨機鬆散的佈局結構裡,埋藏著楊牧的巧思。所謂「新編」,即楊牧從結構上創造語言的新意。

例如《疑神》第 18 輯第 5 則:「說起來難以置信。／一九八五年美國加州大學出版部竟然印了一本研究曹唐的英文專書:『時間海洋裡的幻象:曹唐道家詩歌論』,作者是一個狂妄得不得了的美國（所謂）漢學家,前此也出了幾本書,大都講些稀奇荒誕的事,頗能鼓噪作蛙鳴聲。至於為甚麼是時間海洋裡的幻象,而不是井底的幻象,我也覺得很詫異。」[17]單獨看這則斷簡,楊牧通過「蛙鳴」「井底的幻象」,嘲諷一位漢學家像井底之蛙。對照前後文,可發現楊牧還通過斷簡互文性來鬆動語言,製造語意的延宕與交響。

《疑神》第 18 輯第 4 則寫曹唐評價不高,「真所謂乏善可陳,沒什麼可記誦的事,有之則曹唐作鬼詩『井底有天春寂寂,人間無路月茫茫』而已,往往被當作茶餘飯後的笑話。」兩則合

17　楊牧,《疑神》,臺北:洪範書店,1993,頁 266-267。

觀，《疑神》的審美趣味昭然若揭。前文挑明曹唐詩原有「井底」，後文質疑「為甚麼不是井底的幻象」就更顯得諷刺，指曹唐專家連曹唐詩都讀不通。同理，曹唐寫「春寂寂」，曹唐專家卻「鼓噪蛙鳴聲」，諷喻張冠李戴；曹唐鬼詩落人笑柄，諷喻二者恐怕殊途同歸。而通過前述討論，即見《疑神》斷簡間的「有機互動」。

應當指出的是，楊牧《疑神》結構刻意碎片化，有些斷簡佈置得集中，有些斷簡佈置鬆散，卻說明楊牧對於散文的隱喻結構把握得爐火純青。例如《疑神》共 3 輯 7 則明確提到曹唐。在《疑神》第 4 輯第 7 則中，楊牧舉證唐朝詩人如何與神鬼交涉，寫錢起以鬼詩應試登進士，曹唐以鬼詩枉死二事。同理，第 5 則寫韋莊《秦婦吟》裡的金天神，第 7 則寫韓愈《論佛骨表》。這幾則斷簡主旨皆在舉證神鬼「不可測度」（inscrutable），諷喻神鬼之荒謬不可信。《疑神》第 19 輯第 18、21 則，主旨在評議高棅《唐詩品匯》的「瘋狂」，略及曹唐。

通過這幾處的對照，可發現《疑神》語意的延宕與交響受到控制，統籌在一個隱喻結構裡。透過這個隱喻結構，「曹唐」被符號化，指涉荒謬、乏善可陳、瘋狂等意涵，並且與「上帝」、「金天神」、「女鬼」、「佛」、「漢學家」、「選學專家」等符號形成隱喻的共構關係，由《疑神》全書的主題思考加以收束：「我關注的畢竟是真與美」，「然而生命中比較經常遭遇的不免還是些沒有詩，缺少那無限擴充的力，卻僭取文學和藝術之名的各種詞藻與聲色的末流。」[18]

---

[18] 楊牧，《疑神》，臺北：洪範書店，1993，頁①。

　　綜上，楊牧《疑神》可說再次證明，文體不妨礙作家表現真性情。《疑神》不是「筆記」，而是筆記體的虛構敘事。至於《疑神》斷簡新編與《年輪》舊作改編，在利用互文性創造美感經驗的邏輯上是相通的，唯《疑神》相對操作得更純熟合理。

四、「楊牧體」與一代先進奮揚的精神

　　楊牧對散文技藝的切磋琢磨，與五四精神交相輝映。

　　首先，楊牧對五四文學的意見，比較集中表現在《一首詩的完成》裡〈現代文學〉一文。在這篇文章中，楊牧高度肯定五四運動以降，新文學的「介入參與」，「讀那些作品的目的是尋覓一代先進奮揚的精神」，「以文學喚醒民族的靈魂，而他們永遠是浪漫的，進取的」。[19]楊牧標舉出五四一代「先進奮揚的精神」，也即一種浪漫主義的抒情精神。楊牧〈右外野的浪漫主義者〉一文提到浪漫主義四層意涵，第三層是「山海浪迹上下求索的抒情精神」，「為人類創造一種好奇冒險的典型──五四以來所瞭解的所謂『浪漫』大抵在此」。[20]

　　進而，楊牧對五四文人中，尤其肯定徐志摩與周作人的典範意義。楊牧認為「徐志摩代表一種精神，一種個人的，獨立，自主的精神。」[21]楊牧推崇周作人反對暴力，強調科學，提倡自由與民主，「是一個相當完整的新時代的知識分子，一個博大精深

19　楊牧，《一首詩的完成》，臺北：洪範書店，1989，頁 79-88。

20　楊牧，《葉珊散文集》，臺北：洪範書店，1977，頁⑦-⑧。

21　楊牧編校，《徐志摩散文選》，臺北：洪範書店，1997，頁①。

的『文藝復興人』」。[22]由此不難發現，楊牧的五四精神，可說比較接近胡適（1891-1962）的自由主義立場。胡適強調五四運動的「個人自由與社會進步」，亦屢屢宣揚五四是「一場中國文藝復興運動」。[23]

值得注意的是，楊牧所以肯定徐志摩與周作人，不僅因為神志情調有共鳴，更因為徐志摩與周作人提供的文學範式，極可能對於楊牧散文技藝先後起著指導作用。楊牧自稱初中國文課閱讀徐志摩〈我所知道的康橋〉，對於徐志摩散文的音韻節奏印象深刻。[24]楊牧對周作人的閱讀則較晚，1973年楊牧寫成〈周作人與古典希臘〉，極力讚揚周作人「樂意並能夠引用希臘的事物」乃至「隨意引證以達修飾的效果」，是「現代文體家」。[25]事實上，音韻節奏與互文修辭，也經常是楊牧散文苦心造詣處，《年輪》與《疑神》皆是例證。前述評語容或學習心得爾。

最後，通過前述討論可見文學創作確然存在一條定理：作家應該創造文體，而不被文體局限。楊牧追求的毋寧是像徐志摩、周作人等前輩，「為新文學的開闢以及拓寬樹立卓犖，發光的標桿」。[26]

22　楊牧編，《周作人文選》，臺北：洪範書店，1983，頁四-五。

23　歐陽哲生，〈胡適在不同時期對「五四」的評價〉，《二十一世紀》第34期，1996.4，頁37-46。

24　楊牧，《柏克萊精神》，臺北：洪範書店，1977，頁103。

25　楊牧，《文學的源流》，臺北：洪範書店，1984，頁91-141。

26　轉用自楊牧評徐志摩語。楊牧編校，《徐志摩散文選》，臺北：洪範書店，1997，頁①。

結　語

　　楊牧散文的整體成績，來自多方面傳承及實驗結果。本文略
耙梳楊牧與五四文學傳統的關聯性，說明楊牧對現代散文做出重
要貢獻。通過《葉珊散文集》、《年輪》、《疑神》的相關性，
可見楊牧善於擬仿各種文體，以「虛構敘事」挑戰現代散文期待
視野；自覺利用互文性經營散文的隱喻結構，突圍現代散文格
局，也展現了超越徐志摩抒情美文與周作人小品文的雄心。

　　楊牧散文由《葉珊散文集》出發，繼而《年輪》開始大規模
的文體實驗，以至於《疑神》作為階段性總結。這條軌跡頗能反
映楊牧散文的特性。楊牧勇於嘗試不同文體，不斷累積經驗，培
養散文大局觀，終而錘煉出一家之風神。楊牧奮揚的精神，與五
四先進如出一轍，無疑也將啟發當代散文家，勤勉創作足為下一
個世代楷模的文學範式。

參考文獻

楊牧，《葉珊散文集》，臺北：洪範，1977。

楊牧，《年輪》，臺北：四季出版公司，1976。

楊牧，《柏克萊精神》，臺北：洪範，1977。

楊牧編，《周作人文選》，臺北：洪範，1983。

楊牧，《文學的源流》，臺北：洪範，1984。

楊牧，《一首詩的完成》，臺北：洪範，1989。

楊牧，《疑神》，臺北：洪範，1993。

楊牧編校，《徐志摩散文選》，臺北：洪範，1997。

葉珊，〈逃出鳳凰城〉，《中國時報》，1969.8.2，11 版。

溫任平，〈從楊牧的《年輪》看現代散文的變〉，《中外文學》第 8 卷第 3
　　　期，1979，頁 112-118。

何寄澎，〈永遠的搜索者——論楊牧散文的求變與求新〉，《臺大中文學
　　　報》第 4 期，1991.6，頁 143-176。

陳芳明，《典範的追求》，臺北：聯合文學出版社，1994，頁 205-211。

歐陽哲生，〈胡適在不同時期對「五四」的評價〉，《二十一世紀》第 34
　　　期，1996.4，頁 37-46。

賴芳伶，《新詩典範的追求：以陳黎、路寒袖、楊牧為中心》，臺北：大
　　　安出版社，2002。

韓蕊，《從文學的書信到書信的文學》，長春：吉林大學中國現當代文學
　　　專業博士論文，2007。

吳孟昌，〈後現代之外：九〇年代臺灣散文現象析論〉，《東海中文學
　　　報》第 27 期，2014，頁 191-218。

黃麗明著，詹閔旭、施俊州譯，《搜尋的日光：楊牧的跨文化詩學》，臺
　　　北：洪範書店，2015。

馬森，《世界華文新文學史》，臺北：印刻文學生活雜誌出版有限公司，
　　　2015。

方忠，《臺灣當代文學與五四新文學傳統》，南京：江蘇鳳凰教育出版

社，2016。

許又方主編，《美的辯證——楊牧文學論輯》，臺北：臺灣學生書局，
　　2019。

許又方主編，《向具象與抽象航行——楊牧文學論輯》，臺北：臺灣學生
　　書局，2021，頁 315-342。

烏何有終是我的家鄉：論楊牧《吳鳳》

東海大學中文系兼任助理教授
梁欣芸

摘　要

　　楊牧於一九七九年出版的四幕現代詩劇《吳鳳》，以長達兩千餘行的長詩描述清代阿里山的原鄉風情、瘟疫蔓延的恐懼，以及當時通事吳鳳以死勸諫前內心的生死辯證。千行以上的詩劇在台灣現代詩史上並不多見，相較於作者另一詩劇〈林沖夜奔〉選入高中國文課本，廣為讀者、學子朗讀表演，《吳鳳》顯得清冷。本文除了探究《吳鳳》隱於歲月長河裡的可能原因，論述將著重於文中呈現出的台灣意識和認同，以及吳鳳被型塑為飽讀聖賢書的儒者，透過崇禎帝、顧炎武、王船山、朱舜水和鄭成功等晚明人物事蹟，思考「讀聖賢書」卻帶來面對現實的無力感，其間顯露出學者的哀矜自省，和反清復明暗喻台灣偏安一隅的國族之思，同為本文探究重心。

關鍵詞：楊牧　吳鳳　詩劇

一、一片葉子飄山入海

《吳鳳》發表於至今已然四十年，文中人類對瘟疫／傳染病的驚懼之情，對照襲擊全球至今未能根絕的新冠肺炎，讀來仍然令人動容。文本一開頭，便是阿里山鄒族獵人們的悲鳴：

> 他們／有的剛掩埋了親人的屍體／污泥滿身從野地裡回來／哭泣過的眼睛和山貓一樣／閃爍而多疑，甚至預言著／悲慘地預言著他自己的消滅／那麼恐懼怔忡，雖然他們是／可敬的勇士，我們真正的／獵人[1]

《吳鳳》設定的時間是清乾隆三十四年（一七六九）八月八日至十日間，醫學不發達、近三百年前的台灣阿里山山區，無聲無息的瘟疫讓強悍的獵人也不知如何躲避。劇本裡人物單純，吳鳳及圍繞在他周遭的「土著」們，總共四幕的詩劇。

楊牧景仰吳鳳的英雄事蹟，在一九七六年寫了一篇散文〈偉大的吳鳳〉，文中稱讚吳鳳是「大仁大勇」：

> 吳鳳是早期台灣移民中最光輝的精神凝聚，是傳統中國倫理道德最燦爛的發揚，是人類文明的極致。[2]

也將其與耶穌受難並論，稱吳鳳「乃成阿里山之神，中國人之

1　楊牧：《吳鳳》（台北：洪範書店，1979 年），頁 8。
2　楊牧：《吳鳳》，頁 165。

神，全人類之神」。[3]作者之後想寫一首長詩未成，先有〈吳鳳・頌詩代序〉。一九七八年則是〈吳鳳成仁〉一詩，一九七九出版長篇詩劇《吳鳳》。因為一次嘉義行旅，促成一系列吳鳳頌歌的完成，《吳鳳》是楊牧作品中唯一的長篇詩歌劇本，也在一九八三年收入於 Edward M. Gunn 編的《Twentieth-Century Chinese Drama: An Anthology》，由美國印第安那大學出版社出版。

　　在吳鳳系列詩文裡，作者不同於一向的溫柔節制，是以熱烈的情感讚揚吳鳳，尤其是詩劇《吳鳳》。可惜這部作品相對於作者其他詩文，較少受到的關注與討論，除了聯合報〈楊牧入選《二十世紀中國詩劇》〉專文報導[4]之外，目前僅有兩篇專論。按照發表日期，一是潘亞暾〈「犧牲是為了愛」：評台灣詩人楊牧的詩劇《吳鳳》〉[5]，次為楊宗翰〈現代詩劇，休走！——從楊牧《吳鳳》談起〉[6]。前者為詩作賞析，作者認同楊牧將吳鳳赴死與耶穌的犧牲並列；而後者除了對《吳鳳》的內容與形式提出見解與讚賞，也談及此作不受矚目與國小課文移除吳鳳事蹟的關聯性，然主論是台灣現代詩企圖結合戲劇的創作發展與困境。

　　《吳鳳》不受矚目的原因在兩篇專論裡，只是簡略說明與一

---

[3]　楊牧：《吳鳳》，頁 167。

[4]　謝惠林：〈楊牧入選《二十世紀中國詩劇》〉，聯合報，1983 年 10 月 29 日，第八版。

[5]　潘亞暾：〈「犧牲是為了愛」：評台灣詩人楊牧的詩劇《吳鳳》〉，《台灣研究集刊》1985 年第 3 期，1985 年 9 月，頁 75-79。

[6]　楊宗翰：〈現代詩劇，休走！——從楊牧《吳鳳》談起〉收入於《台灣文學的當代視野》（台北：文津出版社，2002 年），頁 45-56。

九八八年國小教科書刪文有極大的關聯。但關鍵問題是台灣意識高漲之後，社會關注多元族群「共存共榮」的理想如何落實，前提就是各個族群必須相互尊重與理解，並逐一梳理過去「漢人中心」史觀的錯誤，因為對弱勢族群有強烈的歧視與偏見，而造成的巨大傷害。吳鳳形象的崩解，就是其中一個顯例。國小教科書刪除吳鳳故事，只是教育行政當局回應社會潮流的具體作為而已。

　　然而，吳鳳的形象形塑於吳鳳故事的流傳過程，因為本文將討論詩劇裡的台灣意識[7]，必須先行爬梳整理，以此對照詩文討論。[8]吳鳳（一六九九至一七六九年），字元輝，清朝統領臺灣

---

[7]　本文「台灣意識」乃就文化和文學，並非政治上和中國對立，強調台灣主權而言。一九七〇年代台灣鄉土文學發軔之後，作家們大多專注於歷史記憶的重建，以及現實社會的反映，楊牧書寫吳鳳亦重視原鄉景物和人物的描繪，有意識的在地化。

[8]　被刪除的課文內容為「清朝有一個人，名叫吳鳳。他小時候跟隨父母由老家福建，遷來臺灣，住在嘉義縣阿里山下。他聰明能幹，每天除了自家勤苦工作以外，還教鄰近的高山同胞播種、插秧和製造工具，所以大家都很敬愛他。後來政府派他做阿里山的通事，管理高山同胞。吳鳳像家長一樣的照顧他們，像老師一樣的教育他們，像朋友一樣的幫助他們。不久，把一個野蠻的地方，治理得有條有理。

阿里山的高山同胞，從前有一種野蠻的風俗；每年秋末祭神的時候，要獵取人頭來上供。吳鳳知道這是多年的迷信，不容易馬上革除，就規定把過去變亂的時候，被殺的 40 多個漢人的頭，每年給他們一個上供。40 多年以後，人頭用完了，高山同胞又向吳鳳要求獵取祭神的人頭，吳鳳再三勸說，山胞都不聽從。他難過極了，就哭著向山胞說：『殺人是壞事啊！如果你們一定要殺人，明天早晨在我辦公處的附近，有個穿紅衣、戴紅帽、騎白馬的人，你們就把他殺了吧！』

第二天早晨，幾十個高山同胞，拿著刀槍和弓箭，在那裡等候；果然看

後，時年五歲的吳鳳亦隨家人至臺灣。除了從事開墾外，父親也
與阿里山區原住民有往來交易。吳鳳常隨父出入貿易，因此對原
住民的語言、風俗、習性均甚通曉。二十四歲時諸羅知縣孫魯委
派吳鳳擔任阿里山番通事一職，直至吳鳳被鄒族山美社人所殺
（乾隆三十四年，一七六九年），任職長達四十六年，享壽七十
一歲。

　　吳鳳為何被殺？咸豐年間來台的劉家謀，在其作《海音詩》
裡記述吳鳳為保嘉義鄉民自願死於阿里山社番，亡魂依舊顯靈庇
佑之；[9]之後清光緒二十年（一八九四年）成文的《雲林縣采訪
冊》則記載鄒族人並非在不知情的情況下誤殺吳鳳，而是憤恨其
屢次爽約，在知情且憤怒的情況下殺害吳鳳，漢人則立祠祭之。[10]

　　見一位穿紅衣裳戴紅帽子的人，騎著一匹白馬走來。他們一聲喊叫，就
　　把那人打倒，把頭割下來；仔細一看，原來是他們最敬愛的吳鳳。那時
　　他們像瘋了一樣，大哭大叫，有的咬自己的手，有的打自己的臉，悔恨
　　不已。他們為了悼念吳鳳，便埋石為誓：『以後不再殺人！』從此阿里
　　山原住民，革除了『出草獵人頭』的習俗。」

[9]　劉家謀《海音詩》曰：「紛紛番割總殃民，誰似吳郎澤及人。拼卻頭顱
　　飛不返，社寮俎豆自千秋。」
　　《海音詩》之附記：沿山一帶有學習番語、貿易番地者，名曰「番
　　割」；生番以女妻之，常誘番民為民害。吳鳳，嘉義番仔潭人，為羌林
　　大社通事。十八社番，每欲殺阿豹厝兩鄉人；吳為請緩期，密令兩鄉逃
　　避。久而番知鳳所為，將殺鳳。鳳告家人曰：「吾寧一死以安兩鄉之
　　人。」既死，社番每於薄暮，見鳳披髮帶劍騎馬而呼，社中人多疫死
　　者，因致祝焉，誓不敢於中路殺人。南則於傀儡社，北則於王字頭，而
　　中路無敢犯者。鳳墳在羌林社，社人春秋祀之。引自吳守禮校著：《校
　　著海音詩全卷》（台北：台灣省文獻委員會，1954 年）。

[10]　清光緒 20 年（1894 年）成文的《雲林縣采訪冊》所載：「吳鳳，打貓
　　東堡番仔潭莊人。少讀書，知大義，能通番語。康熙初，臺灣內附，從

　　近當代台灣人熟悉的吳鳳形象，則是日治時期嘉義廳長津田毅一在一九一○年編纂《吳鳳傳》，一九一三年編入小學教科書，並改編歌舞劇等方式，使之成為後人所熟知的「捨生取義」感人事蹟。「霧社事件」後，三浦幸太郎著作《義人吳鳳傳》強調「番人」的兇殘，甚至把吳鳳比作東方的基督，並且擴大重修嘉義郡的吳鳳廟，亦有電影拍攝上映。因此，吳鳳的偉大形象，可說由日本人為了獲取山區原木利益，以及強化公務員「殺身取義」、「大公無私」的皇民精神所打造成。

　　國民政府來台後，嘉義市長宓汝卓同樣為了激發公務員捨身從公的精神，期許軍民效法其「殺身成仁」反攻大陸，在徵詢地方耆老與歷訪吳鳳後裔後，呈請臺灣省政府予以表彰，並稱頌吳

靖海侯施琅議，設官置戍，招撫生番，募通番語者為通事，掌各社貿易事。然番性嗜殺，通事畏其兇，每買遊民以應。

及鳳充通事，番眾向之索人；鳳思革敝無術，又不忍買命媚番，藉詞緩之，屢爽其約。歲戊戌，番索人急，鳳度事決裂，乃豫戒家人作紙人持刀躍馬，手提番首如己狀，定期與番議。

先一日，謂其眷屬曰：『兇番之性難馴久矣，我思制之無術，又不忍置人於死。今當責以大義，幸而聽，番必我從；否則，必為所殺。我死勿哭，速焚所製紙人；更喝吳鳳入山。我死有靈，當除此患。』家人泣諫，不聽。

次日番至，鳳服朱衣紅巾以出，諭番眾：『以殺人抵命，王法具在；爾等既受撫，當從約束，何得妄殺人！』番不聽，殺鳳以去；家屬如其戒。社番每見鳳乘馬持刀入其山，見則病，多有死者；相與畏懼，無以為計。

會社番有女嫁山下，居民能通漢語，習聞鳳言歸告。其黨益懼，乃於石前立誓永不於嘉義界殺人；其虐乃止。居民感其惠，立祠祀之。至今上四社番猶守其誓，不敢殺擾打貓等堡。」詳參見倪贊元纂輯、張光前點校：《雲林縣采訪冊》（台南：台灣歷史博物館，2011 年）。

鳳是蔣中正總統「力行哲學」的實踐者，在一九四六年將「吳鳳傳說」收錄於國小國語、生活倫理教科書中。然因故事內容係沿用日治時期教科書的內容，事涉原住民的榮譽與民族意識，多年來備受爭議。一九八四年原住民運動興起，為破除「吳鳳神話」，在吳鳳公園開幕的同時，鄒族青年靜坐抗議。一九八八年牧師林宗正率領數名原民青年以電鋸拆毀嘉義車站前的吳鳳銅像，同年教育部長毛高文下令刪除小學之吳鳳課文，次年內政部將吳鳳鄉更改為阿里山鄉。[11]

楊牧在〈偉大的吳鳳〉散文開頭引文，以及詩劇《吳鳳》的劇情都相似國小教科書，前者也將吳鳳和耶穌並論，也就是日治時期以來打造的吳鳳形象。倘若以「政治正確」與否來論，《吳鳳》的確在問世十年後，面臨課本刪文、原住民意識高漲而被擱置是必然趨勢，加上作品本身雖是一部完整的劇本，但台灣詩劇在八〇年代多半在課堂上由學生排練演出，或者劇團以誦讀、音樂和舞蹈結合的小眾表演，少有搬上大型舞台實際展演也是原因之一。[12]

---

[11] 吳鳳資料詳參趙芷菱：〈吳鳳神話崩解，原民走出百年陰影〉（新紀元「焦點新聞」，第 451 期，2015 年 10 月 22 日）；駱芬美：《被混淆的台灣史：1861-1949 之史實不等於事實》（台北：時報文化出版企業公司，2014 年），頁 153-163。

[12] 根據解昆樺：《謬斯與酒神的饗宴 戰後台灣現代詩劇文本的複合與延異》（台北：台灣學生書局，2016 年），台灣一九七〇年代已經開始有現代詩劇的實際演出紀錄，較為大型的例如 1971 年 5 月 6 日葉維廉與李泰祥、許博允、顧重光、凌明聲合作在台北中山堂推出混合音樂、舞蹈的詩劇《放》；1979 年 7 月 5-7 日大荒詩劇《雷峰塔》第一章由許常惠譜曲、轟光炎舞台設計，於國父紀念館進行演出。一九八〇年代則

　　即使這些形之於外的原因，使得《吳鳳》在八〇年代末之後沉寂，仍無損作品裡動人的英雄氣度，以及歌頌人心的善美。詩人也希望透過話劇的演出，能夠發揮社教功能：

> 我們的社會經過這些年的快速發展，早已透露出一種浮華急躁的氣味，所謂精緻文化，大多是摻了太多茉莉花的香片，獨缺醇厚雋永的好茶格調。話劇的專注和嚴謹可以製造無窮張力於簡潔率直之中，正是精緻的戲劇文化。[13]

傳說故事裡的吳鳳是悲劇英雄，也是勇敢的讀書人，事實上在日本人神話吳鳳故事之前的詩文記載裡，吳鳳本就以生命保護了漢人社群的安危，詩人有感於此而熱烈歌頌，才是最初的寫作初心，也是最感動人之處。特別的是，吳鳳雖然是日本人編造、國民政府延用，貶抑原住民文化的故事，但經由楊牧之筆，卻寫出細緻的鄉土民情，以及動人的戀鄉情懷。吳鳳像一片漂泊的葉子，竟在阿里山落地生根，烏何有之鄉最終成了故鄉。

二、老佳冬樹之歌

　　楊牧在七〇年代初期將筆名由葉珊轉為楊牧，風格也從自由浪漫一變為中國古典，其中代表性的詩劇〈林沖夜奔〉運用戲劇

　　有大荒《白蛇傳》（改編自《雷峰塔》）於 1988 年 6 月於國家劇院演出；羅智成〈大漢天聲〉由李泰祥作曲，在 1984 年由陸光藝工隊演出等。

[13] 楊牧：《飛過火山》（台北：洪範書店，1987 年），頁 164。

形式，搭配擬人化修辭，形成「聲音的戲劇」。詩劇《吳鳳》看
似延續著〈林沖夜奔〉，但已經由中國古典小說轉至台灣歷史傳
說，和其深刻的歷史意識自覺有關。楊牧《一首詩的完成》〈歷
史意識〉中寫道：

> 一個自覺的現代詩人下筆的時候，必須領悟到詩經以降整
> 個中國文學的存在；而在今天我們這個地緣環境裡，和順
> 著這地緣環境所激盪出來的文化格調裡，我們也領悟到台
> 灣四百年的血淚和笑靨——這正如同盎格魯・撒克遜的特
> 殊格調，對艾略特的啟示乃是無所不在的。要讓三千年的
> 中國文學籠罩你虔敬創作的精神，也要讓四百年的台灣經
> 驗刺激你的關注，「體會到這些都是同時存在的，是構成
> 一個平行共生的秩序。」在這種絕對的認知裡，歷史意識
> 交我們將永恆和現世結合看待。[14]

吳鳳這位傳說中的人物，遂成了楊牧凝視台灣土地與歷史的象徵
物。[15]在七〇年代末先後完成《吳鳳》等系列詩文，熱烈讚揚吳

14　楊牧：《一首詩的完成》（台北：洪範書店，2006 年），頁 64。

15　1979 年楊牧發表《吳鳳》，是其作品關注台灣鄉土的重要里程碑，同
　　年 12 月爆發美麗島事件，1980 年 2 月 28 日林宅血案，楊牧曾寫詩〈悲
　　歌為林義雄作〉，1984 年寫〈有人問我公理和正義的問題〉，1987 年 7
　　月 15 日解除戒嚴，顯示楊牧的思想也在激烈震盪轉變中。楊牧發表
　　《吳鳳》的時空背景，乃鄉土文學論戰後臺灣社會開始關切在地尋根，
　　但政治上的統獨分歧尚未尖銳化。加上中國文革結束不久，中國共產黨
　　對傳統文化的摧殘，在臺灣「文化中國」仍是很多人的共同理想與追
　　求。所以楊牧取材吳鳳為崇高人物的原型，一來吳鳳故事尚未被解構，

鳳的情操,卻不涉入政治議題,也未以善惡區分人物,當然也沒有碰觸漢人和原住民之間的習俗和利益衝突。作者作品一向迴避書寫露骨的政治諷喻詩,而注重詩歌形式與精神之美,《吳鳳》亦是:「使用詩的創作去追求美麗莊嚴的人格,或和諧平安的世界,在我覺得,是可行的。」[16]並且在詩劇《吳鳳》中運用本土元素,關懷生長土地的歷史和文化,其中最突出者當屬台灣特有原生樹種「茄苳」意象的運用。

目前可見的吳鳳生平雖然受到質疑,但文學欣賞本就建立在「懷疑的自願消除」基礎上而非考證。吳鳳自幼或少年時即跟隨父母從福建來台生活,因此吳鳳並非老大才遷居,可說是在台灣長大。吳鳳飄海入山的生平也符合台灣的族群組合:許多居民的祖上由中國沿海渡海來台討生活,而許多人是跟著政府撤退到台灣,都像一片葉子離開母樹在萬千世界尋找歸處。

詩劇《吳鳳》時間軸是吳鳳死前三天,乾隆三十四年(一七六九年)八月八日至十日,這年吳鳳虛歲七十一歲:

> 歲月教一棵佳冬長大／挺立在烈日之下,方圓／撐開仁愛的巨傘,是的／在烏何有之鄉……／但這怎麼便是烏何有之鄉?／縱使遙遠茫茫,我長長的根勁／一旦攫獲土地的溫暖,一旦／勇猛地深入,切過岩崖和水泉／向生命的源頭伸入,烏何有／勢必教它認知,教我認知／烏何有終是

　　二來當時「臺灣認同」仍未擺脫漢人中心思維的侷限性。楊牧在這樣的背景下,寫出神聖化的吳鳳形象,也就不足為奇了。

[16]　見楊牧:《北斗行》後記,收錄於《楊牧詩集II》(台北:洪範書店,1996年),頁506。

我的家鄉。啊土地／而我已經是阿里山之子／哦哦垂老的
阿里山之子──[17]

吳鳳以「佳冬」自喻，「佳冬」即台灣原生樹種「茄苳」，也稱
作「加冬」，但「佳冬」一詞應該是作者取其雅而改為同音詞。
中國華南福建、廣東等地稱茄苳為重陽木，但此樹不曾出現在中
國詩詞文句中，連敘事見長的清代名著《廣東新語》雖描述近百
種「木語」卻也隻字未提，可見茄苳是有別於中國文化的台灣文
化植物。《台灣通志》說茄苳樹「大者蔭可數畝」，除了本身的
生長型態，也因木材不適合製作木器，鮮少被伐而能成巨蔭。[18]
作者也因茄苳的「不材」聯想《莊子·逍遙游》：「今子有大
樹，患其無用，何不樹之於無何有之鄉，廣莫之野。」吳鳳這株
「佳冬樹」便在這距離故鄉中國極遠的台灣阿里山／「烏何有之
鄉」落地生根，發揮他的無用之用。

　　楊牧選用茄苳樹入文，可說是煞費苦心，既是本土樹種又能
喻意吳鳳天涯海角亦能安身立命，無愧讀聖賢書。楊牧詩作裡經
常出現花草樹木的身影，這些植物非圖裝飾，而是真切與土地結
合，似與詩經多識草木鳥獸之名同旨。息息相關於生活的植物本
就是詩人無法忽略的存在，況且楊牧善於用樹自喻，一如他的擅
長採取預言和比喻，前者寄寓幽情，後者喻依天地景象。[19]

---

[17]　楊牧：《吳鳳》，頁 26-27。

[18]　茄苳資料考證詳參見潘富俊：《福爾摩沙植物記》（台北：遠流出版事
　　業公司，2014 年）頁 26-27。

[19]　見陳黎、張芬齡、須文蔚編選：《臺灣現當代作家研究資料彙編·50·
　　楊牧》（台北：國立台灣文學館，2013 年），頁 135。

　　作者將吳鳳喻為佳冬樹，老大成蔭的佳冬樹不僅是阿里山原
住民部落裡的眾人聚會的所在，小覡依風唱的老佳冬樹之歌也是
貫穿整部劇的旋律。和〈林沖夜奔〉對聲音戲劇的實踐一樣，
《吳鳳》展現了詩人對音樂性的追求。在《一首詩的完成》「音
樂性」裡，楊牧論道：

> 在一段漫長的時光裡，詩的音樂性指的就是詩歌不分，或
> 者以音樂之美提升詩的感染力，因為沒有人喜歡平白的
> 「朗誦」；縱使有人說「歌」是有樂器伴奏的，「謠」則為
> 徒歌，沒有樂器伴奏的，但無論如何，詩的演出要求旋律
> 與節奏互相配合，這應當是古代所有文化共通的現象。[20]

《吳鳳》以歌詠方式進一步擴大敘述，主要以小覡依風的三次詠
歌表現，以下僅節錄關鍵詩句。第一次出現於第二幕第一場：
「老佳冬，老佳冬／你來做天來我做風……老佳冬，老佳冬／你
是阿里山的老公公／春遮陽，秋避雨／……老佳冬／你不做天來
我不是風」；在這場老佳冬是阿里山美麗而可靠的風景，部落子
民在他的巨蔭下生活，象徵吳鳳如同撐起樹蔭、向下紮根的佳冬
樹護著部落裡的人們。

　　第二次是第二幕第二場：「老佳冬／老佳冬，可憐我是迷失
的風／愛生恨，新迷離／勇敢的意志你珍惜／光明太可疑，忽在
東／忽在西，閃爍又神奇／忽在東，忽在西／閃爍又神奇，教我
／如何放心倚靠你／歲月漫漫是你的記憶／倏忽歸自己。老佳冬

20　楊牧：《一首詩的完成》，頁 144。

／老佳冬，可憐我是迷失的風」；年老的吳鳳在思考如何處理出
草儀式衝突時，老佳冬樹是安靜的傾吐對象，吳鳳在死生仁義間
徘徊，像是失了方向迷失的風。

　　第三次是第四幕終場時：「老佳冬，老佳冬／你來做天我做
風／雲如鉛，霧迷迷／蝙蝠的翅膀在休息／霧水滿大地，濕我髮
／濕我衣，點滴在夢裡／濕我髮，濕我衣／點滴在夢裡，教我／
如何摸索尋找你／天地悠悠是你的祕密／缺憾藏心底。老佳冬／
老佳冬，可憐我是迷失的風」；最後，吳鳳已然捨生取義，和老
佳冬一同成為庇佑阿里山的巨樹／神靈，此處「可憐我是迷失的
風」或可指居民們失去吳鳳的感傷和惆悵。

　　「老佳冬」在這三段詠歌中出現十七次，如同音律上重複音
節，使讀者注意到細節和逐漸被聚焦的意象。老佳冬也是重複出
現的「套語」，根據許又方對楊牧詩經研究《鐘與鼓》的討論，
套語在詩歌上的應用，並不僅在於滿足韻律（形式）上的要求而
已，乃同時有著意旨上的考量—其或者渲染某種特殊情調，或者
引發欣賞者既定的聯想，以使整首詩的語境獲得完整的呈現，套
語創作方式的運用，往往在於構成一個充滿詩意的「主題」。[21]

　　老佳冬之歌的主題即是將吳鳳和老佳冬緊密結合，吳鳳像老
樹般深根於阿里山，他是佳冬樹也是阿里山。縱使生命消逝，阿
里山，甚至台灣這塊土地的人們會依舊記得他。而老佳冬／阿里
山也等於原住民，吳鳳的死亡轉而與老佳冬合而為一以臻永恆，
也象徵著漢族與原民融合。就此看來，「吳鳳——佳冬樹」之根

---

[21]　詳見許又方：〈讀楊牧《鐘與鼓》及其《詩經》研究〉，收入於陳芳明
　　　主編：《練習曲的演奏與變奏：詩人楊牧》（台北：聯經出版事業公
　　　司，2012 年），頁 260。

著阿里山此一存有空間，不只是抓穩阿里山的地理，而是連結了那生活其間卻分裂的族群版塊，展現身體與國土共同結合的意欲。[22]

透過小覡的老佳冬之歌，唱出作者族群融合的隱喻和對台灣土地的關懷，也消解吳鳳被神話的傳說。使其成為一個企圖以死改變漢人眼裡「野蠻」的出草習俗，卻也徬徨、猶疑，害怕死亡的老人，而非文明優越的漢文化、拯救漢人生命的救世者。

三、讀聖賢書教我們蹉跎猶疑

《吳鳳》除了老佳冬的意象十分突出，是台灣認同與族群融合的象徵之外，關於「經營台灣」的議題，楊牧亦藉由吳鳳赴死前的生命回顧與叩問提出，並反思讀聖賢書卻無力於改變現狀而蹉跎猶疑，道出「安於經書」不同於「學術所擴充的氣度」：

> 時常／我在睡夢中回到童年遙遠的／故鄉，漢家的城樓／讀書人宦遊人楚楚的衣冠／任重道遠的神色，我知道／我曾經仰望著迷——／而那僅僅是知識的幻影／學術的架子，不是知識／和學術所擴充的真實氣度／雖然我曾跂求能安於經書／和經書所帶來的閒逸……

依照「士農工商」傳統階級，中國自古以來看重讀書人，吳鳳所

---

[22] 詳見解昆樺：《謬斯與酒神的饗宴 戰後台灣現代詩劇文本的複合與延異》，頁389。

處的清乾隆時期亦是。然而按楊牧《偉大的吳鳳》對其生平的整
理「少年時即隨父來台灣……常隨父入山與土著貿易，乃識番
語，二十四歲被任命為通事，負責土著與漢人間的溝通，為土著
與漢人排解糾紛，處事公正不阿，深受土著愛戴。」[23]可知吳鳳
父子從商，可能迫於生計離鄉背井來台，如此經年未再回鄉。推
測吳鳳識字但無法過著安逸讀經的日子，因此在幼時對士人衣冠
楚楚和昂然的神色仰望著迷。既然吳鳳不是知識分子階層，來台
灣經略山地部落、投入真正的生活磨練之後，又如何方知「學術
的架子，不是知識／和學術所擴充的真實氣度」？這部分無疑是
楊牧代入自身經歷與感悟，也是知識分子的反省。

　　七〇年代的台灣面臨釣魚台事件、退出聯合國、台美斷交等
國際事件挫敗的打擊，楊牧先是以〈林沖夜奔〉的英雄徬徨失
途，讓讀者投射一九七〇年帶初台灣面臨的國族焦慮。繼以《吳
鳳》「阿里山之子」建構在台灣的英雄形體，喚醒群體的凝聚
力。從林沖到吳鳳，由中國古典章回小說到台灣民間傳說，進一
步在《吳鳳》裡寄寓知識分子對台灣這塊土地的認同，並希望能
為台灣盡一份心力，而非只是「安於經書和經書帶來的閑逸」。

　　此外，吳鳳在死前對天懺情時提及的歷史人物，除了吊死煤
山的「君王」（崇禎皇帝）之外，共同的特點是「反清復明」：

　　　　讀聖賢書，自知聖賢的言語／咄咄飄浮，藐藐空虛／胡人
　　　　騎馬入關，倨傲頑劣的／君王也只好手戮骨肉妻女／為了
　　　　名節（一個觀念而已／小小的觀念而已）將自己／吊死煤

23　楊牧：《吳鳳》，頁 163-164。

> 山，教老槐千古負罪／教顧炎武羞愧杜門，刀繩／俱在，
> 王船山規劃他的理想／張煌言死難，朱舜水乘桴浮於海
> ／教鄭成功焚毀儒者的衣冠／經略臺南，終於都晚了／聖
> 賢書教我們蹉跎猶疑／耿耿觀念依舊，生靈的災難／是實
> 際[24]

　　明崇禎皇帝在李自成破北京時，送走太子親王，手戮后妃公主後在景山槐樹上吊；顧炎武則大半生為了反清奔走，領導義軍屢經失敗，無法沉浸於詩歌和學問；王船山投奔南明積極抗清，卻捲入黨爭，遁入深山莽野；張煌言亦為抗清名將，復明無望避於浙江海上小島，仍然為清軍所捕處死；朱舜水則為了籌備反清資金，在華南、越南、日本一帶經商貿易，事敗逃至日本終老；反清的最後勢力鄭成功，在福建南安孔廟焚燒儒衣，投筆從戎，最後撤軍至台灣，同樣反攻無望，正當壯年急病而亡。

　　吳鳳這段詩文的關鍵字句是「名節」與「耿耿觀念」，認為君王為了名節自戕，之後的讀書人則進一步為了復國，握筆的手竟扛起大刀加入戰爭，賠上無數性命。這些堅持反清復明的儒將們饒是精神可敬，卻也因為「耿耿觀念」，執意擁護昏聵的南明政權，讓追隨的親友、戰爭經過之處的人民遭逢死難。所以詩中言道「生靈的災難／是實際」，當地的民生建設付之一炬。因為君王的「倨傲頑劣」導致亡國，這個過錯卻要人民來承擔，其中的能人志士無不捨棄人生來實踐不可能之事。於是吳鳳又說：

---

[24]　楊牧：《吳鳳》，頁 108-109。

我終於了解儒者／所謂放眼天下是空言／文字是他們悲哀
的逃避／我選擇了生命的參與來證明／聖人無辜，是論者
愚妄盲目……渡海取蕞爾台灣小島，看我／吳鳳追蹤國姓
爺的足跡——／入山教化番民，我與朱舜水／並不多讓；
以制度付諸洪荒／船山復出也須引我為知己／即使道不
行，我吳鳳／一旦將以垂老的性命／肝腦塗地來詮釋泛愛
親仁的／道裡。假如他們能記憶著我／讓阿里山永離血腥
和殺戮／一死不輕於張煌言從容就義／則吳鳳的性命並不
足珍惜／雖然我還是恐懼，啊／昊天的神明，大地的精靈
／性命不足惜，雖然我還是如此恐懼，何況一死之後／他
們也可能就把吳鳳忘記[25]

為了復國而使社會失序、倉皇失措，人民無法安居樂業，這真是
聖人所強調的仁愛精神嗎？儒者是否盲目於「耿耿觀念」導致悲
劇？吳鳳渡海台灣小島，他要「追蹤」國姓爺的足跡，入山教化
番民，而不是「追隨」他反清復明的大業。吳鳳希望好好經營一
方天地，實踐聖人泛愛親仁的道理，如此並不多讓於朱舜水、王
船山等人；最後以死來換取阿里山居民和漢人和睦共處，同樣是
死亡，也絕不輕於張煌言的從容就義，即使恐懼生命的結束，即
使有一天可能被遺忘。

　　吳鳳決定犧牲前這一段詩文，既憂傷又激昂，他是為了愛與
和平，但提及崇禎皇帝與反清士人則是突顯他對政治的迷惘，也
是作者對台灣不斷被殖民的思考。在復國的狂潮裡，台灣成了鄭

25　楊牧：《吳鳳》，頁 109-111。

成功暫時避居休生養息的跳板；吳鳳所處的乾隆時期對台灣依然無心思經營，大多採取放任政策，台灣長年皆處於吏治敗壞的狀態，才會導致械鬥四起、民亂不斷，尤以乾隆五十一年的林爽文事件為熾。在這樣的歷史背景下，台灣深山一隅的人們，愛恨生死值得關注嗎？值得吳鳳付出生命嗎？吳鳳卻義無反顧地穿上紅衣上路，去實踐他心中無私的大仁大愛：

> 每一個人心中都供奉著／他自以為赫赫的，赫赫的神靈／有的巍巍光明，有的晦暗／佈滿虛假的灰塵。然而／一旦他佔領了你心臆的廟宇／他穩穩趺坐。有的是仁義慈悲的／化身，如此抽象，須由你以／無謂的抉擇，以行動去求證／去接近他並且以生命顯現他──／你的犧牲可以為後代證明／你心中所供奉的觀念是真／是永恆的善和超越的美／不是潛伏的牛鬼蛇神，不是／竊據的魍魎，幻影的幻影[26]

吳鳳心中並沒有政治計算，而是永恆的善與超越的美，是以做出犧牲的抉擇。楊牧在吳鳳內心獨白與孩子們（阿里山少年們都是他接生的孩子）的對話裡，儼然透露自己是美與浪漫主義的服膺者的訊息。在《花季‧後記》中楊牧描述他在東海四年的心境「我堅持這世界仍然是有秩序的，誰來安排這個秩序呢？是我們自己的心靈，這種追求真和美的心靈在安排這個世界。」[27]在

26　楊牧：《吳鳳》，頁128-129。
27　轉引自張惠菁：《楊牧》（台北：聯合文學，2002年），頁90-91。

《葉珊散文集》的序言，稱自己是「右外野的浪漫主義者」，他詮釋他所擁抱的浪漫主義精神有四個層次：捕捉中世紀氣氛和情調；對質樸文明的擁抱代替古代世界的探索；上下追索的抒情精神；勇於向權威挑戰及反抗的精神。[28]因此寫出吳鳳對名節、反清復明等執念的質疑，對讀書人咄咄空言放眼天下的不贊同。

　　而筆者也認為《吳鳳》裡鄭成功經略台灣的部分，是楊牧「勇於向權威挑戰及反抗的精神」的體現。一九七九年詩劇完成時，台灣的國際情勢不利，台美斷交讓台灣人信心飄搖，既無力反攻大陸，也不知是否該根留台灣。楊牧藉由吳鳳之口道出對台灣的愛，暗指台灣雖然也是國民政府反共復國的偏安之地，但是為政者應該要像吳鳳一樣，撇開政治考量，重視人民的福祉，這在尚未解嚴的台灣社會，的確是一種挑戰權威的諫言。

四、結論

　　閱讀楊牧《吳鳳》，從梳理吳鳳的生平事蹟乃至日治時期以來神話傳說的建構，探討此部詩劇的創作歷程，以及原住民意識抬頭刪去國小課文而沉寂的原因。即使《吳鳳》使用的是被批判的故事，劇中所讚頌的悲劇英雄形象，和吳鳳泛愛親仁的氣度仍教人動容。尤其是劇本三次詠唱老佳冬之歌，寓意台灣本土認同，象徵吳鳳雖如一片葉子飄山入海來台灣，但和阿里山的老佳冬一樣深根土地，成為阿里山／台灣／鳥何有之鄉的子民。

　　《吳鳳》一文最深刻動人的段落，當屬吳鳳決定赴死前的憶

28　葉珊：《葉珊散文集》（台北：洪範書店，1994 年），頁 6-8。

往與心靈叩問，語調時低時高昂，作者在此也代入自己身為知識
分子的反省，並且突兀地提及崇禎皇帝、顧炎武、鄭成功等抗清
復明的志士。這些歷史人物離劇本設定的乾隆三十四年，已然遙
遠得不是吳鳳這等小通事會銘記於心的要事，卻語氣一轉而高亢
的評價他們，借古諷今的用意昭然而顯。台灣這蕞爾小島，自古
便是海盜之淵藪，淪為各方殖民之地：荷蘭、鄭氏王朝、清朝、
日本，到國民政府撤退來台。這些勢力或搜刮資源，或偏安或忽
視放縱，也都曾經和各部原住民起衝突，而詩人借吳鳳之口，應
是希望執政者與人民能夠放下族群偏見，以及偏安暫居的意念，
重視台灣這塊土地，如同吳鳳所言：「烏何有終是我故鄉」，地
處邊陲的小島才是我們安身立命的所在。

參考書目

吳守禮校著：《校著海音詩全卷》（台北：台灣省文獻委員會，1954年）。

楊牧：《吳鳳》（台北：洪範書店，1979年）。

楊牧：《飛過火山》（台北：洪範書店，1987年）。

葉珊：《葉珊散文集》（台北：洪範書店，1994年）。

楊牧：《楊牧詩集Ⅱ》（台北：洪範書店，1996年）。

張惠菁：《楊牧》（台北：聯合文學，2002年）。

楊宗翰：《台灣文學的當代視野》（台北：文津出版社，2002年）。

楊牧：《一首詩的完成》（台北：洪範書店，2006年）。

倪贊元纂輯、張光前點校：《雲林縣采訪冊》（台南：台灣歷史博物館，2011年）。

陳芳明主編：《練習曲的演奏與變奏：詩人楊牧》（台北：聯經出版事業公司，2012年）

須文蔚編選：《臺灣現當代作家研究資料彙編・50・楊牧》（台北：國立台灣文學館，2013年）

駱芬美：《被混淆的台灣史：1861-1949之史實不等於事實》（台北：時報文化出版企業公司，2014年）

潘富俊：《福爾摩沙植物記》（台北：遠流出版事業公司，2014年）。

解昆樺：《謬斯與酒神的饗宴　戰後台灣現代詩劇文本的複合與延異》（台北：台灣學生書局，2016年）。

謝惠林：〈楊牧入選《二十世紀中國詩劇》〉，聯合報，1983年10月29日，第八版。

潘亞暾：〈「犧牲是為了愛」：評台灣詩人楊牧的詩劇《吳鳳》〉，《台灣研究集刊》1985年第3期，1985年9月，頁75-79。

趙芷菱：〈吳鳳神話崩解，原民走出百年陰影〉（新紀元「焦點新聞」，第451期，2015年10月22日）。

「この書を母に捧ぐ」（此書獻給母親）
——楊牧《奇萊前書》的文學啓蒙、歷史記憶與後殖民工程

國立台北教育大學台灣文化研究所助理教授
陳允元

摘 要

2003 年，楊牧（1940-2020）將三冊早期文學自傳《山風海雨》（1987）、《方向歸零》（1991）、《昔我往矣》（1997）合帙出版《奇萊前書》，並在扉頁以日文寫下「この書を母に捧ぐ」（此書獻給母親）。這句以日文呈現的題獻詞，留給這部文學自傳一條隱微然而重要的閱讀線索：世代性與時代性。首先是世代性。1946 年進入甫自日本時代的「昭和國民學校」在戰後改制的「明義國民學校」、1950 年代中開始在《現代詩》、《藍星》等詩誌嶄露頭角的楊牧，在寫作上雖被歸入中文世代，卻也是生於日本時代末期的 1940 年、並於戰爭轉熾之際度過童年的「後期戰中世代」。在童稚的日本時代末期，他台語、日語混用——而那也是他與作為日語世代的母親共有的親密語言；到了戰後，進入國校的他初識文字（＝國語），也在兩個時代的交替之中初嘗愛與失落、認識人間的條件與禁忌，而逐漸脫離童騃長大成人，並覺察了詩的端倪。可以說，其文學啓蒙、安那其意識、及對永恆的美的追尋，正是始於時代轉變中對自我與世界的認識，展現高度的時代性。也因此，這一部文學啓蒙之書，無疑也是一部跨越日本時代末期／國民政府時期的時代之書。而當楊牧欲將這部以戰後的國語（＝中文）寫就之書獻給母親時，扉頁上這句以日文寫下的題獻詞，則是一種中文世代用以溝通、聯繫兩個斷裂時代的語言架橋儀式，同時也是重新記起日本時代童年的回溯裝置。

這一篇論文，將以「後期戰中世代」重新定位楊牧，討論文學自傳《奇萊前書》呈現的日本時代與戰後初期，探究文學啓蒙、歷史記憶及後殖民工程之間的複雜關係。

關鍵詞：楊牧 《奇萊前書》 文學自傳 後期戰中世代 感覺結構 歷史記憶 日本時代 戰後初期

一、前言：日文獻詞的指向

自始至終，楊牧（王靖獻，1940-2020）都是一位中文詩人，這一點毫無疑問。儘管他出生於日本殖民統治下的花蓮，並在戰爭轉熾之際過他的童年，但他的日本時代經驗僅限於學齡前階段，未曾接受正規的日語教育。因此，他並非日語世代作家，當然也沒有所謂的「跨語」，而是在戰後接受完整的「國語＝中文」教育的中文世代。終戰翌年的 1946 年，他進入花蓮市明義國民學校就讀，成為戰後第一屆國民學校的學生，也在此時開始學習中文。十年後，他成為詩壇最受矚目的新星之一[1]。值得注意的是，短暫的日本時代經驗，儘管沒有影響其文學創作的語言使用，卻似乎足以引導其感覺結構（structure of feeling）及歷史意識的形構；而政權更迭導致的語言文化、社會結構的驟變，也促成其生命乃至文學的啟蒙，始能察覺詩的端倪。

2003 年，楊牧將三冊早期文學自傳《山風海雨》（1987）、《方向歸零》（1991）、《昔我往矣》（1997）合帙出版《奇萊前書》，並以日文在扉頁寫下「この書を母に捧ぐ」[2]（此書獻給母親），為這部文學自傳留下重要的閱讀線索。賴芳伶曾指出，楊牧過去幾十本著作，沒有任何一本提詞要獻給母親，因此

---

[1] 1956 年 10 月，年僅 16 歲的他以筆名「王萍」在紀弦主編之《現代詩》15 期發表詩作〈幻〉、〈花〉、〈過程〉；翌年，他開始以筆名「葉珊」發表作品於《現代詩》、《公論報》「藍星」週刊及《創世紀》等。

[2] 楊牧，《奇萊前書》（台北：洪範，2003 年），無頁碼。

這句看似尋常的獻詞是極為特殊的[3]。但何以給母親的獻詞必須以日文呈現？賴芳伶謂，「用日文獻詞，應源自於一種對『母親的語言』的懷念」[4]。這樣的線索，不得不讓我們重新思考出生於日治末期、卻為中文世代的楊牧，與成長於日本時代的母親的世代位置，以及楊牧與日本時代的關係。而在獻詞之外，我們也可以循線繼續追問：何以一部揭示「一位詩人如何形成」的文學自傳，不是由識字始，而是必須向前追索學齡之前的日本時代、及其在戰後初期的殘續？除了大自然與神祇象徵的永恆、崇高與美，人世間的粗礪現實與時代更迭，之於楊牧文學啟蒙的關係為何？這一部文學自傳，能否以後殖民的觀點重讀？

楊牧的世代位置，雖非日語世代、跨語世代，但比起籠統的「中文世代」，我認為用「後期戰中世代」來定位也許是較為精確的[5]。所謂「戰中世代」，係指出生、長成於日本殖民統治末

---

[3]　賴芳伶，〈楊牧「奇萊」意象的隱喻和實現——以《奇萊前書》、《奇萊後書》為例〉，收入陳芳明主編，《練習曲的演奏與變奏：詩人楊牧》（台北：聯經，2012 年），頁 74。

[4]　賴芳伶，〈楊牧「奇萊」意象的隱喻和實現——以《奇萊前書》、《奇萊後書》為例〉，頁 74。

[5]　「戰中世代」的概念，由我嘗試提出。先前雖有劉振琪以「笠詩社第二世代詩人」這個概念進行研究，認為這代詩人「在終戰前出生，經歷短暫的日本殖民統治，幼年有戰爭的記憶，成長求學階段已受完整的中文教育，未經歷語言轉換的痛苦」。但我認為，劉的描述雖能使之與艱辛跨語的 1910-1920 世代形成明顯對比，卻未能區隔其與戰後出生的中文世代的具體差異，真正彰顯此一世代生於「戰中」的過度性與特殊性。且擁有如此背景的詩人，不限於笠詩社成員，楊牧就是一例。因此我特別提出「戰中世代」的概念。關於「戰中世代」，我認為有三個特點。首先，其出生於戰前，卻又在戰後受到相對完整的中文教育，大多可歸

期的 1931-1945 年間、同時也是日本向外發動所謂「十五年戰爭」[6]的「戰中期」的台籍作家。這一個世代，又以 1937 年出生為界分為前／後期，關鍵在於有無受過正式的日本教育。1940年出生的楊牧，屬於沒有接受日本教育的「後期戰中世代」，這也是不能將之歸入日語世代或跨語世代的理由。我們可以發現，楊牧的文學自傳《奇萊前書》，處處顯露了其作為「後期戰中世代」的感覺結構。在童稚的日本時代末期，他台語、日語混用──這也是他與日語世代的母親共有的親密語言；到了戰後，他進入國校、初識文字（＝國語、中文），也在兩個時代的交替之中，初嘗愛與失落、認識人間的條件與禁忌，逐漸脫離童騃長大成人，並覺察了詩的端倪。也許可以說，其文學啟蒙、安那其意

入中文世代，文壇經驗與艱辛跨語的前輩跨語世代幾乎不同。其次，他們雖多可歸入中文世代，卻出生於戰前，部分詩人仍有一定程度的殖民地記憶與日語能力，日本或戰前台灣詩潮，在他們身上產生不一而足的影響。這又使得部分戰中世代的歷史意識與言語條件，與戰後出生全然的中文世代有微妙的差異。第三，相較於更年輕的戰後世代，戰中世代與他們的前輩世代有更多的交會與交涉，即便部分無法閱讀日文，也可能間接受到日本影響。以上討論，詳見拙著，〈「戰中世代」的詩史意義：以葉笛、趙天儀為例〉，收入靜宜大學台灣文學系主編、藍建春等著，《天光：一棵永不凋謝的小樹──趙天儀學術研討會論文集》（台中：靜宜大學，2021 年 11 月），頁 277-308。劉振琪引文，見《笠詩社第二世代詩人研究》（高雄：國立中山大學中國文學系博士論文，2013年），頁 269。

6　所謂「十五年戰爭」，係指以 1931 年 9 月 18 日「滿州事變」為始，至1945 年 8 月 15 日終戰的十五年間的戰爭。詳見鶴見俊輔著、邱振瑞等譯，《戰爭時期日本精神史　1931-1945 年》（台北：馬可孛羅，2020年）。

識、及對永恆的美的追尋，正是始於時代轉變中對自我與世界的
認識。如果這樣的解釋可以成立，那麼這一部文學啟蒙之書，無
疑也是一部跨越日本時代末期至終戰後的國民政府時期的時代之
書。而當楊牧欲將這部以戰後的國語（＝中文）寫就之書獻給母
親時，扉頁上以日文寫下的題獻詞，毋寧也是一種中文世代用以
溝通、聯繫兩個斷裂時代的語言架橋儀式，同時也是重新記起日
本時代童年的回溯裝置。

　　過往學者討論「奇萊書」系列，或著眼於其時間意識與詮釋
主體、記憶擬製[7]，或論其以「奇萊」為核心展開的象徵體系與
山勢氣象[8]，或闡述其抒情傳統與美學思辨[9]。大抵而言，多把重

---

[7]　例如楊照謂：「『奇萊前後書』中，楊牧以皎然的後見擺脫了因果時
　　間，改以結構時間，錯雜交疊時間重新檢視、體驗這些記憶」。鍾怡雯
　　則謂：「是現在的寫作主體楊牧，閱讀從前的自己，重新就文學心靈的
　　塑成的這個面向，賦予其意義。關鍵點是現在，不是過去，是此刻正在
　　書寫的楊牧決定了過去的樣貌」。石曉楓謂：「『奇萊書』系列正是一
　　部書寫靈氛、延續時間、形成意義，從而讓時間重新開始，創造出時間
　　的時間之書」。參見楊照，〈重新活過的時光——論楊牧的「奇萊前後
　　書」〉，收入陳芳明主編，《練習曲的演奏與變奏：詩人楊牧》，頁
　　290。鍾怡雯，〈文學自傳與詮釋主體——論楊牧《奇萊前書》與《奇
　　萊後書》〉，收入陳芳明主編，《練習曲的演奏與變奏：詩人楊牧》，
　　頁 401。石曉楓，〈回憶與靈氛：楊牧「奇萊書」系列中的時間敘
　　事〉，《成大中文學報》第 70 期（2020 年 9 月），頁 179。
[8]　參見賴芳伶，〈楊牧「奇萊」意象的隱喻和實現——以《奇萊前書》、
　　《奇萊後書》為例〉，收入陳芳明主編，《練習曲的演奏與變奏：詩人
　　楊牧》，頁 43-100。利文祺，〈山勢氣象：論楊牧的詩歌與自傳散文
　　《奇萊前書》〉，收入許又方主編，《美的辯證——楊牧文學論輯》
　　（台北：台灣學生書局，2019 年），頁 89-113。
[9]　參見郝譽翔，〈抒情傳統的審思與再造——論楊牧《奇萊後書》〉，收

點放在其寫作手法或符號象徵、美學體系，而鮮由文本與現實聯繫的角度解讀之。如此雖能適切突顯「奇萊書」系列作為「文學自傳」而非「自傳」的特性，卻也不免將楊牧文學與現實的關係預設得過於疏遠；從而也甚少論及其蘊含的世代性與時代性，忽視了楊牧有別於戰後出生的中文作家的感覺結構與歷史意識。

　　前行研究中，較能觸及《奇萊前書》之現實關聯與寓意的，有郝譽翔、賴芳伶以及詹閔旭。在三冊文學自傳尚未合帙出版時，郝譽翔便已在〈浪漫主義的交響詩——論楊牧《山風海雨》、《方向歸零》、《昔我往矣》〉（2000）提示文學自傳外的台灣史面向：「它宛如一則寓言小說，涵融土地、種族、歷史、政治、詩等等的對立辯證，早已不再止於一位詩人的自傳，而是楊牧企圖涵蓋台灣族群政治歷史的寓言之作」[10]，惟郝文的重心在於此三部作的文類定位，對於具體現實脈絡的闡述有限。賴芳伶在〈楊牧「奇萊」意象的隱喻和實現——以《奇萊前書》、《奇萊後書》為例〉（2012）指出，日文獻詞的寓意值得深究，認為若以後殖民視點觀之，此語言使用「內覆的情感思想相當複雜」[11]，無疑是相當重要的提醒。惟賴文的重心在「奇萊」象徵的「詩關涉」，後殖民觀點詮釋的推進有限，本文將延

入陳芳明主編，《練習曲的演奏與變奏：詩人楊牧》，頁 101-123。鄭毓瑜，〈仰首看永恆——《奇萊前（後）書》中的追憶與抵抗〉，《政大中文學報》第 32 期（2019 年 12 月），頁 5-34。

10　參見郝譽翔，〈浪漫主義的交響詩——論楊牧《山風海雨》、《方向歸零》、《昔我往矣》〉，《台大中文學報》第 13 期（2000 年 12 月），頁 172。

11　賴芳伶，〈楊牧「奇萊」意象的隱喻和實現——以《奇萊前書》、《奇萊後書》為例〉，頁 75。

續之、擴充之、深化之。詹閔旭在〈台灣文學的擬造世界之力：
談楊牧《奇萊前書》〉（2019）則指出，楊牧藉由並置敘事者我
（成人）與角色我（孩童），「巧妙地把個人生命之旅縫合進二
十世紀世界史當中對戰爭、國家機器、跨族群接觸的深刻反
省……並非面向過去時光回顧的回憶錄，而隱含了作家面對現
在，面向未來，面向新世界的擬造與期許」[12]，是將《奇萊前
書》與現實關係扣得最緊的一篇，並拓展了將之以個人史與世界
史之鑲嵌縫合的詮釋可能。惟我認為，在以全局的世界史、後設
的成人之眼解釋兒時記憶（或批判日本帝國主義）的同時，透過
「一些氣味，一些聲響，一些色彩，一些光和影，冷和熱」[13]再
現的兒時記憶，也許更接近於雷蒙・威廉斯（Raymond
Williams）提出的以「感覺」（feeling）區別於「世界觀」
（world-view）與「意識形態」（ideology）等正式概念，所謂
的「感覺的思想」（thought as felt）與「思想的感覺」（feeling
as thought）[14]吧。這樣零碎的兒時記憶，也許正因為其片面性、
直觀性、感覺性，反而蘊含了更多正式概念無法解釋、整合、整
除的幽微複雜之處。

　　這一篇論文，將以「後期戰中世代」重新定位楊牧，討論文
學自傳《奇萊前書》呈現的日本時代與戰後初期，探究文學啟

---

[12] 詹閔旭，〈台灣文學的擬造世界之力：談楊牧《奇萊前書》〉
（2019），收入許又方主編，《美的辯證——楊牧文學論輯》，頁
65。

[13] 楊牧，〈愚騃之冬〉，頁93。

[14] Raymond Williams, *Marxism and Literature*, New York: Oxford University
Press, 1977, p.132.

蒙、歷史記憶及後殖民工程之間的複雜關係。

二、終戰前的童年記憶：楊牧筆下的日本時代

　　楊牧在日本殖民統治台灣的最終五年，度過了他最初的童年歲月。其文學自傳對應於這段時間的篇章，主要是收錄在《山風海雨》的〈戰火在天外燃燒〉及〈接近了秀姑巒〉。值得注意的是，兩篇作品中關於所謂「日本時代」──包括日本人、日文、皇民化運動，以及直逼台灣島而來的空襲、戰火──的敘述，事實上並不那樣全面、清晰，而是以侷限的視野呈現：「我的天地很小，大半就在院子裡的樹蔭底下」[15]、「我睡在大海溫暖的旋律裡，不知道這些都在煙波外劇烈地發生著，瘋狂地進行著」[16]；反而是在日本人離去後的戰後初期，「日本時代」才以碎片化的方式，在敘事者的身體、語言及情感裡，以某種奇妙的方式甦醒、徘徊不去。我們也可以看到，儘管楊牧的「日本時代」經驗甚為短暫，也並未影響其文學創作的書寫語言；但其作為「後期戰中世代」，其感覺結構與全無「日本時代」經驗的「戰後世代」，是有決定性差異的。

　　若我們將之與 1947 年出生的陳芳明的散文〈相逢有樂町〉（1987）相比較，感覺結構的世代差異就十分明顯。陳芳明在〈相逢有樂町〉寫道：「父親，是我最早的『日本接觸』」[17]。

---

[15]　楊牧，〈戰火在天外燃燒〉，頁 13。

[16]　楊牧，〈接近了秀姑巒〉，頁 27。

[17]　陳芳明，〈相逢有樂町〉，收入陳義芝主編《新世紀散文家 9 陳芳明精選集》（台北：九歌，2003 年），頁 112。

也就是說，對於戰後出生的陳芳明而言，日本時代是透過「在殖民地時代接受教育」的父親接觸的「間接經驗」。其另一種間接認識日本的途徑，則來自戰後國民黨政府灌輸的教育：「我被送去受教育之後，接受的價值觀念，可以說與父親的世界扞格不入；甚至可以說，我是被教育來敵視父親的那個時代」[18]。終於，這兩種「間接經驗」產生了劇烈衝突：「當我開始到達塑造人格的年齡時，對於自己早年曾經有過的『日本接觸』，竟產生一種厭煩，一種幾乎是近於輕視的態度。……在他面前，我仍馴服如常。但是，在內心深處，我其實是與他決裂的」[19]。可以說，作者的日本時代經驗，不僅是間接獲取的，而且破碎斷裂、脈絡紊亂。必須等到作者流亡海外、開始研究日本時代及戰後初期台灣史之後，才藉由作為第三種「間接經驗」的文獻史料閱讀，找到重新理解日本時代的鑰匙，也與走過那個時代而來的父親和解[20]。這樣的間接性，就像陳芳明在另一篇散文〈母親的昭

---

[18] 陳芳明，〈相逢有樂町〉，頁 115。

[19] 陳芳明，〈相逢有樂町〉，頁 115。

[20] 日本學者松永正義嘗試以世代角度，提出台灣人的日本時代關係／印象的分類。其中陳芳明所處的 1945-1960 年出生者，松永描述，「懂事起就處於冷戰＝內戰體制的時代……受到『黨化教育／中國化教育』的影響最深……『日本』是父母那一輩的價值觀，與自己的價值觀之間有所隔閡。在民主化的過程之中，為了確立自己的身分認同，逐步接納父母的價值觀」。至於楊牧所處的 1935-1945 年出生者，松永指出：「對於日本的印象受到前一個世代的影響，同時也深受『黨化教育』『中國化教育』的影響」。二者有微妙的差異。參見松永正義著，林琪禎譯，〈戰後台灣的日語以及日本印象〉，收入所澤潤、林初梅主編，《戰後台灣的日本記憶：重返再現戰後的時空》（台北：允晨，2017 年），頁 68-69。

和史〉（2005）寫下的：「我是在終戰後的兩年才出生，並不像大姐與大哥在一九四三年與一九四五年分別嗅到太平洋戰爭火的硝煙。我的昭和年代記憶，其實都是由母親轉述得到的」[21]。換言之，他是沒有日本時代記憶的人。

　　楊牧的日本時代，就不完全只是經由轉述的間接記憶。儘管以孩童視點的觀照有其侷限，而必須仰賴詹閔旭所謂「由敘述者我（成人）從世界史角度⋯⋯補足了童年楊牧的認知侷限」的「擬造記憶」（prosthetic memory）[22]後設地補強；但那些記憶儘管因侷限而顯得破碎、不全面，但畢竟是親身的體驗。這是戰中出生的楊牧，不同於純然戰後世代作家的最大差別。

　　因為孩童視線的限制，楊牧筆下的日本時代，充滿許多「那時我不懂，現在大概懂了」[23]的細節。楊牧將孩提之時經歷的大時代化整為零，不帶太多評價地將之作為一種現象來觀察、感受、體驗；後再以成人之眼、後見之明來添上脈絡、賦予象徵、價值與評判。對楊牧而言，體驗並不會因為童齡而顯得粗略、淺薄。相反地，「童齡的敏感更曾使那些故事顯得具體而真實，無限大於其表象」[24]，甚至成為無法被既定概念整除、窮盡的繁複象徵。在《奇萊前書》，孩童與成人、彼時與現在、感受與思辯、現實與詩，二個對極相互補充、對話、加深以及擴大。本該

21　陳芳明，〈母親的昭和史〉，收入鍾怡雯編，《九十四年散文選》（台北：九歌，2006 年），頁 238。

22　詹閔旭，〈台灣文學的擬造世界之力：談楊牧《奇萊前書》〉，頁75。

23　楊牧，〈戰火在天外燃燒〉，頁 11。

24　楊牧，〈奇萊前書序〉，頁 2。

是條件的限制，到了楊牧的筆下，卻產生豐富的辯證、層次與詩
意。

　　楊牧筆下的日本時代記憶，可由戰爭、認同、語言三個面向
談起。值得注意的是，對於受過日本教育的日語世代而言，這三
個面向往往緊密關聯、相互增強，甚至三位一體；但對於終戰前
尚處學齡前階段的楊牧而言，並不屬於周婉窈所謂在日治末期接
受近代學校教育，而在道德感、國家觀念、歷史意識、一般價值
觀等趨於同質的「戰爭期時代」[25]、或松永正義所說的「皇民化
世代」。這樣未受學校規訓的孩童視角，反而能夠脫逸官方設定
的時局框架、時代命題、或均質的集體經驗，能以更個人、更直
觀、同時也更微觀的方式感受、呈現。

　　首先是戰爭。楊牧用兩種視角寫戰爭：以兒童視角表述時，
戰爭彷彿離得很遠。「戰火在天外燃燒，還沒有漫延到我的大海
來，還沒有到達我的小城，還沒有到達我小城裏籠著密葉的院
子」[26]；即便是美軍開始頻繁轟炸花蓮，父母帶他往山地區域疏
散，「感覺上並不像疏散逃離，倒更像是一次令人快樂的春季旅

---

[25]　周婉窈對於「戰爭期時代」的定義如下：「一九四五年日本戰敗投降時
　　年齡在十五至二十五歲之間的台灣人；如從出生年分來看，也就是出生
　　在一九二○年至一九三○年之間的台灣人——即在大正尾、昭和初出生
　　的台灣人」。周進而指出，「這個世代到達入學年齡時，傳統書房式
　　微，初等教育日漸普及……在一九三七年將近一半的台灣兒童接受殖民
　　統治當局提供的近代式小學教育……近代學校教育是造成一個社會同質
　　化的重要機制之一；也是締造學童集體的共同經驗的一個主要場域」。
　　周婉窈，《海行兮的年代：日本殖民統治末期台灣史論集》（台北：允
　　晨，2002 年），頁 2、9-10。
[26]　楊牧，〈戰火在天外燃燒〉，頁 12。

行，因為我們從頭到尾都沒有聽到空襲警報的聲音……這一路上
太平靜了……完全沒有戰爭年代的恐懼不安」[27]。也就是說，在
兒童視角下，幾乎都以間接聽聞的方式，側寫戰爭的年代。

　　戰爭書寫的大部分，是以成人視角的後設、全局補述的方式
寫成的。例如〈接近了秀姑巒〉第一節，鑲嵌在兩段以「我睡在
海溫暖的旋律裡」起始的句子之間的段落：「其實那時已經有無
數住在台灣的日本人被鼓動去參加『聖戰』……呂宋戰役前，有
更多台灣人被遣去南洋當軍侠……許多人失落在海外」[28]；或是
第三節接續在看見三個男人欲屠殺水牛後的段落：「我現在知
道……美軍為了防止台灣島上日本軍人的參與，更可能已經風聞
他們正在花蓮海濱擴建南機場以提供自殺飛機使用的情報，所以
對東台灣的空襲反常地劇烈」[29]。這樣的敘述，不僅是從「世界
史」的角度描述戰爭發展[30]，也明白而激烈地表達了他對太平洋
戰爭的臧否：

　　　　這些台灣人真不知道為甚麼必須捲入這場暴虐可恥的戰爭
　　　　裏，而且死在荒謬的熱帶海外，沒有英勇可信的號召，也
　　　　沒有莊嚴或貪婪的目標，死在沙灘上，叢林裏，死在焚燒
　　　　著爆炸著並且旋轉下沉的戰艦上，而他們的毀滅並不曾榮
　　　　耀大和的英魂，如他們的日本長官所喧囂訓誨的；也不會

27　楊牧，〈接近了秀姑巒〉，頁34。

28　楊牧，〈接近了秀姑巒〉，頁27。

29　楊牧，〈接近了秀姑巒〉，頁40-41。

30　詹閔旭，〈台灣文學的擬造世界之力：談楊牧《奇萊前書》〉，頁
　　68。

> 榮耀大漢的英魂，如他們的祖先藏書裏的紀載，如何在戰
> 爭時勇敢地捐軀，身死神靈，魂魄始終是鬼世界的英雄。
> 沒有，這一切都和顛躓於南洋戰場上的台灣兵伕無關；他
> 們的死延續的是一種被迫的羞辱，並不曾突出任何再生的
> 喜悅。[31]

這樣的意見，當然一部分是建立在台灣意識崛起的 1980 年代中期以降，楊牧對於台灣史的理解[32]；也可解釋為作為一位安那其（anarchism）的楊牧，對國家體制基本的不信任。不過我想，這並不完全是後天來自書本上的歷史知識，或是知識份子的反戰、反政府、人道主義立場，也有一部分源自於童騃時其關於背叛與離棄的記憶，並以此記憶，在成長過程中摸索、選擇或建立他相信的歷史版本，並逐漸成為一位安那其[33]。

　　也因此，楊牧這一段文字的深意，也許不在意義顯露的「暴虐可恥」，而在於生命價值的探問，以及幽微複雜的認同問題。楊牧無疑是否定戰爭的。台灣人沒有號召、沒有目標，死在荒謬

31　楊牧，〈接近了秀姑巒〉，頁 27。

32　詹閔旭，〈台灣文學的擬造世界之力：談楊牧《奇萊前書》〉，頁 75。

33　楊牧在〈大虛構時代〉寫道：「安那其不是天生就安那其的。易言之，天下沒有人會從童年（或者少年）曉事開始就自命為無政府主義者的。安那其之發展，養成，定型，皆有待外在許多政治現實因素來促進，有待整個文化和非文化社會之啟迪。他需要經歷一些有力的衝擊，精神和感情之衝擊……他必須曾經為這些現實痛心疾首，曾經介入對抗，然後廢然退出，才可能轉變為一個真正，完整，良好的安那其，一個無政府主義者」。頁 284。

的熱帶海外。「他們的死延續的是一種被迫的羞辱，並不曾突出
任何再生的喜悅」。死亡並不能如帝國承諾的「以血換血」——
透過生命的犧牲，換得「成為日本人」的機會[34]。死亡並不能換
得什麼。無論是實質的利益，或象徵的光榮。「這一切都和顛躓
於南洋戰場上的台灣兵伕無關」。那麼日本人的犧牲呢？楊牧在
〈戰火在天外燃燒〉寫道：「到了太平洋戰爭的末期，統治者更
發動台灣人在吉野附近趕築一個新機場，計劃以它為基地，供神
風特攻隊的自殺飛機出發去海上和美國戰艦拼命。但機場構工還
沒有完成，他們的天皇就透過無線電廣播宣佈投降了」[35]。兵士
在前線拼命、「玉碎」，天皇卻以「玉音放送」宣告投降。這毋
寧也是一種荒謬。

　　對楊牧而言，戰爭帶來的只有毀滅而已。「幸虧他們投降得
早，否則……花蓮一定會挨更多美國軍機的轟炸，而且不只吉野
的日本聚落要被摧毀，恐怕我們長年沉睡在河流沖積扇裏的小城
也會被夷為平地」[36]。與戰爭之毀滅、荒謬、荒蕪成為對極的，
是守護著花蓮及楊牧童年的奇萊山。楊牧曾不只一次以「守護
神」的形象書寫奇萊山，正如賴芳伶指出的，「正是有了這些群
山的守護懷抱，楊牧一家人才得以在二次世界大戰美軍的空襲下

34　關於透過血書志願、生命犧牲換取成為日本人的機會，參見周婉窈，
　　〈日本在台軍事動員與台灣人的海外參戰經驗〉，《海行兮的年代：日
　　本殖民統治末期台灣史論集》（台北：允晨，2003 年），頁 127-183。
　　荊子馨著，鄭力軒譯，〈同化與皇民之間：從殖民計畫到帝國臣民〉，
　　《成為「日本人」：殖民地台灣與認同政治》（台北：麥田，2006
　　年），頁 127-181。

35　楊牧，〈戰火在天外燃燒〉，頁 17。

36　楊牧，〈戰火在天外燃燒〉，頁 17。

倖免於難」[37]。值得注意的是，儘管在兒童的視角下，戰爭幾乎都是以聽聞的方式間接呈現，但這座被群山守護的小城、甚至家中的院子，在兒童經驗所及的範圍內，有些情境竟與經驗之外的戰爭產生了巧妙的互涉關係。楊牧敘述，他的院子裡有一棵巨大參天的闊葉樹。夏季成蔭，入秋後院子便積滿落葉：「我穿木屐去踢那些落葉，喜歡那粗糙的聲響，並且帶著一種情緒，彷彿大提琴在寂寞的午後發出的裝飾音，傾訴著甚麼樣的一種情緒；那時我不懂，現在大概懂了」[38]。楊牧並沒有說明情緒的內涵，但緊接著敘述夏天的樹，以不同的色調呈現：

> 我站在院子裏看夏天的大樹，透過層層的綠葉尋覓，強烈的陽光在樹梢簸搖，最高的是破碎的藍天。我把眼睛閉上，感覺黑暗的世界裏突出一點紅光，慢慢溶化；然後我又睜開眼睛去找。樹枝上停著一隻蝤蠐，忽然間小風吹過，卻看到一隻金龜子斜飛落下，又奮勇掙扎起來，以它最快的速度衝高，沒入重疊的闊葉中。[39]

秋樹的蕭瑟，與夏樹的生氣盎然，當然是明顯的對比。但更值得注意的也許是停在夏天樹枝上的那隻蝤蠐，以及小風吹過斜飛落下的金龜子。蝤蠐，是天牛及桑牛的幼蟲。因體豐潤潔白，也被用以比喻女人光滑柔膩的頸項。《詩經·衛風·碩人》云：「膚

---

37 賴芳伶，〈楊牧「奇萊」意象的隱喻和實現——以《奇萊前書》、《奇萊後書》為例〉，頁62。

38 楊牧，〈戰火在天外燃燒〉，頁11。

39 楊牧，〈戰火在天外燃燒〉，頁11。

如凝脂，領如蝤蠐」[40]。熟悉《詩經》者如楊牧，也許兼取兩義：幼蟲象徵的生命萌生，以及女人頸項之於童年象徵的早熟的性。然而不同的是，落下之後，牠又奮勇掙扎，以最快的速度衝高，反映了其生之本能，這與特攻隊尋求「玉碎」的自殺攻擊相反。夏天闊葉樹的層層綠葉，是分隔、守護童年的小天地（生命、愛慾），與在天外燃燒的戰火（死亡、毀滅）的結界。在這個「籠著密葉的院子」，「陽光幾乎每天都在竹籬上嬉戲，籬下幾株新發芽木瓜樹在生長。我蹲下來觀察那木瓜一天一天抽高，蚯蚓在翻土，美人蕉盛放」[41]，與天外的戰火呈現相反的色調與構圖。

　　而楊牧以木屐踩踏落葉伴隨而來的「情緒」，恐怕不只是秋天的蕭瑟與哀愁，而是時局變化的預感——當然，這是後設的。當層層的密葉落盡，童年的一方天地彷彿頓時失去掩蔽。寧靜的小城，也不再那樣的與世無爭。楊牧雖未直寫戰火，卻也藉由偶然遇見的兩次血腥的殺戮，象徵人間的殘酷。第一次是兩個業餘獵人展示剛被打死的野獐。「我心裏惘然，它和我共有不少秘密，我聽得見山的言語；可是它並沒有告訴我今天黃昏有人會從它那裏扛來一隻死獐，並且擺在巷口地上，這麼殘忍嚇人」[42]。這是楊牧第一次在被保護著的童年、與美麗的小城裡，發現人間的殘酷。第二次則是在警報解除後的山坳，看見三個男人準備要

---

[40]　參見教育部重編國語辭典修訂本「蝤蠐」條目。網址：https://dict.revise
　　　d.moe.edu.tw/dictView.jsp?ID=100327&la=0&powerMode=0（檢索日
　　　期：2022 年 2 月 15 日）。

[41]　楊牧，〈戰火在天外燃燒〉，頁 12。

[42]　楊牧，〈接近了秀姑巒〉，頁 28。

殺一頭流淚的水牛：

> 這個屠殺在我心靈裏造成極大的震動，雖然我並沒有親眼
> 看見那些人的攻擊和那牛的死亡，但我可以想像得到，想
> 像那三個男人如何聯手以重物將它打昏，如何利刃支解
> 它，致使現場一片血腥汙穢；而牛是如何沉默，在一生辛
> 苦的耕作和拉車之後，發覺它所服役的人類竟如此殘忍如
> 此無情。說不定那三個男人還是它一向認識的農夫，所以
> 它就悲傷地哭了，為它自己也為人之殘忍無情而哭。我在
> 最憤懣最懼怕的時後，只能不斷地告訴自己：那三個男人
> 是盜牛賊，絕對不是它的主人。縱使這樣，我已經第一次
> 認識到死亡的恐怖，即使死去的只是一頭水牛；我聞到了
> 人間暴虐的氣息，那氣息刹那間擴散開來，滲入農村表面
> 的純樸。這山坳並不如我想像的那麼和平安逸，不如我想
> 像的那麼清潔。我開始在幼稚愚騃的心裏培養一份抑鬱和
> 懷疑，在無聊的警報聲裏長大了不少。[43]

這一段文字，並不只是論者所謂的「批判人類的殘忍、無情、冷
血，批判戰爭與死亡的荒謬」[44]，我認為重點更在於人與牛不對
等的主從關係的殖民地權力結構的隱喻、以及其間起碼的信任關
係赤裸裸的破壞。我們可以看到，楊牧始終在意的是牛的眼淚，
且不忍承認的是他們之間也許曾經有的主從關係。類似的敘述，

---

[43] 楊牧，〈接近了秀姑巒〉，頁39-40。
[44] 詹閔旭，〈台灣文學的擬造世界之力：談楊牧《奇萊前書》〉，頁69。

也出現在楊牧對於台灣人之殖民地處境的表述。在〈戰火在天外燃燒〉，楊牧提及隔壁一對幾乎只講日本話的台灣夫婦。「那些台灣人為甚麼那麼努力在學習日本人的表情和口氣，想到那已是太平洋戰爭的時代，日本已經統治台灣將近五十年，而且皇民化運動已經推行了不少時日，甚至不少張三李四也已經改名為渡邊田中，夏日裏喜歡穿一條相撲大漢的白色丁字褲在街衢廊下乘涼，並以不準確的日語互相請安——想到這些，我現在應該懂了」[45]。儘管如此，當台灣人被遣上戰場，所有的利益、光榮等一切都與他們無關。這就是殖民地的悲哀。將經濟資源、甚至生命奉獻給殖民母國，卻無法換取一物，正如這頭為了人類勞苦一生後，仍遭殘忍殺害的水牛。男孩對三個男人說：「看啊，你們的牛在哭！」楊牧寫道。「那三個男人很尷尬的互看了一眼，忽然也變得和牛一樣頹喪起來了」[46]。他們的尷尬與頹喪，正說明了男人與牛之間曾有的關係。牛為他們服役。台灣也作為日本的殖民地五十年。童年楊牧看到的除了殺戮的殘虐，更多的是遭背棄的悲傷。所以他說：「我始終不能忘記那流淚的牛，在另一個山坳，在一次解除警報後，被三個男人聯手屠殺的水牛。我懷疑我的童年是不是已經隨著那屠殺而結束了」[47]。童年的結束，始於認識人間的殘虐，同時也是最初的失望與悲傷。這就是成人的開始。

　　在戰爭之外，楊牧筆下的日本時代，也多少涉及了認同及語言。

---

[45]　楊牧，〈戰火在天外燃燒〉，頁15。

[46]　楊牧，〈接近了秀姑巒〉，頁39。

[47]　楊牧，〈接近了秀姑巒〉，頁42。

　　在楊牧的童年自述中，他過著日本式的生活：穿木屐、踩落
葉；或坐在榻榻米上，看母親的照相簿。照相簿裡有「唐裝的和
洋裝的，還有穿和服的人像」，榻榻米「有一股稻草的味道，幼
稚的清香，在陽光下飄著浮著」[48]。這些生活細節，顯示了日本
式的生活已極自然地存在於童年的日常之中，同時也透露「日本
時代」並非只有日本性，而是同時也包含了西洋近代性以及漢元
素。接著，他提及與隔壁夫婦的互動：

> 隔壁住了一對幾乎完全講日本話的夫婦；起先我以為他們
> 是日本人，後來母親說他們和我們一樣，也是台灣人，只
> 是不知道為什麼他們為甚麼開口講的都是日本話。日本話
> 我也會，不但會聽而且大概也會講，但除了玩遊戲唱童謠
> 以外，我們盡可能不用它。有一次我在門口的榕樹下拿蜻
> 蜓餵螞蟻，隔壁的男人出來用日本話罵我腌臢，我也用一
> 長串的日本話回罵他。記憶裏日本話有許多罵人的成語，
> 用起來比台灣話還方便。這時候正好走過來一名穿制服的
> 日本警察，他嚴肅地說：這個「子供」很會講話啊——說
> 著就忍不住笑起來了。[49]

關於這一段「誤識」，詹閔旭認為其饒富寓意：「表面上寫的是
渴望變成日本人的台灣人，暗地裡，間接暗示日本人在台灣享有
殖民統治者、殖民模範、優勢族群的文化位階，以致於台灣人在

---

[48]　楊牧，〈戰火在天外燃燒〉，頁13。
[49]　楊牧，〈戰火在天外燃燒〉，頁13-14。

殖民論述的洗腦下努力變成日本人」[50]；並進一步指出：「敘述者挑選『誤識』作為觀看及理解日本人的開端，隱含敘述者面對皇民化運動和殖民權力結構由上而下穿刺台灣人自我認同的基進批判立場」[51]。我認為，其中三人的權力關係值得玩味。隔壁（台灣）男人用日本話罵童年楊牧腌髒，以顯示其作為「國語家庭」的優越；童年楊牧不甘示弱地用日本話反罵回去，抵銷了其優越。而路過的日本警察在消遣男人的同時，也忍不住流露對於皇民化及國語運動成功的自滿。從權力關係來看，楊牧的敘述當然不無諷刺與批判之意，但他並不是站在純然旁觀、無涉於己的超然立場；相反的，儘管他與隔壁夫婦使用日語的頻繁程度有別，但他穿木屐、坐榻榻米，自謂「日本話我也會，不但會聽而且大概也會講」，日常生活也已相當日本化，二者之間並沒有決定性的不同。事實上，他是相當能夠理解何以隔壁的夫婦積極皇民化背後的心理機制的。當他提及穿著制服的日本警察，他是如此描寫自己的內心感受：

> 在我幼穉的印象裏那制服是十分令人心折的。我偶然看到那幾個穿制服的人，總不免產生懼怕和羨慕的感覺。我想我懼怕的和羨慕的都是他們的權威，而且根據那不曾完全成熟的判斷，我知道他們和我們不一樣，他們是外來的統治者，表情特殊，何況他們說話的口氣是許多台灣人怎麼

50　詹閔旭，〈台灣文學的擬造世界之力：談楊牧《奇萊前書》〉，頁73。

51　詹閔旭，〈台灣文學的擬造世界之力：談楊牧《奇萊前書》〉，頁73。

都學不像的。[52]

懼怕和羨慕，是一體之兩面，構成了台灣人面對日本殖民者的心理結構。日本人即以其權威，影響、或操弄著殖民地人的認同。在積極同化台灣人的同時，又處處顯露差異，「以表示其優越」[53]。然而即便是童年的楊牧，也能夠明顯感知：「他們和我們不一樣」。這句話的反面就是：我們永遠也不可能成為他們。且從後見之明來看，日本帝國的光榮或是利益，「都和顛躓於南洋戰場上的台灣兵伕無關」。台灣人既不會是日本人，但也難以成為自己。楊牧的敘述，與其說是批判，更多的是感到悲哀。

即便如此，楊牧對日本人／日本時代的情感，也許並非純然的批判或是悲哀所能道盡，而是有更幽微的一面。關於終戰之後日本人的離開，楊牧寫道：「日本人就在我毫無感覺中完全撤離了，檳榔樹還在，以及鳳凰木，老榕，麵包樹，和棲息著我最熟悉的昆蟲的闊葉樹，不知道叫甚麼名字，這些都在；河畔和湖邊也都還是蘆葦和水薑花，蜻蜓也在阡陌上飛舞」[54]。忽然之間，日本人完全從生活中消失了，彷彿不曾存在，楊牧也幾乎沒有對其離去表達一絲欣喜或是惋惜。這是淡到不能再淡的筆觸。不過，描述戰後時代的〈愚騃之冬〉裡有一段文字，似乎意有所指地將日本人的撤離與愛慕對象的不告而別並置，也許值得仔細推敲。這一段文字談及小學轉校後遇見的女老師。「新學校的老師是一個很好看的女人……她不會講台灣話，而她永遠穿著一襲長

52　楊牧，〈戰火在天外燃燒〉，頁 14-15。
53　楊牧，〈戰火在天外燃燒〉，頁 16。
54　楊牧，〈戰火在天外燃燒〉，頁 17-18。

過膝蓋的旗袍，洗得泛白的藍布，確實是少見的」[55]。這一位外省籍的女老師使少年的楊牧迷戀。「我跟著她唸『去』，專心把嘴唇學她那樣噘起來，決心做個好孩子」[56]。但不久之後，老師就不再來了，讓少年楊牧非常失落：

> 後來我開始覺得有點生氣，好像受騙了，為甚麼她這樣就不來了呢？怎麼可以不告訴我一聲，就突然失踪了呢？我又想她又氣她，睡前臉頰靠著枕頭，讓一滴眼淚悄悄滑下。[57]

這樣產生愛慕之情、對方卻不告而別的情境，在《奇萊前書》並不是第一次。第一次是在〈水蚊〉，正在等候通知進小學的楊牧，迷戀一位大他五歲的美麗小姐姐。「我想我一定是強烈的戀慕著她，不知道為甚麼，也絕不隱瞞的是一種完整的好感」[58]。然而不知道從哪一天起，就再也沒有見到她了[59]。「那是我最初的愛」[60]，楊牧寫道。同時他也初次體驗了不告而別、近乎被拋棄的失落。愛與失落，在楊牧的書寫裡並非特意作為特定的國族或省籍隱喻。不過，關於這位不告而別的外省籍女老師的敘述，

55　楊牧，〈愚騃之冬〉，頁98。

56　楊牧，〈愚騃之冬〉，頁98。

57　楊牧，〈愚騃之冬〉，頁99。

58　楊牧，〈水蚊〉，頁83-84。

59　這裡的「不告而別」，在白色恐怖年代的脈絡裡，亦可能意味「失踪」、「消失」。當然，楊牧沒有在論及兩人時就這點多加闡述。

60　楊牧，〈水蚊〉，頁86。

他卻提及了日本人的撤離，很難不令讀者在意：

> 那年日本人剛走，而且說走就走，幾乎撤離得乾乾淨淨，
> 可是學校裏的老師都還習慣以日語交談，夾雜著台灣話和
> 簡短的國語單字，連笑聲都充滿了日本味道，只有她的笑
> 聲和他們完全不同。[61]

楊牧為何迷戀這位女老師？「好看」是楊牧一連用了幾次的詞
語。但「她身上有一種檀香的味道，一種陌生的親切感，令人驚
異」[62]，也許才是更深刻的原因。她的笑聲與其他「連笑聲都充
滿了日本味道」的本省籍老師不同。儘管陌生，卻使楊牧感到親
切、甚至迷戀。然而她的不告而別，楊牧卻將之與日本人「說走
就走，幾乎撤離得乾乾淨淨」的無情、決絕並置，隱隱然產生某
種微妙的類比關係。這樣的類比關係，既是以日本人的撤離比喻
女老師的無情、決絕，但或許也間接表露了對於日本人不告而
別、說走就走，拋卻殖民地的怨懟？同時，在日本人離去後，
「學校裏的老師都還習慣以日語交談……連笑聲都充滿了日本味
道」，不也同時又反過來隱喻少年楊牧在女老師不告而別之後，
仍處於某種無法驟然與之斷開的陣痛期，一如台灣的後殖民情
境？

　　當然，這樣的解釋也許有些過頭了。楊牧五年的日本時代經
驗雖短，卻也絕非「暴虐可恥」的批判、或是「日本人就在我毫

61　楊牧，〈愚騃之冬〉，頁98。
62　楊牧，〈愚騃之冬〉，頁98。

無感覺中完全撤離了」的無感可以道盡。而是以「一些氣味，一些聲響，一些色彩，一些光和影，冷和熱」[63]的形態疊合成為童年記憶，為下一個階段的成長、以及詩的端倪，埋下長長的伏筆。

三、告別童年：時代的疊覆、交錯與詩的端倪

1945 年 8 月 15 日宣告終戰的「玉音放送」，以及隨後日本人撤離台灣、遣返回母國的「引揚」（引き揚げ），無疑是台灣近代史上最具象徵意義的場景環節。然而在楊牧的筆下，卻以極平淡的筆致呈現：「村外跑進一人，一邊喘氣一邊大喊：『太平了，太平了——』」[64] 也許這是最具戲劇效果的一幕了。但人們只是出來探看，狐疑地迎向前來報信的人。在此之後，「日本人就在我毫無感覺中完全撤離了」[65]，如同幻影一般。與寧靜而恆久存在的自然、大山相比，人世間的變動顯得無足輕重：

> 那時戰爭才結束不久，但我好像完全淡忘了戰爭的事，彷彿那些都不曾發生過，或者就是一些片斷的夢，破碎模糊，游移在有無之間。眼前望去也並沒有任何戰爭的痕迹，平靜，安詳，慢慢展開的田疇泛著收穫的金黃，更遠一些，依然是陡然拔起的大山，那蒼莽青翠的顏色即使到

63　楊牧，〈愚騃之冬〉，頁 93。
64　楊牧，〈接近了秀姑巒〉，頁 43。
65　楊牧，〈戰火在天外燃燒〉，頁 17。

了秋天，也是不變的。[66]

儘管記憶如此淡薄，但值得注意的是，在楊牧筆下，日本時代並
未隨著日本人的撤離、或國民政府的到來而消散於無形，而是化
整為零，以某種形式殘續於國民政府統治下的戰後階段。例如四
周古松參天、廢棄的日本神社[67]、糖廠為運甘蔗的小火車而特別
建造的鐵橋[68]、戰爭時期構建的「築港」[69]、或日式屋舍[70]與倉
庫等等。甚至構成了戰後人們沿用的生活空間本身，成為一種消
散不去的「日本的亡靈」[71]，與戰後的國民政府時代遭遇、疊
覆、交錯、衝突，產生高度的違和感。且饒富興味的是，楊牧筆
下的花蓮到了戰後，反而在違和與衝突與映襯下，更顯露出其曾
經作為一座殖民地都市的日本表情。

　　在〈愚騃之冬〉，楊牧描寫一個住了很多外省人的公務員宿
舍區。「他們在日式房子的門窗上釘起綠色的紗窗，又把大門漆
成朱紅色，並且總是緊緊關閉著；大半人家早就將原來的冬青短

66　楊牧，〈水蚊〉，頁 84。
67　楊牧，〈水蚊〉，頁 69-70。
68　楊牧，〈水蚊〉，頁 75。
69　楊牧，〈野橄欖樹〉，頁 155。
70　楊牧，〈愚騃之冬〉，頁 101；〈愛美與反抗〉，頁 172-173。
71　日本人引揚後留下的日本房子，也成為構成台灣新電影作品的重要空
　　間。關於「幽靈家屋」的概念及相關作品討論，參見九川哲史，〈「台
　　湾ニューシネマ」と台湾の脱植民地化、及び日本の脱帝国化につい
　　て：『悲情城市』と『多桑』を手がかりにして〉，《一橋論叢》123
　　卷 3 號（2000 年 3 月），頁 518。以及林ひふみ，〈台湾映画の日本家
　　屋という亡靈〉，《中国・台湾・香港映画のなかの日本》（東京：明
　　治大学出版会，2012 年），頁 80-83。

籬拔掉，改築了高高的泥牆，有些甚至還在牆頭插上碎玻璃」[72]。這樣的空間改造，是將住不慣、也看不慣的日式房舍中國化；而緊閉的門、高聳甚至插有碎玻璃的牆，同時也象徵一種封閉性、以及與周遭關係緊繃的戒備防衛姿態。而在〈愛美與反抗〉，他進一步藉由中學的馮老師，談戰後外省移民的心境：

> 馮老師家的榻榻米還原樣鋪著，但我注意到他們在榻榻米上把了幾張藤椅，這已經夠稀奇了，可是有一天我不經意看到師母推紙門從另一個房間走出來，紙門後面榻榻米上赫然更擺了一張牀。那是我第一次在榻榻米上看到一張牀，後來越看越多了，所有老師家都在榻榻米上擺一張牀……馮老師他們接受這一切……惟有當他們聽說高中生那一串問候言語是日本話時，他們深深覺得被環境隔絕了，頓失人情的依恃。[73]

對於馮老師而言，來到台灣、住在日本時代遺下的日式房舍，彷彿置身異國。值得注意的是，對於歷經八年的對日抗戰、後來又被趁機坐大的共產黨擊潰，不得不輾轉來到台灣的他們而言，所謂的「異國」毋寧也是「敵國」[74]。其對於日式房舍的改造，不

---

[72] 楊牧，〈愚騃之冬〉，頁 101。

[73] 楊牧，〈愛美與反抗〉，頁 173。

[74] 林ひふみ指出：「日本人離開台灣之後，住進他們留下的日本房子的，是抗日戰爭後從中國來台、接收日本人財產的國民黨的外省人。……對於大陸出身的中國人的他們而言，有榻榻米地板及壁櫥的日本房子很難住。加之，他們在中國有著八年的抗日經驗。為什麼非得讓自己適應作

只是將陌生（＝異國）的地方熟悉化，同時也是將其痛惡的日本痕跡抹除。然而日本時代的殘續，並不只在物質或物理空間層面，更滲入了這座島嶼的精神、語言以及日常生活層面。楊牧對於馮老師在榻榻米上擺上籐椅、牀感到驚訝，即是一例。在日本時代度過五年童年生活的楊牧，對於榻榻米的認識，已是根深蒂固。在〈戰火在天外燃燒〉，楊牧提及年幼的自己坐在榻榻米上看母親的照相簿時，榻榻米是生活中再日常不過的存在。且榻榻米「有一股稻草的味道，幼稚的清香，在陽光下飄著浮著」[75]，陪伴著其與母親共度一段溫暖親密的時光。楊牧對於馮老師使用榻榻米的方式感到驚訝，正因為這與他的生活習慣——或是日本時代帶給他的禮儀教養——有極大不同。楊牧藉由這個空間在戰後的改造、挪用，具體而微地呈現日本時代與國民政府時代遭遇、疊覆、交錯、衝突，也象徵不同歷史背景的兩種族群，在文化、情感與心靈上的難以彌合的殊異[76]。

　　日本時代的殘續，除了建物空間與生活方式，更在於語言及認同。接續前段討論，外省籍的馮老師發現本省學生（甚至師生）之間仍以日本話相互問候時，「他們深深覺得被環境隔絕

為敵人的日本人的生活樣式呢？」參見〈台灣映画の日本家屋という亡靈〉，頁81。

[75]　楊牧，〈戰火在天外燃燒〉，頁13。

[76]　除了建築空間，軍歌也有類似的奪胎換骨的違和狀況。楊牧在〈一些假的和真的禁忌〉寫道：「有時中文歌不夠用，他們會從舊檔案裏找出日本軍歌來教唱，但那些譜雖然是日本歌的原譜，詞都換了新的。我們坐在榕樹蔭裏唱那些配了新詞的日本軍歌——感覺上好像一群日本兒童正使用當年皇軍耀武揚威的歌聲，在評論著新中國煙硝滾滾的另一場戰事」。頁109。

了，頓失人情的依恃」[77]。在日本時代，即便台灣人已形成日語世代，但日本語仍是帝國的、殖民者語言。值得注意的是，到了戰後國民政府時期，台灣人與日本語的關係產生了一種所謂「日語的內部化」的現象。日本學者安田敏朗綜合陳培豐、松永正義的研究指出，在 1946 年 10 月日文欄遭廢止、以及 1947 年二二八事件之後，對「祖國」失望的台灣人，產生了一種將「中國」外部化、而將「日本」及「日語」內部化的心理變化。原先作為帝國的、殖民者的語言的日本語，到了戰後，反而成為台灣人用以區隔我族與他者（＝外省人）的「我們的語言」[78]。這樣的「日語的內部化」現象，楊牧的作品中有細膩的體現。在戰前，面對日本人：「我知道他們和我們不一樣，他們是外來的統治者，表情特殊，何況他們說話的口氣是許多台灣人怎麼都學不像的」[79]；隔壁幾乎全講日本話的夫婦，則被他誤認為日本人（＝他者），即便自己會聽也會講。我們可以看到，在戰前的描寫裡，日本／日本語仍是外部的、他者的；但到了戰後，卻成為「我們的」藉以區隔另一種外來「他者」的標記及語言。楊牧極其細膩地掌握了時代變動之中，台灣人幽微的心靈變化。

　　關於讓馮老師感到悲傷的「那一串問候語言」，楊牧是這樣描述的：

77　楊牧，〈愛美與反抗〉，頁 173。
78　參見安田敏朗著，黃耀進、林琪禎譯，《「他們」的日本語：日本人如何看待「我們」台灣人的日語》（台北：群學，2016 年），頁 181-185。另外也可參見松永正義，〈台湾言語事情札記〉，《台湾を考えるむずかしさ》（東京：研文出版，2008 年），頁 83-85 的討論。
79　楊牧，〈戰火在天外燃燒〉，頁 14-15。

在長長的兩廊裏遇見的高中生，早晚會從嘴巴裏發出一串
聲響，那是他們互相問候的言語，我從來沒仔細聽懂
過。……。他們遇見當老師的學長時，不但發出那聲響，
往往還停駐腳步做欠身致意的樣子，學長們則匆匆向前
走，也拋出一串相當彷彿的聲響。那些高中生和外省老師
擦身而過，大都面無表情，也不出聲，各自向長廊兩端走
去，沉默裏難免有一種緊張的氣氛。[80]

那一串互相問候的語言，是我族認同的表徵，故而也是有排他性
的。楊牧敘述，那些受過至少六年日本小學加上三年日本中學教
育的學長，不輕易向外省老師打招呼。「他們對本地老師們最有
禮貌，因為那些老師個個都是花蓮中學畢業，到台北上完大學又
回來短期任教的，他們是真正戴過高中制帽的學長」[81]。那是一
種共有日本時代的記憶、作為共同語言的日本語、讀過同一所
學校等的共同體表徵。以世代論，這些「學長」在日本時代讀
過九年的書，若以六歲到達入學年齡計，屬出生於 1920 年代末
至 1930 年的日本語世代，且是松永正義稱為「具有強烈的戰爭
時期的日本價值觀」的「皇民化的世代」[82]。在日本時代尚屬
學齡前階段的楊牧，自然不屬於那個世代。也因此，那一串互
相問候的語言，「我從來沒仔細聽懂過」[83]；有趣的是，回憶
這件往事、那一串招呼語雖「比我想像的困難，卻並非完全不可

---

[80]　楊牧，〈愛美與反抗〉，頁 171。

[81]　楊牧，〈愛美與反抗〉，頁 171。

[82]　參見松永正義，〈戰後台灣的日語及日本印象〉，頁 68。

[83]　楊牧，〈愛美與反抗〉，頁 171。

能」[84]。因為畢竟楊牧在童年經歷過日本時代，勉強還搆得上共
同記憶的邊。那一串問候究竟所指為何？楊牧寫道：「後來我聽
馮老師說，那一串問候聲其實是日本話，被高中生修改了的，也
許是縮短簡化了或怎麼樣，總之它的根源是日本」[85]。根據《奇
萊前書》的日文譯者上田哲二的判斷，是由「おはよう（ござい
ます）」（＝早安）縮減而成的略語「オッス」[86]。這一串來自
日本話的問候語，讓馮老師又生氣，又悲傷：

> 馮老師提到這一點都很生氣。我彷彿可以在他文雅的面
> 容，和艱澀的口音裏，體會一種莫大的悲傷，一種困擾的
> 迷惑的情緒：「為甚麼要用日本話互相問候呢？」他似乎
> 都如此追問著，對我們這些幼稚的小男孩，雖然我們並沒
> 有用日本話互相問候，是哥哥他們，而老師不去問他們，
> 反而在我們面前追問著，又好像問的是自己：「為甚
> 麼？」……其實我知道他並不是真正不懂「為甚麼」，他
> 是有答案的，只不過他不喜歡那個答案罷了──不喜歡那
> 答案，遂拒絕認知他，偽裝成一種無知困惑的表情，強調
> 他的悲劇意識，憂患，飄泊，疏離，寂寞。[87]

楊牧的這段敘述，一方面呈現以馮老師代表的外省人面對台灣人

84　楊牧，〈愛美與反抗〉，頁 172。

85　楊牧，〈愛美與反抗〉，頁 172。

86　楊牧著、上田哲二譯，《奇萊前書 ある台湾詩人の回想》（東京：思
　　潮社，2007 年），頁 153。

87　楊牧，〈愛美與反抗〉，頁 172。

的「日語的內部化」的反應與心境，同時也呈現楊牧有別於日語
世代學長們的世代位置。馮老師的悲傷有兩個層次。其一是對於
台灣人使用日語（＝敵國語）交談的不理解——更精確地說，情
感上無法接受；其二則是對於自己何以飄零至此異鄉／異國的身
世感到悲傷與屈辱。這樣雙重的悲傷，有時會轉為憤怒。同樣是
外省籍的孫老師，偶然聽到兩位高中生以台語說了「可以」（會
使，ē-sái），卻將之誤聽成日文招呼語「オッス」，憤怒地摑毆
他，罵他「無恥亡國奴」[88]。儘管少年楊牧幫忙解釋那是台灣
話，不是日本話，但東北出身、痛恨日本人的孫老師不斷重複：
「不要以為我不懂，我看到的日本鬼子比你們還多，混賬日本
鬼，我看多了。他明明就是講日本話，我怎麼不懂」[89]，繼續辱
罵在場的人是亡國奴。讓少年楊牧忍不住開口：

> 「他說台語怎麼是亡國奴？」我插嘴問。
> 孫的黑臉又歪了，摻進一絲赧紅，隨便看我一眼，憤憤地
> 說：「台語，日語，都一樣，全是些無恥亡國奴！」[90]

正如台灣人面對外省人時將日語「內部化」；外省人孫老師也惱
羞成怒地將台語／台灣人以及日語／日本人混同，認為全都是亡
國奴。然而這樣將自身對於日本帝國主義的國仇家恨，轉嫁於曾
受日本殖民統治的台灣人的狀況，有時不僅是以情緒的方式表
現，甚至形諸於制度，系統性地抹除日本殖民印記，例如校長宣

88　楊牧，〈愛美與反抗〉，頁 178。
89　楊牧，〈愛美與反抗〉，頁 179。
90　楊牧，〈愛美與反抗〉，頁 179。

布學生禁說日文、統治者對台灣的主體與歷史直接予以否認，「全台灣的學校，只要是戰前創立的，都只能以所謂光復節那一天做為共同校慶日，而『光復』之前的歷史必須以空白視之，不存在」[91]，體現出黃英哲所謂的「去日本化、再中國化」[92]。台語也在禁止之列，並被視為卑俗的語言。值得注意的是，在這樣台灣人將日語內部化以形構新的我群／他者意識（＝日語世代的台灣意識）、外省人將台灣人視為日本帝國主義之替身而加以憎恨（＝反日的中國民族主義），二者相互衝突、刺激、增強的循環結構之中，楊牧站在一個出生戰前卻非屬日語世代的外緣位置。關於日語的內部化，楊牧不斷提及自己並不完全屬於日語世代共同體——「我們並沒有用日本話互相問候，是哥哥他們」[93]、「這時學校禁說日語，其實已經不必要了，因為學生當中真會說整句日語的，已經很少了；他們最多只會使用簡短的詞彙和片語，用來指涉平時幾乎非用它不可的東西」[94]。這說明了尚未讀過一天日本學校的楊牧，儘管也能有些許共感，卻是旁觀、疏離的。日本時代形塑他部份的生活慣習，但未及構築他的國族認同；日本語成為他會聽大概也會說的生活語言，但並沒有真正使其成為日語世代。而關於外省籍老師混同了仇日與仇台的中國民族主義，從他對馮老師之悲傷心境的詮釋來看，事實上他是頗能理解並寄予同情的。這一點與在日本時代接受教育的學長們不一

---

[91]　楊牧，〈愛美與反抗〉，頁 174。

[92]　參見黃英哲，《「去日本化」「再中國化」：戰後台灣文化重建（1945-1947）》（台北：麥田，2017 年）。

[93]　楊牧，〈愛美與反抗〉，頁 172。

[94]　楊牧，〈愛美與反抗〉，頁 174。

樣。不過，對於課本裡關於下雪、梅花、竹葉的敘述，少年楊牧完全沒有辦法理解：「雪在高高山頭，比夢還遙遠，而梅花是甚麼？我從來沒看過；竹葉我認得，但公雞的腳印怎麼可能像竹葉？我們的竹葉片片都比老師的手掌還大，這些我是知道的。說不定課本印錯了」[95]。那是遙遠的中國，不是從小生長的花蓮。我們可以看見，在日語世代的台灣意識，與中國民族主義之間，楊牧化整為零地透過各種事件、情境帶給他的感受刺激，逐一辨析自己與它們的關係。他並不是完全的日語世代，但也不是純然的戰後中文世代。而是在日本統治下的戰爭時期出生、度過童年的「後期戰中世代」，同時也是在戰後接受國民政府的國語教育的本省人中文世代。

　　然而比起日本／日本語或中國／中文，對他而言更親近的，毋寧是自小生長的花蓮以及台語。楊牧對故鄉花蓮、奇萊山深刻的孺慕之情，已無須贅述。而面對校長禁說台語、甚至視台語為卑俗，他不能贊同，甚至有些憤怒：

> 永恆的嶺嶂……遠遠俯視我們站在廣場上聽一個口音怪異的人侮辱我們的母語，他聲音尖銳，口沫橫飛，多口袋的衣服上插了兩支鋼筆。他上面那頭顱幾乎是全禿的，這時正前後搖晃，我注視他，看見他頭顱後才升起不久的國旗是多麼鮮潔，卻有一種災難的感覺。
>
> 忽然間，我好像懂了，我懂為甚麼馮老師那麼悲哀，痛苦。我甚至覺得我也悲哀，也痛苦。

---

[95]　楊牧，〈愚騃之冬〉，頁101。

> 國旗在飄，在美麗的晨光裏，在帶著海洋氣味的風裏招
> 展，鮮潔的旗。奇萊山，大霸尖山，秀姑巒山齊將眼神轉
> 投在我們身上，多情有力的，投在我身上，然而悲哀和痛
> 苦終將開始，永生不得安寧。[96]

從對於校長嘲諷性的描述——口音怪異、聲音尖銳、禿頭搖晃
等，看得出來少年楊牧對之是帶著情緒的，因為覺得自己受到了
另一族群的侮辱。值得注意的是，這一段敘述還兼有另一種視
角：群山視角，因而產生了辯證性與對話空間。永恆的群山從一
個遠遠的高點（空間的、時間的），俯視在廣場及人世間發生的
一切，彷彿帶著楊牧後設地俯視自己所處的時代與境遇。那便不
只是個人的、我族的情緒，而是以一個層次更高的全景視角，俯
視地面對峙糾結的兩造，遠眺人類發展的歷史。忽然間，他懂了
馮老師的悲哀與痛苦，甚至自己也感到悲哀、痛苦。那並非僅是
出於一種同樣受到另一族群的輕視、侮辱之苦而來的相對主義的
同情。楊牧對於悲哀及痛苦之洞察恐怕來自於，他意識到在這面
剛升起不久的鮮潔的國旗底下，無論是外省籍的馮老師或台灣
人，恐怕此生都無法脫身，必須居困於對彼此而言的「異國」甚
至「敵國」之中，相互排斥、對峙、鄙夷、提防，永生不得安
寧。於是他也忽然懂了，除了崇高的永恆與大自然，人世間的變
動苦難之於藝術的意義：

> 這樣看來，啊偉大的浩瀚滄海之神，遙遠巍巍的高山之

---

[96]　楊牧，〈愛美與反抗〉，頁 176。

神，藝術之力非僅來自大自然之美，非僅來自時間和空間
交替的撞擊，在我摸索的手勢，在我探討的眼光，在我叩
問的心跳，在這一切動作，持續的行為上，時空加諸我那
震撼的摧折，天地的重量，打在我的身體和靈魂深處，啟
發我，教我知道堅毅，好奇，棄絕庸俗，追求自我無限量
的秘密。然而這些並不見得就是所有的藝術之力，還有許
多別的因素在我的存在周圍鼓噪，環繞著我，刺激並干預
我生長的速度，使我加快茁壯，使我遽爾停頓；還有那麼
多不可指明不可述說的因素，在我四肢和內心處處爭執地
佔領了我。啊偉大的滄海之神，高山之神，我終於必須明
白，完完整整地領悟你們給我的啟示，惟浩瀚不可度量，
遙遠巍巍不可窮究，攀越那些是我的嚮往，我的標桿。奧
秘不是人生的所有一切，雖然他鞏固了我早年為膜拜大自
然之美而建立起來的一心趕赴的殿堂，原來藝術之力還來
自我已領悟了人世間一些可觸撫，可排斥，可鄙夷，可碰
擊的現實，一些橫逆、衝突。[97]

於是，我們也就可以藉此回頭重讀楊牧〈詩的端倪〉，挖掘其詩
的啟蒙更深層的寓意。「我真正確定天地有神，冥冥造化可以和
我交感回應，是一次大地震前後的事」[98]。這一場地震，讓他真
正發覺「蒼茫不可辨識的太空以外，顯然存在著一個（或多個）
超凡的神」[99]，並且發覺自己異於常人，彷彿能聽見秘密的神

---

[97]　楊牧，〈愛美與反抗〉，頁 182。
[98]　楊牧，〈詩的端倪〉，頁 126。
[99]　楊牧，〈詩的端倪〉，頁 128。

啟：「如同眾神授意的祭司，具有某種特殊的法力，可以直接和他們交談，領先奉承他們的意志，提示凡人的欲望和關心讓他們憐憫裁決，我力能正確地解說他們的命令」[100]。簡單來說，發現自己能識宇宙之徵兆並且表達之，就是詩的端倪。但值得注意的是，詩的端倪並不只發生於與崇高永恆之間的天人交感，也與告別童年同步發生：「彷彿，我突然遭遇到一個鉅大無比的挑戰，生命的砥礪，一個不能向任何人傾訴的秘密在我內心滋長，只有我一個人微弱地負荷著，在那遙遠的年代，我知道我正在遲疑地向我的童年告別」[101]。

告別童年，始於對人世間粗礪現實的理解與幻滅。這一場地震，楊牧寫道發生於其進入中學（1952）的前一年[102]，推算可知指涉的應是發生於 1951 年 10 月 22 日，規模 7.3 且餘震不斷的「花東縱谷地震」[103]。不過值得注意的是，儘管現實中這場地震發生於 10 月底，楊牧在〈詩的端倪〉反覆呼喚的卻是「啊春天，黑色的春天」[104]。

地震在季節上的錯位，當然不能排除是楊牧誤記。但當他以「黑色」作為春天之前綴，而象徵災禍的黑色的春天，又很難不

---

[100] 楊牧，〈詩的端倪〉，頁 131。

[101] 楊牧，〈詩的端倪〉，頁 137。

[102] 楊牧，〈野橄欖樹〉，頁 157。

[103] 參見「臺灣地質知識服務網」https://twgeoref.moeacgs.gov.tw/GipOpenWeb/wSite/ct?xItem=125393&ctNode=1243&mp=6（查閱日期：2022 年 2 月 21 日）。

[104] 楊牧，〈詩的端倪〉，頁 130。

讓人聯想 1947 年春天發生的二二八事件[105]；我想，也許我們有
理由相信這並非單純的誤記，而毋寧是有意識地將 1951 年的花
東縱谷地震，與 1947 年的二二八事件與其後的白色恐怖時期創
造性的錯位重組，讓象徵大變動且駭人的地震，同時具有「天
災」以及「人禍」的雙重隱喻：

> 大地震以後一年我進入中學。現在想以來，那個時代可以
> 說是一個從騷動正要轉入平靜的時代——也許不是平靜，
> 是一個屬合了憤怒和恐懼的，一個因為嚴厲，肅殺，猜忌
> 到了某種程度遂化為沉默的，相當空洞的時代。然而所有
> 的憤怒和恐懼都是不適宜表達的，直覺上我可以感知人們
> 對於新秩序的信任微乎其微，或者可以說是完全沒有的。
> 這當然很可怪，也是不可怪的。就在地震前一兩年，地方
> 上許多有名望的人都捲入了政治糾紛裏，我們聽聞了很多
> 槍殺和失蹤的事，而監禁反而是不尋常的——這正是新舊
> 制度的不同所在。有人露宿香蕉林裏，番社裏，山坳谷
> 底，親人們為他們行賄贖死，再出現的時候都變得很沉
> 默，空洞，變得憂鬱……在我記憶裏，所有的大人都是不
> 快樂的，緊戒而小心。[106]

為何是「遲疑地」與童年告別？因為告別「夢裏的世界和醒來的

---

[105] 例如吳新榮（1907-1967）即有一首以洪水（＝天災）象徵該事件的詩
作〈誰能料想三月會做洪水〉（1952），相當具代表性。

[106] 楊牧，〈野橄欖樹〉，頁 157。

世界樣美麗」[107]的童年，無疑是艱難的：「我已經知道人間是有條件的，在那個年代，生存依附著一些難以瞭解的禁忌」[108]。而在這樣的年代，楊牧聽見了宇宙的脈搏，也在「我靈魂幽玄處」[109]聽見了一些訊息。「於是我奮起追蹤，尾隨馳騁，在完全無光無聲的空白境界裏，單獨，孤寂，冥漠，我在尋覓，尋覓那勢必就要屬於我的，本來就注定屬於我的，應該屬於我的一些東西。我自覺那過程是創造」[110]，楊牧寫道。

　　少年楊牧終於告別了童稚，識得宇宙、人間與自我。我以為那才是詩的端倪。

四、結論：文學心靈的後殖民工程

　　論文的最後，讓我們重新回到那句以日文表記的獻詞：「この書を母に捧ぐ」，為討論收束。為何給母親的獻詞需以日文表記？賴芳伶謂，「應源自於一種對『母親的語言』的懷念」[111]。我無意追索楊牧母親實際的教育背景，只考慮一般情況：生於日本時代的她假使曾接受日本教育，便會成為日語世代。但我們也必須意識到，在台灣歷史的脈絡下，「日文」除了是作為連結親密情感的「母親的語言」，同時也兼有「帝國的語言」以

107　楊牧，〈接近了秀姑巒〉，頁 27。

108　楊牧，〈一些假的和真的禁忌〉，頁 106。

109　楊牧，〈愛美與反抗〉，頁 192。

110　楊牧，〈愛美與反抗〉，頁 192。

111　賴芳伶，〈楊牧「奇萊」意象的隱喻和實現——以《奇萊前書》、《奇萊後書》為例〉，頁 74。

及在戰後被台灣人內部化成為「我們的語言」等多種層次。這些
不同的層次，楊牧都將之銘刻於《奇萊前書》這部文學自傳之中
了。但值得注意的是，儘管童年楊牧「不但會聽而且大概也會
講」日本話，但在寫作上，楊牧自始自終都是一位中文詩人，而
非日語或跨語詩人。當他在具有儀式性的「獻詞」特意使用並不
真正屬於他這個世代、或早已忘卻的日文，我認為除了賴芳伶所
謂私人感情性的「懷念」，更多是出於重新聯繫起斷裂的兩個時
代的語言架橋，也是重新記起日本時代童年的回溯裝置。

　　在這部文學自傳，楊牧重新回顧了童年，以及伴隨著告別童
年（＝對人世間變動苦難的理解）而於少年階段始能察覺的「詩
的端倪」。從另一個角度看，我們也可說楊牧在這部陸續完成於
解嚴前夕、乃至解嚴之後的 1990 年代的文學自傳，試圖重新審
視兩種禁忌：日本時代以及白色恐怖，毋寧也是歷史記憶與文學
心靈的後殖民工程，如同郝譽翔所言：「它宛如一則寓言小說，
涵融土地、種族、歷史、政治、詩等等的對立辯證，早已不再止
於一位詩人的自傳，而是楊牧企圖涵蓋台灣族群政治歷史的寓言
之作」[112]。關於後殖民與日本時代記憶的關係、以及日本時代
記憶之於台灣後殖民的重要性，劉亮雅曾以施叔青、李昂、郭強
生、吳明益、甘耀明、魏德聖等「重現日治時期的台灣歷史記
憶」的小說、電影為例進行研究，完成重要的專書《後殖民與日
治記憶：二十一世紀台灣小說》（2020），在結論指出：

---

[112] 參見郝譽翔，〈浪漫主義的交響詩——論楊牧《山風海雨》、《方向歸
　　零》、《昔我往矣》〉，頁 172。

它們不僅試圖對日本殖民主義去殖民，更是對國民黨的中
國民族主義去殖民。因此在這些小說裡，重新記憶日治時
期與重新銜接台灣戰前與戰後，兩者是難以分割的。[113]

劉亮雅提到的「重新記憶日治時期」與「重新銜接台灣的戰前與
戰後」，幾乎就是楊牧在文學自傳《奇萊前書》採取的策略。藉
此，楊牧得以回溯其童年及文學啟蒙之路，同時也得以對日本殖
民主義及國民黨的中國民族主義，進行雙重的去殖民，重新審視
作為禁忌的日本時代及白色恐怖。但有趣的是，對於在日本時代
末期度過童年、並於戰後接受國民政府的國語教育而成為中文世
代的楊牧而言，其感覺結構及歷史意識也是具有雙重性的。正如
賴芬伶所指出的：「其內覆的情感思想相當複雜，已不能全然只
用被壓迫者的單向角度來詮釋解析」[114]。

　　最後必須一提的是：儘管這篇論文非常強調《奇萊前書》與
社會現實、歷史脈絡間的連繫，但我們不可忘記它仍是一部「文
學自傳」。這些原以為在藝術之力之外的「許多別的因素」
[115]，形塑的不只是楊牧，而是「詩人楊牧」──「原來藝術之
力還來自我已領悟了人世間一些可觸撫，可排斥，可鄙夷，可碰
擊的現實，一些橫逆、衝突」[116]。同樣的，《奇萊前書》終究

---

[113] 劉亮雅，《後殖民與日治記憶：二十一世紀台灣小說》（台北：台大出
　　版中心，2020 年），頁 313。
[114] 賴芬伶，〈楊牧「奇萊」意象的隱喻和實現──以《奇萊前書》、《奇
　　萊後書》為例〉，頁 75。
[115] 楊牧，〈愛美與反抗〉，頁 182。
[116] 楊牧，〈愛美與反抗〉，頁 182。

也不是一部歷史或政治論著，無法被任何一套意識形態或史觀整除，而是一位詩人的成長史、心靈史，或者說，為了追求更自由、更堅定的文學心靈而必須採取的後殖民工程。當楊牧藉由童年、少年記憶的回溯，傾聽在永恆的大自然之間、在人世間，在母親及故鄉的膝下逐漸長成的自己，「這時我再度自我靈魂幽玄處聽見那訊息，準確不移的是愛，同情，美，反抗，詩」[117]。

---

[117] 楊牧，〈愛美與反抗〉，頁193。

參考書目

一、專書

Raymond Williams, *Marxism and Literature*, New York: Oxford University Press, 1977.

安田敏朗著，黃耀進、林琪禎譯，《「他們」的日本語：日本人如何看待「我們」台灣人的日語》（台北：群學，2016 年）。

周婉窈，《海行兮的年代：日本殖民統治末期台灣史論集》（台北：允晨，2002 年）。

荊子馨著，鄭力軒譯，《成為「日本人」：殖民地台灣與認同政治》（台北：麥田，2006 年）。

黃英哲，《「去日本化」「再中國化」：戰後台灣文化重建（1945-1947）》（台北：麥田，2017 年）。

楊牧，《奇萊前書》（台北：洪範，2003 年）。

楊牧著、上田哲二譯，《奇萊前書 ある台湾詩人の回想》（東京：思潮社，2007 年）。

劉亮雅，《後殖民與日治記憶：二十一世紀台灣小說》（台北：台大出版中心，2020 年）。

鶴見俊輔著、邱振瑞等譯，《戰爭時期日本精神史　1931-1945 年》（台北：馬可孛羅，2020 年）。

二、單篇論文／作品（楊牧之外）

丸川哲史，〈「台湾ニューシネマ」と台湾の脱植民地化、及び日本の脱帝国化について：『悲情城市』と『多桑』を手がかりにして〉，《一橋論叢》123 卷 3 號（2000 年 3 月），頁 512-527。

石曉楓，〈回憶與靈氛：楊牧「奇萊書」系列中的時間敘事〉，《成大中文學報》第 70 期（2020 年 9 月），頁 179-206。

利文祺，〈山勢氣象：論楊牧的詩歌與自傳散文《奇萊前書》〉，收入許又方主編，《美的辯證——楊牧文學論輯》（台北：台灣學生書局，2019 年），頁 89-113。

松永正義，〈台湾言語事情札記〉，《台湾を考えるむずかしさ》（東京：研文出版，2008 年），頁 72-92。

松永正義著，林琪禎譯，〈戰後台灣的日語以及日本印象〉，收入所澤潤、林初梅主編，《戰後台灣的日本記憶：重返再現戰後的時空》（台北：允晨，2017 年），頁 51-71。

林ひふみ，〈台湾映画の日本家屋という亡霊〉，《中国・台湾・香港映画のなかの日本》（東京：明治大学出版会，2012 年），頁 61-127。

郝譽翔，〈抒情傳統的審思與再造——論楊牧《奇萊後書》〉，收入陳芳明主編，《練習曲的演奏與變奏：詩人楊牧》（台北：聯經，2012年），頁 101-123。

郝譽翔，〈浪漫主義的交響詩——論楊牧《山風海雨》、《方向歸零》、《昔我往矣》〉，《台大中文學報》第 13 期（2000 年 12 月），頁 163-186。

陳允元，〈「戰中世代」的詩史意義：以葉笛、趙天儀為例〉，收入靜宜大學台灣文學系主編、藍建春等著，《天光：一棵永不凋謝的小樹——趙天儀學術研討會論文集》（台中：靜宜大學，2021 年 11月），頁 277-308。

陳芳明，〈母親的昭和史〉，收入鍾怡雯編，《九十四年散文選》（台北：九歌，2006 年），頁 235-241。

陳芳明，〈相逢有樂町〉，收入陳義芝主編，《新世紀散文家 9 陳芳明精選集》（台北：九歌，2003 年），頁 111-117。

楊照，〈重新活過的時光——論楊牧的「奇萊前後書」〉，收入陳芳明主編，《練習曲的演奏與變奏：詩人楊牧》（台北：聯經，2012年），頁 281-295。

詹閔旭，〈台灣文學的擬造世界之力：談楊牧《奇萊前書》〉（2019），收入許又方主編，《美的辯證——楊牧文學論輯》（台北：台灣學生書局，2019 年），頁 61-87。

鄭毓瑜，〈仰首看永恆——《奇萊前（後）書》中的追憶與抵抗〉，《政大中文學報》第 32 期（2019 年 12 月），頁 5-34。

賴芳伶，〈楊牧「奇萊」意象的隱喻和實現——以《奇萊前書》、《奇萊後書》為例〉，收入陳芳明主編，《練習曲的演奏與變奏：詩人楊牧》（台北：聯經，2012 年），頁 43-100。

鍾怡雯，〈文學自傳與詮釋主體——論楊牧《奇萊前書》與《奇萊後書》〉，收入陳芳明主編，《練習曲的演奏與變奏：詩人楊牧》（台北：聯經，2012 年），頁 399-421。

三、學位論文

劉振琪，《笠詩社第二世代詩人研究》（高雄：國立中山大學中國文學系博士論文，2013 年）。

四、網路資料

教育部重編國語辭典修訂本（https://dict.revised.moe.edu.tw/?la=0&powerMode=0）

臺灣地質知識服務網（https://twgeoref.moeacgs.gov.tw/GipOpenWeb/wSite/mp?mp=6）

詩人楊牧前期文學編輯成果探析[*]

國立臺北教育大學語文與創作學系副教授
楊宗翰

摘　要

　　楊牧在各類文體創作、評論與翻譯上的成績，坊間已有許多殷實研究可供參考；唯其於編輯一事之付出與貢獻，迄今仍罕見深入討論。本文主張，應以 1976 年楊牧與葉步榮、瘂弦、沈燕士共同成立「五小」出版社之一的洪範書店，並參與主編「洪範文學叢書」為界，將影響深遠的「洪範」誕生以前，劃入詩人楊牧「前期」的文學編輯成果。他先是在花蓮的中學時期協助編輯報紙副刊，在台中的大學時期負責主編校刊《東風》，這兩者可謂開啓了他對編輯工作最初的認知。赴美留學後，1970 年至 75 年間楊牧曾與林衡哲合編志文版「新潮叢書」，1972年 3 月並擔任《現代文學》雜誌「現代詩回顧專號」主編，可以當作人在異域的他，對圖書出版及雜誌編輯最「在地」的實踐。1975 年楊牧受邀回台客座，期間接受《聯合報・聯合副刊》主編馬各之託替「聯副」選詩，藉此拔擢向陽、楊澤、羅智成等多位青年詩人。本文即是以楊牧「前期」之各式編輯積累為考察對象，分節依序探索青少年楊牧的編輯體驗、赴美後之異域編輯經驗、返台客座期間副刊編輯實踐。楊牧「前期」的文學編輯行為與守門人角色扮演，讓他得以順利步入後來更為精彩的「洪範時期」，最終乃能成就一名深具分量的「詩人編輯家」。

關鍵詞：《東風》　《現代文學》　新潮叢書　詩人編輯家
　　　　　《聯合副刊》

---

[*]　感謝論文匿名審查人提供的寶貴意見與指引。本文為國科會專題研究計畫「台灣當代文學之『詩人編輯家』探析：以楊牧為例」（109-2410-H-032-058-MY2）部分成果。

一、前言：詩人編輯家如何養成？

　　二〇二〇年三月十三日楊牧辭世，一代大家離去，令人痛惜不捨。作者仙逝，作品留下，楊牧文學必將繼續被閱讀與詮解，他對後世的影響亦會延長及轉化。接續而至的媒體追思專輯、出版紀念文集及編纂楊牧全集，在在證明了楊牧研究的發展與積累十分可觀。曾被本人稱為「一人即成學」[1]的「楊牧學」，二〇二〇年後可謂迎向另一次高峰。譬如二〇二一年五月洪範書店印行被視為「楊牧最後一本詩集」的《微塵》，收錄了《長短歌行》（2013）後的十首「未結集」作品與詩人不曾發表的六首「未定稿」作品，共十六首詩。《微塵》特意採取滿布刪塗勾補字跡的手稿形式問世，所錄之作最多曾七易其稿，讀者當可從中一窺詩人創作時的思考軌跡。既有被如此慎重對待的未結集與未定稿作品《微塵》，再加上二〇二四年《楊牧全集》問世，作家一生的書寫軌跡當更為彰顯，實乃每一位文學愛好者之幸。

　　楊牧在各類文體創作、評論與翻譯上的成績，坊間已有許多殷實研究可供參考；唯其於編輯一事之付出與貢獻，迄今仍罕見被深入討論。台灣現當代作家研究資料彙編第 50 部《楊牧》的主編須文蔚，在編選時敏銳地觀察到：「楊牧既是詩人、散文家、翻譯家與評論家，又兼擅編輯與出版，作為文壇典律化的守門人，楊牧在文學社會學上的影響力，還有待更進一步的發掘與

---

[1]　楊宗翰：〈一人即成學——博大精深的楊牧〉，《聯合報‧聯合副刊》，2020 年 3 月 14 日。

探索」。[2]可惜此書出版後，多年間仍只有李瑞騰曾以「楊牧編輯史略」為題，在東華大學華文系發表演講。這次演講的講綱、資料和錄影，儼然就是最早的「編輯人楊牧」研究成果。李瑞騰後來寫成一篇〈我到東華講楊牧的編事〉在《人間福報》發表，便提及自己當日「提醒聽眾注意楊牧如何編與重編自己的作品集」，並以「楊牧總有專論，也清楚交代他的編法。他在傳播文學和生成典律上貢獻很大」作結，對後繼研究者深具啟發。[3]我也曾在 2019 年「詩人楊牧八秩壽慶國際學術研討會」上，宣讀過一篇〈論文學編輯楊牧〉，嘗試說明他不只是優秀詩人、散文家、評論家與翻譯家，還是一名值得重視的「編輯家」，盼能補充過往「楊牧研究」未盡之處。[4]之後我又在〈楊牧的文學遺產〉中指出：

> 繁如星斗的文字、孤獨深邃的心靈、堅持對真與美及希臘古典的探索、化「心之鷹」和「獨鶴」為自我象徵……這些無疑都是楊牧的一部分，卻也只是一部分的楊牧。因為他不是只會以文學創作者身分鼓勵他人應該涉世，自己更長期以文學教育家跟文學編輯家身分領銜涉事。後兩種身

2　須文蔚：〈楊牧評論與研究綜述〉，收入須文蔚編選：《楊牧》（台南：國立臺灣文學館，2013），頁 108。

3　李瑞騰：〈我到東華講楊牧的編事〉，《人間福報・副刊》，2015 年 3 月 25 日。

4　楊宗翰：〈論文學編輯楊牧〉，宣讀於國立東華大學「楊牧文學講座」、國立臺灣師範大學國文學系、國立東華大學華文文學系主辦之「詩人楊牧八秩壽慶國際學術研討會」，臺灣師範大學圖書館國際會議廳，2019 年 9 月 20 日。

分是迄今「楊牧學」研究最欠缺的區塊，亟待有識者填補。楊牧曾投入十餘年光陰積極辦學，1991 年他參與香港科技大學的創建，1996 年又受邀回到故鄉新成立的國立東華大學，擔任人文社會科學院院長一職。2002 年 7 月中央研究院正式通過成立中國文哲研究所，首任所長也是楊牧，一直到 2004 年才卸任。位於花蓮壽豐的東華大學佔地逾兩百公頃，也因為他提倡「追求自由」學風，成為台灣第一所上下課沒有鐘聲的大學（令人思及他年少時向老師請假，理由就是「苦悶」兩字）。這樣的人格典型成功吸引了不同世代的師生奔赴洄瀾，他還引進歐美的駐校作家制度，並禮聘到李永平、李勤岸、須文蔚等才具殊異的師資。自草萊初闢到開啟盛世，楊牧正是台灣創作人才流派中「東華幫」的首任掌門。第三代如宋尚緯、曹馭博等人的文學養成及詩歌創作，依然可見師公楊牧的影響印跡。

出版編輯比起設校辦學，絕對花費楊牧更多時間與精力。因為從第一本書開始，楊牧就是自己著作的編輯，連廣西師大出版社簡體版《楊牧詩選》都是由他自選自編。沒有楊牧的擘畫與堅持，就不會誕生志文出版社「新潮叢書」跟洪範出版品之「洪範體例」。他還曾耗十五年磨一劍，把過往以中原為中心的唐詩選，帶入現代的、台灣的、受過英美文學訓練而成的編輯視野，遂能催生出一部有著閩南味、椰樹與木棉的《唐詩選集》。辦學與編輯雖各據一端，卻也都是楊牧人格典型的一部分顯影——既是絕對浪

漫，亦不或忘現實。[5]

　　設校辦學這一塊，楊牧自 1991 年至 1994 年參與了香港科技大學的創校；1996 年返台後至 2001 年間，擔任東華大學首任人文社會科學院院長；2002 年至 2006 年則任職於中央研究院，並獲聘中國文哲研究所特聘研究員兼首任所長。他的辦學理念及擘畫壯舉，仍待有識者撰文詳細梳理。筆者則選擇回到出版編輯這一塊，嘗試探析詩人楊牧究竟如何成為一位文學編輯？以現今可獲資料及楊牧文學年表[6]所示，他先是在花蓮的中學時期協助編輯報紙副刊，在台中的大學時期負責主編校刊《東風》，這兩者可謂開啟了他對編輯工作最初的認知。楊牧赴美留學後，1970 年至 75 年間曾與林衡哲合編一共 24 部的志文版「新潮叢書」，1972 年 3 月並擔任《現代文學》雜誌「現代詩回顧專號」主編，可以當作人在「異域」的他，對圖書出版及雜誌編輯最「在地」的實踐。[7]〈文學年表〉中並未特別提及的是：楊牧於

5　楊宗翰：〈楊牧的文學遺產〉，《印刻文學生活誌》第 200 期（2020 年 4 月），頁 101-103。

6　〈文學年表〉，須文蔚編選：《楊牧》（台南：國立臺灣文學館，2013），頁 63-86。

7　楊牧也曾於 1973 年主編中國現代詩英譯選集，由美國麻州大學出版為 *Micromegas: Taiwan Issue*（《微巨集刊：臺灣專號》）專輯一種。1974 年 6 月他也曾列名與余光中合編《中外文學》第 25 期「詩專號」，但其實整本都是余光中一人所編，楊牧並未實際參與或企畫邀稿。感謝論文審查人的敏銳觀察與補充：在此更為突顯楊牧「雙重的域外」經驗，與詩人主編作為雙邊「文化翻譯者」的身分（藉由《現代文學》與 *Micromegas*）——「文化翻譯」正是現代主義的重要命題。

1975 年受顏元叔邀請，赴台大任英國文學與比較文學客座教授一年期間，曾受《聯合報·聯合副刊》主編馬各之託替「聯副」選詩，藉此拔擢了多位青年詩人。楊牧可謂是在眾人熟悉的作家與學者身分外，逐步建立起另一個「編輯家」的身分。本文主張，應以 1976 年楊牧與葉步榮、瘂弦、沈燕士共同成立「五小」出版社之一的洪範書店，並參與主編「洪範文學叢書」為界，將影響深遠的「洪範」誕生以前，劃入詩人楊牧「前期」的文學編輯成果。本文擬以此一「前期」為考察對象，分節依序探索青少年楊牧的編輯體驗、赴美後之異域編輯經驗、返台客座期間副刊編輯實踐。至於創設洪範書店以降的「後期」（或逕稱為「洪範時期」）之文學編輯，成果堪稱豐碩，當另撰一篇深入探索。[8]

8　此處原以 1976 年楊牧與葉步榮、瘂弦、沈燕士合辦洪範書店為界，分為「前期」與「後期」。誠如論文審查意見所言，大約占廿年的「前期」與自 1976 以降的「後期」，兩者間時間跨度比例不同，故建議「後期」可以改為「成熟期」（在歷練過刊物、出版乃至副刊而後成熟）或編輯平台的「洪範時期」，應該更見準確。感謝寶貴建議，在本人後來的研究中也發現：楊牧自創設洪範書店後便全盤擺脫「前期」各種受託之編輯任務，也不再接受報章雜誌邀約編選組稿，完全專注於自家文學圖書之編務。正因為有洪範為基地，楊牧終於可以完全自主自決、自訂體例及自劃進程，並戮力維持出版品質。吾人主張：詩人編輯家楊牧至此可謂真正「完成」——以文學編輯與圖書出版，再現理想星圖，介入當代時空。

二、青少年楊牧的編輯體驗

　　青少年（adolescence）一詞指兒童期至成人期中間，乃一成長過渡階段。實際年齡指涉，迄今說法不一。如依據本國法律，民法總則以滿 20 歲為成年，刑法為 18 歲；少年福利法則規定適用對象為 12 歲至 18 歲，故一般習慣以 12 至 18 歲或 20 歲者為青少年。行政院青輔會曾出版《青少年白皮書》，定義為 12 歲至 21 歲；主計處與青輔會合編《青少年狀況調查報告》，調查對象則由 12 至 24 歲。綜上所述，「青少年」宜採較寬廣界定，可以設為從 12 至 24 歲，大抵也跟從升上中學到大學畢業（乃至服完兵役）頗為吻合。楊牧的青少年時期，或云「青少年楊牧」之文學軌跡，可以分為花蓮中學與東海大學兩個階段。花蓮中學時期他已開始發表習作，但多未收入日後出版的作品集中。吾人可以從自傳性濃厚的散文「奇萊前書」及《台灣現當代作家研究資料彙編：楊牧》之「文學年表」，找出其中學時期的線索。前者由《山風海雨》（1987）、《昔我往矣》（1991）、《方向歸零》（1997）三書組成，第一冊〈程健雄和詩與我〉跟第二冊〈胡老師〉兩篇尤其值得參考。楊牧筆下的程健雄是這樣登場的：

　　　　我聽到一部腳踏車滑上木橋，細細的輪胎聲偶爾碰撞，車子緩止於橋頭，騎者一腳擱在欄杆上，俯身看水。那是程健雄，高二，全校最出名的詩人，不斷有新作在本地報刊上發表，甚至也在台北的詩刊發表的當然是詩人。我每次遠遠看到他就感覺羞赧不安，很想躲起來，但他已經高二

了，自然不會注意到我這個初中生的表情，何況他根本不認識我。[9]（《山風海雨》，頁89）

　　楊牧生於 1940 年 9 月，他讀省立花蓮中學初級部時，生於 1937 年 12 月的陳錦標應該就是這位學長「程健雄」。早慧的陳錦標高二時便加入中國青年寫作協會花蓮分會，並主編在《東臺日報》上的文藝性版面。後又獲得該報總編輯曾紀堂支持，借該報固定每週一出刊《海鷗》，專門登載新詩作品，掀起花蓮詩潮。楊牧文中寫到這段往事，也是他最早的編輯助理經驗：「程健雄決定辦詩刊，找我作他的助理。詩刊借一個地方報的版面，逢星期一出刊，就在那報紙副刊的位置。我的工作是每個星期天下午幫他計算稿子的行數，由他決定排列順序，畫出一個版面樣子，用橡皮圈紮好，然後我騎腳踏車送到報社去。有時算算來稿不夠一期之用，我們只好各別埋頭趕寫」、「總編輯姓曾，福建人，大概不到四十歲的樣子，一頭濃密的黑髮，臉色有點蒼白，可是對我們很和氣。」[10]

　　陳錦標 1958 年於現代詩社出版《玫瑰底神話》，這部詩集列名「現代詩叢」，略早於楊牧 1960 年於藍星詩社出版的處女作《水之湄》。他倆都受到花中老師、隨國民政府遷台的胡楚卿影響及鼓勵。經常在《野風》等雜誌發表作品的胡楚卿，先是在 1955 年初和學生編印了一期 32 開的《海鷗詩刊》；再以海鷗詩社為名，自該年 12 月 5 日起，每週一於《東臺日報》發刊了共

9　楊牧：《山風海雨》（台北：洪範，1987），頁89。
10　楊牧：《山風海雨》（台北：洪範，1987），頁104、109。

逾百期的《海鷗》。楊牧筆下的「胡老師」，當年是這樣的：
「他只教文言文，而且一開始講下去往往也興高采烈，使我不大
相信他是怎樣勉強的；課本裡少量的白話文他一概略過，『要看
白話文看我寫的就夠了，』他說，對我一個人，不是對全班說
的。我警覺地，沒有將他這句話傳開出去」；而且楊牧還注意
到，胡老師屬於「飄洋過海來到的外省老師，比較放鬆，有時帶
著難言的落寞的神情」。[11]

　　1946 年在花蓮創辦的《東臺日報》，一直採民營報社型態
獨資經營。1955 年還發生過排字工林來發編排報紙時，誤把
「總統」印成「總怪」，遂被台灣省保安司令部認定「究其思想
顯屬不正認有聲請交付感化之必要」的憾事。1964 年起《東臺
日報》總社遷往彰化，再一路被收購、整併改名為《中興日
報》、《臺灣日報》、《臺灣晚報》至《臺灣時報》，過往資料
也隨之散佚。比較可以實際看出胡楚卿、陳錦標、王靖獻（楊牧
本名）同時登台的彼時媒體，當屬另一份花蓮報紙《更生報》。
後者為今日仍在刊行的《更生日報》前身，1955 年胡、陳、王
三位師生在該報文藝版面上密集出現，頻率甚高。今據筆者尋獲
資料中刊出之前後順序，整理如下：

出版年月日	版面名	篇名	作者名	備註
1955.01.05	寶島春秋 第一〇〇期	海的啟示	陳錦標	
1955.01.10	寶島春秋 第一〇四期	別了！新城！	陳錦標	

11　楊牧：《昔我往矣》（台北：洪範，1991），頁 77、90。

1955.01.16	寶島春秋　第一○○九期	抒情	陳錦標	
1955.01.18	寶島春秋　第一○一一期	黎明	靖献	
1955.02.01	寶島春秋　第一○一八期	憶	靖献	
1955.02.02	寶島春秋　第一○一九期	驪‧歌	陳錦標	
1955.02.06	寶島春秋　第一○二一期	憶	陳錦標	
1955.02.06	寶島春秋　第一○二一期	海與雲	靖献	
1955.04.03	文藝　新第二號	不了情	陳錦標	
1955.04.08	寶島春秋　第一六○四期	燕	靖献	
1955.04.10	文藝　新第三號	故里之戀	陳錦標	
1955.04.11	寶島春秋　第一六○五期	春天	陳錦標	
1955.05.06	戰歌　第一號	寄司司	楚卿	
1955.05.07	文藝　新第七號	詩人節之歌	陳錦標	
1955.05.18	寶島春秋　第二一二五期	寄劍影	陳錦標	
1955.05.19	戰歌　第二號	偉大的日子	陳錦標	同期有張拓蕪〈致煤礦夫〉
1955.05.19	戰歌　第二號	故鄉我要回來呀！	楚卿	
1955.05.28	文藝　新第十號	杜鵑花（外一章）	陳錦標	
1955.05.31	寶島春秋　第二一	勉──給西日	靖献	

	三四期			
1955.06.06	戰歌　第三號	夜船	陳錦標	
1955.06.06	戰歌　第三號	歡迎啊！朋友	楚卿	
1955.06.09	寶島春秋　第二一四〇期	感悟	陳錦標	
1955.06.10	寶島春秋　第二一四一期	盼望	靖獻	同期有葉日松〈流浪之歌〉
1955.06.29	寶島春秋　第二一五一期	難忘的友人	陳錦標	
1955.07.23	更生副刊	小樹	陳錦標	
1955.07.26	更生副刊	流星	陳錦標	
1955.09.08	更生副刊	三棧行	陳錦標	

　　此處值得注意者有三：第一，《更生報》提供的文藝版面位置相同，但可因目的或對象而設立不同刊名。大抵是由「更生副刊」、「寶島春秋」、「文藝」、「戰歌」等在輪替，並可看出胡楚卿與學生有參與部分編輯工作。譬如「戰歌（半月刊）」版創始於 1955 年 5 月 6 日，由「花蓮縣教育文化界促進文藝戰鬥工作委會詩歌工作隊主編」，隊員登記處一為更生報社的陳香，另一便為花蓮中學的胡楚卿。第二，同時期頗多青年作者投稿此報，顯見對於外稿態度十分開放。譬如今日文壇知名的張拓蕪（1928 年生）、葉日松（1936 年生）等，彼時皆為《更生報》副刊作者。第三，此時年方十五的初中生楊牧，已有習作公開發表。他固然不能免俗寫過以下文句：「收復江山的隊伍，衝過了戰雲低沈的海峽，痛飲黃龍，殺朱拔毛，與親友相會於黑龍江口，嘉陵江畔……。」（〈黎明〉），但仍有一些不錯的詩文，

如〈盼望〉與〈勉——給西日〉。[12]

　　對照楊牧自述「其實我自己也寫了很多詩了，恐怕不下兩百首了，在十五到十八歲間，而且幾乎全部發表過了」並且在〈JUVENILIA〉中僅保存 1956 到 59 年間的詩，不難探知他對這些 1955 年的習作難謂滿意。[13]要知道 JUVENILIA 一詞，本來就是指藝術家成名後出版的少年時期作品。它通常是在作者成名、廣為人知後，以回顧性的形式出版——可見楊牧自訂的創作發表起點，顯然在 1956 年而非更早。而〈JUVENILIA〉也是楊牧以「自編」形式，顯現與小結對青少年時期詩創作之思考。

　　東海大學階段的楊牧，1959 年考取並就讀歷史系，次年改轉外文系。畢業前他在藍星詩社出版了第二部詩集《花季》，在校期間並擔任過東海大學校刊《東風》的主編。大學時期除了自編兩部個人詩集《水之湄》（1960）、《花季》（1963），《東風》應該就是他最重要的刊物編輯體驗。楊牧曾在《東風》上具

12　〈盼望〉：「苦旱的日子裡，／勤樸的農民，盼望一場滂沱的甘霖。／寂寞的夜裏，／無邪的童心，盼望，／那遠遠的道上有一條熟悉的身影。／盼望，暗澹的街灯上，／映出父母慈祥的面龐，／迷失的人們，更盼望，／在那黑暗的盡頭，／有一盞光明的灯，／照耀著四遭。／指示著正確的道途。」、〈勉——給西日〉：「我曾作一個白色的幻夢，是在一個靜靜的仲夏夜。／我彷彿看見你駕著一葉智慧編成的扁舟，以正義的筆做槳，以無邪的思想做舵，駛向茫茫的人海，開始你的艱困的旅程。／你曾遇到了滔天的大浪，那是暴風的來臨，翻了你的舟，失去了你的槳，但還存著你那無邪的舵，因此你並不氣餒，終於尋回了你的舟和槳，又再接再勵地繼續你的航程。／就由於你的舵不曾輕言地喪失，終於在杳渺的那兒發現了無比的希望和榮譽，但記著，那光明的起頭是黑暗的，那坦途的開端是崎嶇的，佈滿著無限的荊棘山路。」

13　楊牧：《昔我往矣》（台北：洪範，1991），頁 106、155-170。

名發表過以下文章：

出版年月	版名期號	篇名	作者名	備註
1960.4	東風第 10 期	談新詩的欣賞	王靖獻	
1960	東風第 11 期	葉	王靖獻	同期有瘂弦〈蕎麥田〉
1961.11	東風第 2 卷 4 期	海明威在「太陽依然昇起」裡提出的問題	王靖獻	
1962.03	東風第 2 卷 6 期	我讀「含淚的微笑」	王靖獻	評許達然作品
1962.11	東風第 2 卷 8 期	古英國古詩「貝爾武夫」略論	王靖獻	
1963.03	東風第 2 卷 9 期	自剖	葉珊	同期有李南衡〈筆名〉
1964.05	東風第 2 卷 12 期	又是風起的時候了	王靖獻	同期有方莘〈頭〉

　　楊牧是 1963 年 6 月畢業，10 月赴金門服役；次年 7 月退伍，9 月赴美留學。所以〈自剖〉當為他在校時期最後一文；待〈又是風起的時候了〉刊出時，他已是畢業學長身分。逐期翻閱《東風》當可發現，刊物本身從內容到外在都未見太大特色，一直要到 1962 年 11 月「現代文學專號」（第 2 卷 8 期）問世，才總算開展出一條新路。1963 年 3 月下一期（第 2 卷 9 期）更是主打現代藝術，從此《東風》不再回頭，徹底向過去的刊物外貌及內容揮別。不過因為這份刊物是到後期才開始標示主編姓名，故第 2 卷 8、9 兩期在版權頁上都只寫「出版者：東海大學東風社；編輯者：東海大學東風社編輯部」，難以判斷由何人所編。值得

注意的是，這兩期都各有一篇未具作者名的〈編後手札〉，摘錄部分內容如下：

> 「現代文學」的發行，早在今年的春天就開始醞釀了，預定可以在秋天裡成熟，因為秋天正是個黃金色的收穫季節。但現在秋天已經過去，楓葉已該落完，而本刊才在冬風聲中遲遲地出版了，也算得是一株晚熟的果樹吧。
>
> 我們出版這一專號的動機，在現代文學之普遍地被誤解著：許多人看見它就別轉了身子，認為它只是一些孩提時的幻想。雖然，有些人也正因為誤解而愛著，他們醉心於他們所不懂得的或是完全誤解的東西。我們不能不說這是我這一代的悲哀。所以我們覺得使讀者了解這一時代的文學，以及它所追求的方向是一件很有意義的工作。
>
> （2卷8期〈編後手札〉）

> 我接編東風這是第二期。上期我們介紹了現代文學，而這一期我們介紹了現代藝術。我總以為，一個大學的刊物不該只是一些報告或作業的翻版，或是作文簿的排印，而應該有些更為持久性的東西。我們追求新生命，我們介紹活的東西，我們要的也是活的作品，即使看似是一顆乾枯的樹，至少我們希望它還能在春天時萌芽，透露點春之訊息，那麼我們願讓它在這園地上長大成蔭。
>
> （2卷9期〈編後手札〉）

可以看出銳意革新的這兩期，都是由同一人負責主編。扣除

文學創作的部分，2 卷 8 期專輯主要文章有本刊編輯室編譯〈二
十世紀英美小說家簡介〉、張正棟與蔡旭紅合譯〈現代小說的趨
勢〉、林政譯〈詩的新視野〉、辛甫〈卡夫卡〉、白樺〈憤怒的
聲音：威廉・佛克納〉、莎樂美〈勞倫斯與其「查泰萊夫人的情
人」〉、俗士〈陌生人卡謬〉與楊牧〈古英國史詩貝爾武夫略
論〉；2 卷 9 期專輯主要文章則有漢寶德〈談談現代藝術中的幾
個問題〉、鄧國川〈現代繪畫的人文大師：保羅・克雷〉、林迎
風譯〈音樂底演奏〉、沙恒〈佛洛斯特與詩〉、梁一成〈日記文
學的檢討〉、張興譯〈印象主義〉與侯門〈「冬天的故事」自
序〉。

　　《台灣現當代作家研究資料彙編：楊牧》之「文學年表」中
說，他是 1960 年在東海主編《東風》雜誌；《楊牧自選集》之
「年表」則只寫「一九六一年　二十一歲・在東海大學。開始主
編『東風』雜誌。又作散文」，並未書明何時卸下編務。[14]從銳
意改革的專題設計、中外兼備的邀稿脈絡、〈編後手札〉所展現
企圖與編印出版所需時間來綜合判斷，對於 1962 與 63 年間這兩
期的《東風》，還在東海校園就讀英文系的楊牧，是否只甘於單
純當個作者、完全不涉及編務，我以為應可再多斟酌。甫畢業的
楊牧對自身有了高度自覺，在〈又是風起的時候了〉中寫道：
「離開了東海，才知道在東海的四年只是我孩提時代的延續。那
些美麗的夢幻，那些憧憬都同樣疏落，同樣紊亂。」金門當兵中

14　「文學年表」1960 年處，寫道：「本年　於東海大學主編《東風》雜
　　誌」，見須文蔚編選：《楊牧》（台南：國立臺灣文學館，2013），頁
　　64。「年表」之 1961 年處，見楊牧：《楊牧自選集》（台北：黎明，
　　1975），頁 2。

的他，「覺得自己已經慢慢冷酷起來了，從童年一下跳到中年，
只有現在，當風起的時候，在蠟燭光下，聽到砲聲斷續，聽到木
麻黃的呼聲，忽然想起東海的冬季，目渺渺兮愁予。」[15] 1962
年和同學組織「原人學會」或參與主編校刊《東風》，無論是否
終究成為「那些美麗的夢幻」，它們畢竟都留下了深淺不一的印
記，標誌出青少年楊牧於某階段的文學養成。

三、赴美後之異域編輯經驗

從花蓮《東臺日報》與《更生報》副刊，到台中《東風》雜
誌，都只能算是青少年楊牧體驗編務之嘗試。他對編輯事務真正
的深度參與，並以一系列公開出版品接受讀者檢驗，當起自
1970 到 75 年間，在美國與林衡哲替志文出版社合編的 24 冊「新
潮叢書」。1970 年，三十歲的楊牧一邊在柏克萊撰寫博士論
文，一邊自 2 月起展開「新潮叢書」的編選工作。當年 8 月他獲
聘麻薩諸塞大學（University of Massachusetts, Amherst）中國文
學與比較文學講師，次年 1 月完成博士論文，3 月獲得柏克萊加
利福尼亞大學（University of California, Berkeley）比較文學博
士，12 月遷居西雅圖，改任教於華盛頓大學（University Of
Washington, Seattle）。從文學編輯的角度來看，在他 1975 年受
邀至台大客座前，除了共同主編 24 冊志文版「新潮叢書」，
1972 年 2 月他還擔任《現代文學》第 46 期「現代詩回顧專號」
特約主編，1973 年 *Micromegas* 第 5 卷第 3 期客座主編（guest

15　楊牧：《楊牧自選集》（台北：黎明，1975），頁 75、77。

editor），以及 1974 年 6 月與余光中合編《中外文學》第 25 期
「詩專號」──這些皆可視為楊牧赴美後之異域編輯經驗。[16]上
述四者中，最重要的當屬一書系（新潮叢書）與一期刊（《現代
文學》第 46 期），理當個別逐一細論。至於《中外文學》第 25
期「詩專號」，人在西雅圖的楊牧承認皆是余光中總其事，自己
不過提供了一篇〈林沖夜奔〉跟寫了代跋而已。[17]而麻薩諸塞大
學出版的 *Micromegas*，該期題為 *Taiwan Issue*（臺灣專號），內
容收錄紀弦、鄭愁予、余光中、周夢蝶、瘂弦、商禽、洛夫等現
代詩人作品英譯。版權頁上書明，本期客座主編為 Ching-hsien
Wang（王靖獻，楊牧本名），他在前言中提到：專號內容中有
六位是 1964 到 66 年間，他在愛荷華時所譯（受益於 Frederic Will
的翻譯工作坊）。為了這個專輯，他又增補了 1966 年後的新作
品，並且獲得余光中、葉維廉與溫健騮的自作自譯協助（溫健騮
還翻譯了商禽）。[18]這個專輯所選錄的詩人，應當視為編者楊牧
想要介紹給英語世界讀者的台灣現代詩樣貌，也可說是他心目中
的當代詩壇正典隊伍。不過因為該刊在美並未普遍發行，出版之
後在台灣也不見流通，終究沒有激起何等漣漪或討論。

　　楊牧真正對國內造成影響的域外編事，還是要數志文版「新

---

[16]　人在域外的楊牧，1965 年首度列名《現代文學》編輯委員，1974 年並
　　列名《中外文學》美西代表。

[17]　他在專輯最末之代跋中表明：「這個專號所以成功，是你的業績，我不
　　敢僭得。除了我自己一篇『林沖夜奔』以外，這些稿子我都沒過目，這
　　一點我應該交代清楚。」見楊牧：〈致余光中書──代跋中外文學詩專
　　號〉，《中外文學》第 25 期（1974 年 6 月），頁 226。

[18]　Wang, C. H. (1973). "PREFACE". *Micromegas*, 5(3): 4.

潮叢書」系列與《現代文學》第 46 期「現代詩回顧專號」。先
說「新潮叢書」。志文出版社發行人張清吉以賣舊書起家，涉入
出版後被就讀台大醫學院的林衡哲慫恿，創辦一套高水準的世界
名著譯作，以彌補「文星」關門後的文化界匱乏感。豈料這套名
為「新潮文庫」的書系大獲成功，林衡哲 1968 年出國留學後，
仍繼續參與編選及推動譯事。他又找上過去在東海大學外文系的
同學、現在於麻州大學任教的楊牧，打算把海外優秀作家作品集
合起來，有系統、有計劃地介紹給國內讀者。在取得張清吉同意
後，兩人開始邀約這套「新潮叢書」的書稿，1970 年在台灣一
舉推出前三部出版品：劉述先《文化哲學的試探》、劉大任《紅
土印象》與鍾玲《赤足在草地上》。這套書於書名頁右上角標示
「葉珊　林衡哲主編」，開卷即可見並未明確署名、實際上是楊
牧執筆的〈新潮弁言〉：[19]

> 我們想提供的並不是駭人聽聞的新事。在現在這個時候，
> 所謂「新潮」，強調的是態度；我們想提供的是對文化和
> 社會的新的勇敢介入的態度。
> 「新潮叢書」本著「新潮文庫」已經樹立的方針做表達技
> 術方面的修改：我們希望這是一套完全由國人動手著述的
> 好書，而不是亦步亦趨的翻譯品。我們要採印各種文化課
> 目裡一流的中文著作，不論是文學藝術，哲學歷史，自然
> 科學的現代底探討和回顧都是「新潮叢書」所試圖包容的

---

[19]　此處〈新潮弁言〉引自第 24 部「新潮叢書」，楊牧《瓶中稿》（台
　　　北：志文，1975）。

課目。我們希望這套叢書能廣泛而深入地代表這一代知識份子追求和思維的部份歷程，為你提供一種方法來面對當前形形色色的問題。

對於上一代的某些人，所謂「新潮」曾經是「西潮」，曾經等於是驟然湧來的狂浪，拍打著東方古國的陸地；對於我們說來，「新潮」並不完全如此意味。這個時代的文化是彼此撞擊互相建設的文化。我們肯定新生的廣義的中國文明。這是從「文庫」的翻譯到「叢書」的創作所願意推展的基礎意義。

這套「新潮叢書」的對象是國內外渴求新知的讀書人。我們的野心是讓大家肯定這一代的文藝界和學術界是在不斷推進的；我們相信，除了譯介西方的作品，我們這一代的智識界也可以拿出自己的東西來。

　　文中有兩個重點值得注意：第一點是開頭便強調「在現在這個時候，所謂『新潮』，強調的是態度；我們想提供的是對文化和社會的新的勇敢介入的態度」，文中所謂「這個時候」，究竟是什麼時候呢？1971 年 1 月起旅美學生為維護釣魚台主權舉行示威、6 月美國將釣魚台列嶼交給日本、次年 3 月尼克森總統訪問中國大陸並發表「上海公報」、隨後的邦交國斷交潮⋯⋯。「新潮叢書」誕生於彼時台灣的國際地位動搖與代表身分存疑之際，書系的創設卻彰顯了逐「新」不必然得偏「西」或追「奇」，主編者轉而尋求的是完成一套「完全由國人動手著述的好書」。七〇年代初「新潮叢書」之企畫與編選行為，既是對國內外局勢劇烈變遷的即刻回應，亦是彼時知識分子楊牧「新的勇敢介入的態

度」之具體呈現。畢竟他從來就不是上街頭吶喊的激進行動者，而是用編輯行為對各層面作出「現代底探討和回顧」，力求「提供一種方法來面對當前形形色色的問題」。[20]

第二點是執筆者訴求把「我們」跟「上一代的某些人」作出區隔，視「新潮」為當代中西之間「彼此撞擊互相建設的文化」，故必須在以翻譯為主的「文庫」書系外，另闢以創作為主的「叢書」書系，並用後者證明「我們這一代的智識界也可以拿出自己的東西來」。這饒富信心的「一代人」宣言，不妨詮釋為楊牧自覺到，應以「出版編輯」作為攫取「發言位置」之必要。這「一代人」欲集海外眾聲，在本地出版，其實並非完全沒有風險。因為以海外作者為主的新潮叢書甫問世，便要直接面對1970 年核准修正，警備總司令部動輒據之以查扣書刊雜誌的「台灣地區戒嚴時期出版物管制辦法」。[21]新潮叢書中有一本劉

---

[20] 合編此一書系的林衡哲，跟楊牧可說是態度及立場接近，彼此間也相互尊重下的結合。我曾在訪問林衡哲時提及，主編「新潮叢書」時是否有受到反戰思潮或所在地美國社會的左派影響？他表示：「七〇年代的人，四十歲以前大部分都受過左派影響。而我是受羅素影響較多，楊牧則是受到浪漫主義影響，還有中國的《詩經》。我翻譯過羅素，所以從來沒有對共產主義有任何幻想，而一直是自由主義與理想主義的支持者。可能因為這樣，『新潮叢書』24 本裡沒有一本是左派思想的書。」而且當時邀稿對象需要楊牧與林衡哲兩人投票，一人一票，兩個人都投了才可以出版，但他們竟然「從來都沒有過不同意見」。見楊宗翰：〈林衡哲的出版夢——從新潮叢書與楊牧談起〉，《文訊雜誌》，第 423 期（2021 年 1 月），頁 51-52。

[21] 尤其是該法第三條第五款「違背反共國策者」、第六款「淆亂視聽，足以影響民心士氣或危害社會治安者」、第七款「挑撥政府與人民情感者」，都是昔日警總常用來查禁與扣押出版物的條文。

大任《紅土印象》，作者在參與保釣運動後，成為國民黨黑名單重點人物，讓張清吉常被警總找麻煩。「志文」遭到警告，並交代以後出版的書，都要先通過警總同意後才能出版，所以「新潮叢書」到後來就沒有繼續了。原本楊牧跟林衡哲還想要出版七等生《武雄正傳》，作者當然不願意被警總事先審核，幸好後來交給其他出版社，將書改名後還是有出版。[22]無緣納入該書系的作者，至少還有陳映真跟李敖，同樣也是忌憚違犯禁令之故。

　　書系中有五位作者（施叔青、鍾玲、杜維明、韓國鐄和夏濟安）為林衡哲所約，其餘都由楊牧邀稿。又因楊牧與林衡哲都出身東海，新潮叢書中多位作者跟該校都有淵源，像是畢業校友如杜維明、鍾玲，抑或曾經的教師如徐道鄰等。值得注意的是，書系成立時號召要「完全由國人動手著述的好書」，確實也出版了多位作者的第一本著作，譬如鍾玲《赤足在草地上》、劉大任《紅土印象》、殷允芃《中國人的光輝》、杜維明《三年的畜艾》、施叔青《拾掇那些日子》、陳芳明《鏡子與影子》等，而且青年作者在全書系中所占比重也很可觀。雖然「新潮叢書」在銷售上遠不及同出版社「新潮文庫」所錄之翻譯書，還是有三個足以留意之「最」：最暢銷的是《鄭愁予詩選集》，逾兩萬冊；最年輕的作者陳芳明，26 歲便出版《鏡子和影子》；出最多部的作者楊牧，共有《傳說》、《傳統的與現代的》和《瓶中稿》。有趣的是，這些「最」恰好都由楊牧所邀或所撰，且皆與「詩」關係密切。整個書系雖於 1975 年黯然結束，但已引起楊

---

[22] 楊宗翰：〈林衡哲的出版夢──從新潮叢書與楊牧談起〉，《文訊雜誌》，第 423 期（2021 年 1 月），頁 52。

牧對文學書出版的濃厚興趣，遂有 1976 年與瘂弦、葉步榮、沈燕士共創洪範書店之壯舉。編輯「新潮叢書」時的經驗、選題跟體例，對繼起之「洪範文學叢書」當深具啟發。

　　說完書系，續談期刊。1972 年 3 月楊牧擔任《現代文學》第46 期「現代詩回顧專號」主編，專號由 18 位作者的文與詩，加上星座詩社及《現代文學》資料室編纂的各一篇詩集目錄／作家資料之彙編組成。《現代文學》本由台大多位大學生所創，正是自第 46 期起由雙月刊改為季刊，發行人兼社長是待在美國的白先勇，總編輯為何欣。當期目錄頁後是〈「現代文學」啟事〉，內文提及：「本刊編輯部已然改組，將在近期內以嶄新風格出現」、「本刊今後以刊登創作，尤其文壇新秀的創作為主」。必須提醒的是，就在第 46 期出版前夕，同年 2 月 28、29 兩日的《中國時報・人間副刊》才刊出關傑明〈中國現代詩人的困境〉。關傑明半年後、9 月 10 至 11 日又於同一媒體發表〈中國現代詩的幻境〉，次年 8 月唐文標則於《中外文學》發表〈僵斃的現代詩〉，至此 1972 至 73 年間「現代詩論戰」的一方陣營儼然成形，引發詩壇廣泛矚目與議論。而在更早的 1971 年 12 月出版之《現代文學》第 45 期上，關於〈本刊 46、47 期內容預告〉便寫道：「46 期為二十年來中國現代詩回顧專號由葉珊主編，訂於本年 3 月 15 日出刊」。楊牧在 46 期上的文章也揭示了「專號籌畫歷一年餘」[23]，可見《現代文學》不似《文季》和《龍族

23　〈「現代文學」啟事〉見《現代文學》第 46 期第 4 頁，〈本刊 46、47
　　期內容預告〉見《現代文學》第 45 期第 206 頁。「專號籌畫歷一年
　　餘」，見葉珊：〈寫在「回顧」專號的前面〉，《現代文學》第 46 期
　　（1972 年 3 月），頁 9。

評論專號》，初始並未有以專題規劃來「參戰」之打算。

　　時間上的機緣巧合，不能掩蓋主編楊牧真正渴望成就之事：以編輯行為來回顧及檢討，現代詩在台灣二十年來的發展。之所以選擇「二十年」的理由，乃如主編所言：「『現代詩』之被確定為新詩的通稱，歷史不逾二十年」。[24]楊牧編纂這期專號時，胸中顯然已有一個現代詩史的整體認知架構：古典的中國文學、五四以來的新文學與近代外國文學三者交織混成、興替生滅，構成了二十年來時而炫目、時而晦暗的本地現代詩。後者原本「脈搏微弱」，要「隨著『現代詩社』和『藍星詩社』的成立，新詩方才於冥暗間找到若隱若現的道路」，他繼而說明：

> 一方面是本地詩人與外來詩人藉結社而始通訊息，此見於早期「現代詩刊」投稿的名單之繁複多面性；另一方面是以英美詩為精神和技巧依歸的青年詩人亦開始與以日譯法國詩為美學基準的中年詩人平起平坐，相互刺激，此尤見於沙龍式的「藍星詩社」。但青年詩人的產生並不拘促於學院的調養，青年詩人更來自軍中。……（中略）
> 他們向上述兩個詩社的出版物投稿。最後，他們當了手錶和腳踏車辦詩刊，其中最出色的就是「創世紀」。受過日本教育和中文教育的台灣青年也參加了，他們承受了被愛好歌謠的異族統治的落寞感，在孤獨的情緒裡滲進一層中國文明的舊暉，也向那三個詩刊投稿，最後他們終於也組

24　葉珊：〈寫在「回顧」專號的前面〉，《現代文學》第 46 期（1972 年 3 月），頁 5。

成了幾個詩社，而其中最有主張的是「笠」。[25]

　　從上可知，他視「現代詩」、「藍星」、「創世紀」與「笠」四大詩社及其詩人，最足以代表二十年來台灣現代詩的成就。故他邀請藍星詩社余光中撰〈第十七個誕辰〉、創世紀詩社洛夫與張默各自撰寫〈中國現代詩的成長——「中國現代文學大系」詩序〉與〈「創世紀」的發展路線及其檢討〉，已解散的現代詩社，則由楊牧親自撰寫〈關於紀弦的現代詩社和現代派〉，並以七則附錄形式，重新刊登紀弦發表過的相關文章。遺憾的是「笠」詩社同仁最後並未交稿，讓楊牧只能徒呼負負：「『笠』詩社資料之闕如，最使我耿耿於懷，但以雜誌方面逼迫成軼於茲，只好放棄催請，這是要向讀者交代的。」[26]當各詩社代表專文回顧二十年來的詩史變遷之刻，「笠」同仁最終無論亦無詩可交，究竟是趕稿不及抑或存心抵制，時至今日，恐不可考。除了已有一定成績的四大詩社，楊牧文中同樣肯定以三十歲以下新名字為主的詩人團體「龍族」和「主流」，期許他們能為下一個二十年提供另一種面貌的現代詩。

　　身為主編，楊牧還特別邀請一向對台灣現代詩很有意見、可謂是著名的「反對者」顏元叔，跟他常批評的詩人們同期登場，發表一篇〈對於中國現代詩的幾點淺見〉。雖然謙稱是「淺見」，但這位詩壇諍友還是一路點名，從形式、結構、意象語、

25　葉珊：〈寫在「回顧」專號的前面〉，《現代文學》第 46 期（1972 年 3 月），頁 6。

26　葉珊：〈寫在「回顧」專號的前面〉，《現代文學》第 46 期（1972 年 3 月），頁 9。

白話文到常見題材，逐一指出本地現代詩之得失。文末更直言對詩人酷愛把「死亡」當作主題相當不滿，那樣只會顯示出作者與讀者雙方的狹隘：「我進一步懷疑是否在現代詩人之間，流行某種默認，即以為某些題材（如死亡之類）才有詩之潛能，某些題材便缺乏詩之潛能。與之相應而生的讀者的胃口，也只願意接受那些富於情感撞擊力的與所謂富於悲劇意識之詩篇。」[27]顏元叔說若欲擴大其中幅度，可以借鑑「詩化了中國古典人生的全面」之古典詩──古典詩做到了，那現代詩呢？他遂指出：「將雄偉與平庸一齊納入詩而還是詩，這恐怕只有求諸於詩之形式──它能將雄偉的收斂強化，將平庸的抬昇美化」，就像米爾頓（John Milton）那般「以形式擴寬了題材之幅度」，讓「題材被形式詩化了」。[28]愛之深，責之切，主編安排刊出這篇「文學教授的『反調』文章」、「偽裝侵犯，幫助我們做高級的『軍事演習』」可謂煞費苦心。[29]因為雖然「在七十年代中期的時候，現代詩其實已經取得了近乎『正統』的文學地位，領導新文學新藝術，其理論基礎最穩固，其出版物最繁複，已贏得一般讀者大眾的信任：詩集銷路上升，詩人的社會地位亦已獲得承認。當時困擾詩人自身的卻是如何在前衛精神裡也注入某些份量的傳統趣

---

[27]　顏元叔：〈對於中國現代詩的幾點淺見〉，《現代文學》第 46 期（1972 年 3 月），頁 43。

[28]　同上註。

[29]　葉珊：〈寫在「回顧」專號的前面〉，《現代文學》第 46 期（1972 年 3 月），頁 9。

味。」³⁰傳統遭棄，競相逐新，讓彼時台灣現代詩有路越走越窄
之虞。楊牧藉「反對者」顏元叔之口，召喚古典詩及西洋詩的經
驗以澆灌本地現代詩壇，在編輯策略上可謂收得奇效。另外在此
次專號中，邀得梅新初步整理了〈中國現代詩作者資料彙編〉，
並重刊張錯等人原初發表在《星座》的〈自由中國詩集目錄彙
編〉，再加上將紀弦〈現代詩消息公報第一號〉等七篇文章列為
附錄，在在可見楊牧從事文學編輯工作時，對歷史文獻與編目整
理之重視。

四、返台客座期間副刊編輯實踐

　　在西雅圖華盛頓大學執教的楊牧，1975 年間返回台灣，同
意擔任一年期的台大客座教授。在熱絡的學院課堂與旺盛的創作
成果之外，他還接受了馬各邀請，開始替《聯合報》副刊審閱詩
稿。在著名的「副刊王」瘂弦接手以前，曾任《新文藝》周刊主
編的馬各是前一任的《聯合報・聯合副刊》主編。在他任內首度
規畫聯合報小說獎，並且設立「特約撰述」制度，以鼓勵年輕作
家專心創作。³¹不過在當時，散文與小說才是副刊版面上的主
力，除了少數成名詩人，一般說來根本沒有容許詩作發表的空

30　葉珊：〈寫在「回顧」專號的前面〉，《現代文學》第 46 期（1972 年
　　3 月），頁 8。

31　本名王慶麟的瘂弦，是在 1977 年 10 月 1 日至 1997 年 5 月 31 日間主編
　　《聯合報・聯合副刊》。《中國時報・人間副刊》主編高信疆與他兩
　　人，曾因為信封上的寄件人署名，而被戲稱為「副刊高」與「副刊
　　王」。

間。楊牧曾為此向剛擔任《聯合報》總編輯不久的張作錦抗議，為何副刊都不登詩？張作錦回答，一旦開始登詩，就會引來很多投稿，報社沒有人力審這些詩，除非楊牧願意替他們看稿。[32]審稿是參與編務的重要環節，當副刊主編馬各請楊牧主審現代詩來稿後，這個非名家以外極少刊登詩作的大報副刊，至此冒現出了更多新銳利聲。此一「禮聘」舉動開風氣之先，八〇年代所編的《聯副三十年文學大系》中還特地記上一筆：

> 詩方面，我們只選了兩冊，這是因為報紙副刊在早期很少刊新詩（全國的報紙副刊幾乎都是一樣，有些副刊有詩但只登少數幾位詩人的詩），詩人的創作活動多半是在文學刊物或詩社辦的同仁詩刊上，這種情形在今天看來的確是一種遺憾。聯副於民國六十四年起開始大量刊載新詩，開全國報紙重視詩創作之先河，有一度聯副還禮聘詩壇上有成就的詩人代為選稿，以提高作品的素質。[33]

這個「詩壇上有成就的詩人」，指的就是編輯楊牧。他跟《聯合報》結緣甚早，第一首在聯副上刊出的詩，是 1961 年 6 月 25 日的〈樹薯園〉。[34]以「葉珊」筆名發表此作時，詩人才滿

32　張惠菁：《楊牧》（台北：聯合文學，2002），頁 149-150。

33　聯副三十年文學大系編輯小組：〈編輯後記〉，《抒情傳統：聯副三十年文學大系（詩卷）》（台北：聯合報社，1982），頁 932。

34　全詩如下：「漢子，你看到我心中的樹薯園嗎？／漢子，你看到我張開龜裂的手臂嗎？／你胸膛上一抹暮色／而你將路過，你將踩過我／把腳印留給我，給我無眠之夜／他們將去山後，帶著美麗的新娘／去五里廣

21 歲。當他負責聯副編輯台上的審稿工作時，也特意拔擢多位青年詩人，勇於選刊尚未成名者的少作，甚至將他們的名字以簽名手跡製版樣貌登出，堪稱是一種另類支持與特殊鼓勵。本文將此一時期以詩作躍登《聯合報・聯合副刊》舞台的部分青年詩人資訊，整理如下：

作者	詩作名稱	聯副發表日期
向陽	或者燃起一盞燈	1976-05-01
向陽	小站十行	1976-07-31
向陽	絕句	1976-10-03
楊澤	印象一題	1976-03-21
楊澤	意外二則	1976-06-08
楊澤	家族篇第一	1976-08-25
楊澤	詩兩首（鴿子篇、光年之外）	1976-11-06
羅智成	詩三首（點絳脣、觀音、默契）	1976-05-11
羅智成	我們未來的酒坊的廣告辭	1976-07-24
羅智成	鄉宴篇	1976-07-25
羅智成	僻處自說（談孤寂）	1976-09-24
羅智成	賦別	1976-11-25
陳義芝	釀──給小媛	1976-04-28
陳義芝	焚寄	1976-07-17
陳家帶	夏日風景都美麗	1976-07-20
林彧	草之四帖	1976-09-20
陳黎	月下	1976-11-17

闊的楓林／──我張開手臂／我在陽光下喘息如你家鄉的山脊／漢子，你家鄉的山脊／我也曾柔美一如薔薇／在宮殿裡，我也曾插你沙沙的花襟／但我是烈日下的樹薯園／在老者滯滯的眼神下／我赤裸如你家鄉的山脊」。

　　所列詩人皆生於五〇年代，也都是在二十歲出頭便首度以詩登上聯副這個全國性傳媒大舞台。這跟當年楊牧發表〈樹薯園〉的情況，確有不少相似處。楊牧願意替未曾謀面的青年詩人爭取發表機會，所圖當不止於重現自己的當年身影；推測他的潛在目的，應是欲透過新聲頻繁發表，以刺激創作路線革新。後來向陽、楊澤、羅智成等人果真於詩創作皆卓然成家，可以說楊牧藉由自身的編輯行為，成功驅動著部分「一九五〇世代台灣詩人」於大眾傳播媒體華麗登場。

　　返台客座期間雖不長，楊牧在挑選詩稿外，竟還能替聯副請出重要人才。張作錦憶及：1975 年秋天因原副刊主編平鑫濤離職，他想邀瘂弦接任，遂請素與他熟稔的楊牧同行拜訪。無奈彼時瘂弦已辦好出國留學手續，故口頭約定就等他回來。1977 年瘂弦結束學業一返台，10 月便依約進了《聯合報》接掌副刊。王慶麟對陣高信疆，「兩大報」副刊從此亂石穿雲，驚濤拍岸，開啟了中文報紙副刊的新時代。[35]瘂弦 1997 年 5 月底榮退前，在聯副待了二十年，對這方文藝園地的形塑，影響之深，無庸置疑。但若無當年楊牧出馬同行勸說，加上瘂弦未到任前由馬各與楊牧所奠定的版面特質，恐怕很難想像七〇年代後期《聯合報‧聯合副刊》將會長成何種樣貌。

---

[35]　張作錦：〈馬各的不居與未有：懷念一位副刊新時代的「先行者」〉，《聯合報‧聯合副刊》，2009 年 5 月 22 日。

五、結語：邁向一個詩人編輯家的完成

　　楊牧於文學編輯一事之貢獻，最關鍵處當為 1976 年與葉步榮、瘂弦、沈燕士共同成立了洪範書店，還親自為其奠定體例、策畫選題與參與主編「洪範文學叢書」。本文將「洪範」誕生以前，劃入詩人楊牧「前期」的文學編輯成果，並依序分節探索了青少年楊牧的編輯體驗、赴美後之異域編輯經驗、返台客座期間副刊編輯實踐。從中學時期協助編輯報紙副刊，大學時期負責主編校刊《東風》，赴美留學後與林衡哲合編志文版「新潮叢書」並擔任《現代文學》雜誌「現代詩回顧專號」主編，到七〇年代中期返台客座時替《聯合報‧聯合副刊》審稿選詩，不難發現：楊牧在作家與學者的雙重身分之外，尚有另一個編輯角色──無論身在家鄉還是異域，他都是台灣文學重要的一員「守門人」（gatekeeper）。

　　在當代傳播學中，守門人研究先驅美國學者懷特（David Manning White）援引並調整了社會心理學家盧因（Kurt Lewin）的說法，將社會學中的這個概念引進新聞傳播。懷特曾對新聞媒體電訊編輯進行個案研究，從而開啟了「傳播者」的系列研究。須文蔚指出此系列的研究焦點為：

　　　　一、編輯以何種標準來選擇新聞；二、是否有決定性的、固定而快速的規則可循？三、守門行為是基於主觀偏見、特定偏好或是新聞價值？經過懷特的提醒，研究者發現守

門者確實對傳播內容的形成，具有關鍵性的影響。[36]

懷特的守門人（或譯為把關者、守門者）研究，正可供吾人思考：楊牧的編輯身分，是如何對新聞信息（如投稿、特稿、報導等）進行取捨，又如何決定哪些內容最後可以與受眾見面？在這樣有意的操作下，他是如何在更大範圍與程度上塑造了傳播內容，藉此影響傳媒受眾對文學高下的評價，以及文學正典的認知？不過，相較於傳統的守門人概念，從本文前述可知楊牧實際上已預先展現了當代編輯家，於文獻、企劃、議題上產生的積極意義。楊牧是一個同時具備研究型與創作型的編輯家，其創造力與能動性，已非懷特的守門人研究所能拘牽。

相信日後若能結合楊牧「後期」（或逕稱為「洪範時期」）的文學編輯成果探析，當可找到更為精準與整體的解答。畢竟楊牧不只是一位詩人，還是一位編輯家，更可能是一位與張默、瘂弦、梅新同樣重要的詩人編輯家。[37]筆者認為，正因為楊牧有「前期」的文學編輯經歷之養成，才能邁向 1976 年後「洪範時期」的詩人編輯家身分之完成。

---

[36] 須文蔚：〈為台灣副刊學立下有情的歷史〉，收入龔華：《詩人梅新主編《中央副刊》之研究》（台北：文訊雜誌社，2021），頁 23。

[37] 對這三位詩人的編輯行為，各有一部學位論文進行過探索。分見白豐源：〈張默編選現代詩之研究〉（嘉義：國立嘉義大學中國文學系碩士論文，2012）、盧柏儒：〈瘂弦編輯行為研究〉（桃園：國立中央大學中國文學系博士論文，2015）、龔華：〈詩人梅新主編《中央副刊》之研究〉（台北：中國文化大學中國文學系碩士論文，2021）。

引用書目

Wang, C. H. (1973). "PREFACE". *Micromegas*, 5(3): 3-5.

白豐源：〈張默編選現代詩之研究〉（嘉義：國立嘉義大學中國文學系碩士論文，2012）。

李瑞騰：〈我到東華講楊牧的編事〉，《人間福報・副刊》，2015 年 3 月 25 日。

張作錦：〈馬各的不居與未有：懷念一位副刊新時代的「先行者」〉，《聯合報・聯合副刊》，2009 年 5 月 22 日。

張惠菁：《楊牧》（台北：聯合文學，2002）。

須文蔚編選：《楊牧》（台南：國立臺灣文學館，2013）。

楊宗翰：〈論文學編輯楊牧〉，宣讀於國立東華大學「楊牧文學講座」、國立臺灣師範大學國文學系、國立東華大學華文文學系主辦之「詩人楊牧八秩壽慶國際學術研討會」，臺灣師範大學圖書館國際會議廳，2019 年 9 月 20 日。

楊宗翰：〈一人即成學——博大精深的楊牧〉，《聯合報・聯合副刊》，2020 年 3 月 14 日。

楊宗翰：〈楊牧的文學遺產〉，《印刻文學生活誌》第 200 期（2020 年 4 月），頁 101-103。

楊宗翰：〈林衡哲的出版夢——從新潮叢書與楊牧談起〉，《文訊雜誌》，第 423 期（2021 年 1 月），頁 49-53。

楊牧：〈致余光中書——代跋中外文學詩專號〉，《中外文學》第 25 期（1974 年 6 月），頁 226-231。

楊牧：《瓶中稿》（台北：志文，1975）

楊牧：《楊牧自選集》（台北：黎明，1975）。

楊牧：《山風海雨》（台北：洪範，1987）。

楊牧：《昔我往矣》（台北：洪範，1991）。

楊牧：《方向歸零》（台北：洪範，1997）。

楊牧：《微塵》（台北：洪範，2021）。

葉珊：〈寫在「回顧」專號的前面〉，《現代文學》第 46 期（1972 年 3
　　月），頁 5-10。

盧柏儒：〈瘂弦編輯行為研究〉（桃園：國立中央大學中國文學系博士論
　　文，2015）。

聯副三十年文學大系編輯小組：《抒情傳統：聯副三十年文學大系（詩
　　卷）》（台北：聯合報社，1982）。

顏元叔：〈對於中國現代詩的幾點淺見〉，《現代文學》第 46 期（1972 年
　　3 月），頁 36-43。

龔華：〈詩人梅新主編《中央副刊》之研究〉（台北：中國文化大學中國
　　文學系碩士論文，2021）。

龔華：《詩人梅新主編《中央副刊》之研究》（台北：文訊雜誌社，
　　2021）。

楊牧《微塵》中「未結集」、「未定稿」之詩手稿編成現象探究

國立中興大學中文系副教授、人文社會科學研究中心研究發展組長
解昆樺

摘　要

　　臺灣經典詩人楊牧 2019 年仙逝後，由洪範書店出版之《微塵》，收錄了 2002-2016 年楊牧生命晚期之詩手稿文本。《微塵》分為「未結集」、「未定稿」兩輯，共收 16 個系列詩文本。兩輯的系列詩文本存在著受既有印刷整理，而未能聚焦呈顯的詩手稿訊息。針對《微塵》系列詩手稿的文字跡軌，所存在珍貴的楊牧晚期風格生成之詩美學訊息，我們在深入詩手稿研究時，卻也不能忽略楊牧《微塵》預先所存的他者編輯作業，其對我們認識楊牧上的參與，甚至是詩學知識的影響。透過對楊牧《微塵》「未結集」、「未定稿」兩輯編成現象的探討，我們發現其內在所存在的「編輯者視覺」、「編輯謄打排序」所存在的編排問題，以及相對之現代詩手稿學的研究方法論思索。

關鍵詞：楊牧　《微塵》　現代詩手稿　定稿　書寫歷程　版本

一、《微塵》的生成與歷程

《一首詩的完成》是詩人楊牧 1989 年之作,藉由〈大自然〉、〈記憶〉、〈壯遊〉、〈歷史意識〉,以致於〈音樂性〉、〈論修改〉、〈詩與真實〉等十八篇書簡,向書中的年輕詩人「你」──由現實生活中與楊牧往來的年輕詩人們所匯聚隱喻的代名詞[1]──為歸屬於詩的命題,進行細密梳理。

然而,歸屬於詩的,又何嘗有限?

關於自然、壯遊、歷史、抱負種種之詩外在主題指涉,乃至於音樂、修改、形式,詩內在本身語字構成,復又如此無盡,使得《一首詩的完成》全書所謂的「完成」,更像是一個階段性的完成。在遠紹里爾克(Rainer Maria Rilke, 1875-1926,德語詩人)《給青年詩人的信》同時,楊牧在華語詩語境中自我與年輕世代詩人群體的世代交紡的話語中,確立了詩如何作為詩人一生勉力而為的有情志業。值得注意的是,在《一首詩的完成》的世代交紡中,相對於年輕詩人,詩人如實地在自我文章中,將自我擺置於年長詩人的位置,無懼是否就將形成另一「影響焦慮」規模,而以長者之姿,懇切向年輕詩人分享經驗,並自省自我之意見,是否過時,能否成論。

在《一首詩的完成》如此世代語境,以及詩創作美學的傳承與永恆命題前,詩人楊牧或已感知「年老─經驗積累─完成」間的辯證。彼時詩人年當 49 歲,將至知天命之年,距離 1972 年筆

---

[1] 楊牧於《一首詩的完成》最後〈又及〉一篇,自言:「我和一些很年輕的詩人通信,以溫暖誠摯的態度互相問疑,回應。」引見楊牧《一首詩的完成》(台北:洪範,1989 年),頁 220。

名由葉珊更為楊牧，亦有 17 年，詩齡與詩藝，在時光中自然積累、勤奮冶練，使得詩人成就其詩藝與詩學，終而能凝練為《一首詩的完成》。「庾信文章老更成，凌雲健筆意縱橫。」這是唐代杜甫《戲為六絕句》起筆詩句，直接點出在身體年齡累積觸引的身體衰老中，文體──此一精神主體的文本，也未必連帶衰老，而能「老更成」。

我們故可從 1989 年詩人楊牧在《一首詩的完成》的世代對話詩語境中自我定位的年長詩人位置，體察詩人將屆知天命之年的詩學。但在如今，2021 年於詩人楊牧身後出版的《微塵》，我們卻失卻了詩人夫子自道，而必須回到詩文本意義接受最根本的模式──揣摩、推想，在詩言而不盡與未竟之處推展詮釋、研究詩人真正的晚期風格。

在聚焦詩人楊牧《微塵》晚期風格的論題上，所以特別標舉「言而不盡」、「未竟」處，主要乃是因為洪範書店於詩人仙逝後出版之《微塵》收錄了詩人 16 首晚期詩作，及所對應的「詩手稿文本」。依詩人所標註之繫年，除〈歌者：哭的過程〉此一〈歌者〉的手稿，為 2002 年 1 月外，其餘詩作主要為 2012-2016 年間，正是臺灣經典詩人楊牧生命最後八年之文本。洪範書店出版之《微塵》，由謝旺霖將之予以編輯，分為「輯一　未結集」、「輯二　未定稿」兩輯。

在此，啟動最初的探問與探勘，我們可先從現代詩手稿學角度，所檢視出《微塵》既有編輯打字印刷作業，未能為聚焦表現之處，做為論述問題意識的挖掘點。現代詩手稿學以現代詩人之詩作手稿為研究對象，其根本研究方法論則採取法國重要的手稿研究學者德比亞齊（Pierre Marc de BIASI）之文本發生學，以及

臺灣易鵬教授之《文本與現代手稿研究》做為概念。以下我們即分別以「輯一　未結集」之〈冬天的故事〉、「輯二　未定稿」之〈歌者〉，此兩種類型詩手稿文本為例，進行其編成現象之探述。

二、從現代詩手稿學角度看《微塵》之 「輯一　未結集」編成現象

「輯一　未結集」為詩人已發表，但不及進行詩集彙整、編排之詩作，包括：〈樟圍三首：北濱〉（含4篇手稿）、〈樟圍三首：冷風〉（含3篇手稿）、〈樟圍三首：行蹤〉（含5篇手稿）、〈夏至〉（含7篇手稿）、〈契訶夫〉（含3篇手稿）、〈冬天的故事〉（含6篇手稿）、〈懷古〉（含4篇手稿）、〈聽風〉（含6篇手稿）、〈日照十行〉（含3篇手稿）、〈秋〉（含4篇手稿），共10個系列詩文本。「輯二　未定稿」為詩人未寫完也未發表之詩作，包括：〈留下〉（僅1篇手稿）、〈流失〉（僅1篇手稿）、〈歌者〉（含3篇手稿）、〈微塵〉（僅1篇手稿）、〈觀魚〉（僅1篇手稿）、〈歸屬〉（含2篇手稿），共6個系列詩文本。

對於楊牧《微塵》的執編工作，謝旺霖在〈代後記〉曾指出：「而這十首詩稿（按：指「輯一　未結集」），顯然都不單單只是命題一改再改，每一稿的行文，更是經常遍佈著難以計數的筆畫塗抹，刪除，調動，琢磨取捨，縫補斑斑的痕跡。」[2]初

2　楊牧《微塵》（台北：洪範，2021年4月），頁165-166。

步指出了《微塵》詩手稿在閱讀上的困難點與現象，而編輯者「難以計數」的詩手稿文本表象，以及其難以為力之處，正是我們現代詩學研究者必須接力，繼續予以深入的課題。我們對「難以計數」的探究，並非僅止於機械性地去計算修改次數，更在於探述那份「艱難」內在的邏輯，以「現代詩手稿學」的學術切入點，使楊牧《微塵》從文獻存錄層次，真正的文本化地指向對詩人晚期詩學的建構。

事實上，相對應楊牧詩研究已然不少的積累——華藝線上圖書館系統檢索有 76 筆以楊牧為對象之期刊論述[3]，國家圖書館博碩士論文知識加值系統檢索有 22 筆以楊牧為核心的研究學位論文。另外，「一首詩的完成—楊牧 70 大壽國際學術研討會」、「詩人楊牧八秩壽慶國際學術研討會」，乃至於詩人楊牧仙逝後東海大學舉辦之「東風：從葉珊到楊牧國際學術研討會」都匯聚出一個「楊牧學」的初步規模。而須文蔚〈楊牧學體系的建構與開展研究〉則如此論及：「在眾多的評論中，多集中在楊牧浪漫詩人的特質上。」[4]亦有以現代主義、編輯、翻譯、中國抒情傳統作為續進探勘可能。檢視這一系列研究，承載楊牧詩寫作最初始、生成歷程訊息的界面——詩手稿之研究，除筆者拙論〈楊牧〈形影神〉詩手稿之互文詩學〉、〈大海濱城熱蘭遮：楊牧〈熱蘭遮城〉及其手稿之後殖民歷史空間詩學〉，可謂極度短缺。以致於在面對楊牧仙逝後寶貴的《微塵》詩手稿文本，必須建構一系列的問題意識與方法論，才能從既有定稿研究模式進行有意識

---

[3]　不含楊牧自著的論文，與大主題範圍論文僅以楊牧為例證之一的論文。

[4]　須文蔚〈楊牧學體系的建構與開展研究〉：《東華漢學》第 26 期（2017 年 12 月），頁 228。

的辯證，檢視《微塵》中「言而不盡」、「未竟」所深沉層疊的
楊牧晚期風格詩學。

在《微塵》之「輯一　未結集」中〈冬天的故事〉，無疑能
呈現該輯的詩手稿編輯現象。

〈冬天的故事〉收錄於「輯一　未結集」之中，「輯一　未
結集」因為有發表印刷定稿，提供編輯編排的核心，相對「輯二
未定稿」應當較好整理。《微塵》的編輯作業，基本上編輯列出
定稿，接著手稿，確實是不錯的編排方法，然則仍出現問題。依
詩集目錄來看，楊牧〈冬日的故事〉一詩，依序有〈手勢〉（〈冬
天的故事〉手稿一）、〈手勢〉（〈冬天的故事〉手稿二）、〈山
中〉（〈冬天的故事〉手稿三）、〈傳奇〉（〈冬天的故事〉手
稿四）、楊牧〈傳奇〉（〈冬天的故事〉手稿五）、〈冬天的故

圖 01：楊牧〈手勢〉
（〈冬天的故事〉手稿二）

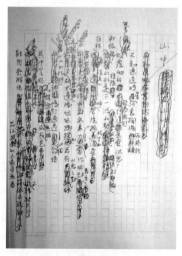

圖 02：楊牧〈山中〉
（〈冬天的故事〉手稿三）

圖 03：楊牧〈傳奇〉　　　　　圖 04：楊牧〈傳奇〉
（〈冬天的故事〉手稿四）　　（〈冬天的故事〉手稿五）

事〉（〈冬天的故事〉手稿六）。〈冬天的故事〉手稿一、二，
詩人以〈手勢〉為題，「圖 01：楊牧〈手勢〉（〈冬天的故
事〉手稿二）」乃承接手稿一之修改進行書寫。但在「圖 02：
楊牧〈山中〉（〈冬天的故事〉手稿三）」中，可以發現詩人原
本題目寫為「手勢」，但又在其下題寫「山中傳奇」，之後則將
兩題皆刪去，在其上獨立寫下「山中」。「圖 03：楊牧〈傳
奇〉（〈冬天的故事〉手稿四）」詩人先寫「傳奇」，其上加
「山中」又刪去。「圖 04：楊牧〈傳奇〉（〈冬天的故事〉手
稿五）」先寫「傳奇」，但刪去，其上又加另題，以立可白遮
去，又回到「傳奇」，但仍加上「山中」刪去。從「圖 03」、
「圖 04」可以知道詩人，在「手勢」、「山中」、「傳奇」、
「山中傳奇」中思維著最後的〈冬天的故事〉。

　　由此可見，《微塵》對楊牧詩手稿之印刷整理與呈現，主要
是依照「編輯者視覺」上的「階段定稿」狀態，而不是包括詩手

稿本身之書寫、修改等在內的「詩手稿本來現象」去呈現。

　　當然，這馬上立即性切入到一個後續課題：書籍既有的編輯印刷系統，能否呈現楊牧現代詩手稿文本之手稿細節現象，而非只是單將詩人手稿掃描成圖片進行刊印？一本詩人手稿集能否為讀者帶入詩人楊牧詩文字叢林內，更深的堂奧呢？

三、從現代詩手稿學角度看《微塵》之 「輯二　未定稿」編成現象

　　我們前述的追問，在「輯二　未定稿」中會更顯迫切，因為「輯二　未定稿」延續「輯一　未結集」的編輯體例，一樣是將楊牧詩手稿掃描圖片化列於後，而其前則呈顯編輯謄打印刷稿。「輯一　未結集」可直接以詩人楊牧報刊媒體發表之詩作，以為定稿進行謄打；但「輯二　未定稿」為未定稿，處在因詩人仙逝，而永遠處在生成發展階段中的詩作。這便需仰賴編輯，如面對〈歌者〉的各詩手稿版本一般，需要進行字跡、修改等判斷。如此也勢必產生了為何選擇這樣的字詞，是否接近詩人楊牧的詩學判斷如此之問題。

　　在《微塵》16 首詩手稿系列文本中，除「輯二　未定稿」的〈留下〉、〈流失〉、〈微塵〉、〈觀魚〉外，皆有複數版本詩手稿。據此估算《微塵》有複數版本詩手稿的系列文本，佔全詩集 81.25%。對這樣高比例複數主題系列詩手稿的編排，《微塵》在目錄上以手稿加數字，為之進行順序，例如前面討論「輯一　未結集」之〈冬天的故事〉即有一至五個版次。最末之版次，代表最接近定稿的版次，但這樣的次序版次是如何界定呢？

最主要是依照楊牧詩手稿上所標註之日期，例如：楊牧〈契訶夫〉在編輯上，先列詩人標註寫於 2014 年 1 月的手稿一〈菊殘〉，再列寫於 2014 年 3 月的手稿二〈殘菊〉。但事實上楊牧卻不是每個詩手稿版本，都會標上日期，例如前述楊牧〈契訶夫〉的手稿三〈契訶夫〉即沒有標註寫作日期。其他如〈樟圍三首：北濱〉中四首詩手稿只有兩首，詩人標列寫作時間情形：〈樟圍三首：冷風〉、〈樟圍三首：行蹤〉、〈夏至〉、〈懷古〉、〈聽風〉、〈秋〉、〈歌者〉、〈歸屬〉皆存在只有部分詩手稿，有標註寫作日期的狀況。

　　《微塵》在詩手稿文本的編排上，在如此普遍缺乏詩人楊牧自行標註寫作時間的現象，便需要依照詩手稿文本內在與彼此間修改狀況，進行判讀，以為排序。具體以「輯二　未定稿」中楊牧〈歌者〉系列詩手稿文本的編排來看，「圖 05」為編輯最後謄打出的〈歌者〉打字印刷稿，他是在編輯所排序之詩手稿一、二、三（分見圖 06-08）中，選擇了「詩手稿三」進行謄打。但，在三張未定稿中，為何是「圖 08：楊牧〈歌者〉（〈歌者〉手稿三）」的手稿三成為編輯謄打的對象文本呢？

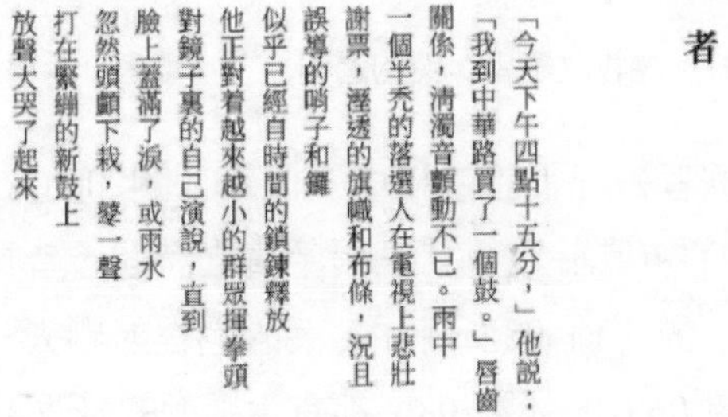

歌
者

「今天下午四點十五分，」他說：
「我到中華路買了一個鼓。」唇齒
關係，清濁音顫動不已。雨中
一個半禿的落選人在電視上悲壯
謝票，涅透的旗幟和布條，況且
誤導的哨子和鑼
似乎已經自時間的鎮鍊釋放
他正對着越來越小的群眾揮拳頭
對鏡子裏的自己演說，直到
臉上蓋滿了淚，或雨水
忽然頹顱下來，變一聲
打在緊繃的新鼓上
放聲大哭了起來

圖 05：《微塵》編輯謄打楊牧〈歌者〉未定手稿

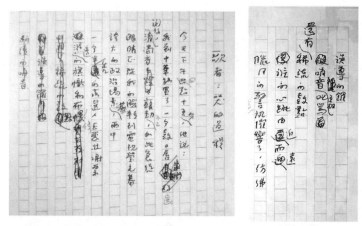

圖 06：楊牧〈歌者：哭的過程 2002.1.1〉（〈歌者〉手稿一）

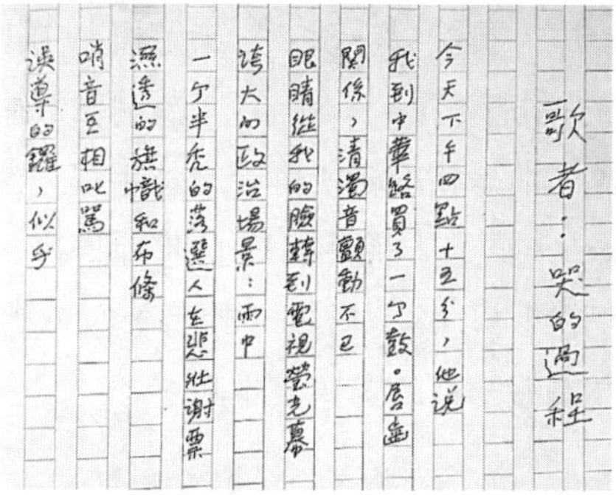

圖 07：楊牧〈歌者：哭的過程〉（〈歌者〉手稿二）

　　楊牧〈歌者〉三張詩手稿中，僅有「圖 06」在手稿最後標列「2002.1.1」，其餘沒有。三張手稿之詩題，皆寫為「歌者：哭的過程」，惟「圖 08」將「：哭的過程」刪去。而就修改現象來看，「圖 06」、「圖 08」都有大幅度的修改；「圖 07」幾乎沒有修改，而只在該詩手稿第二張最後一行，將「放聲大哭了

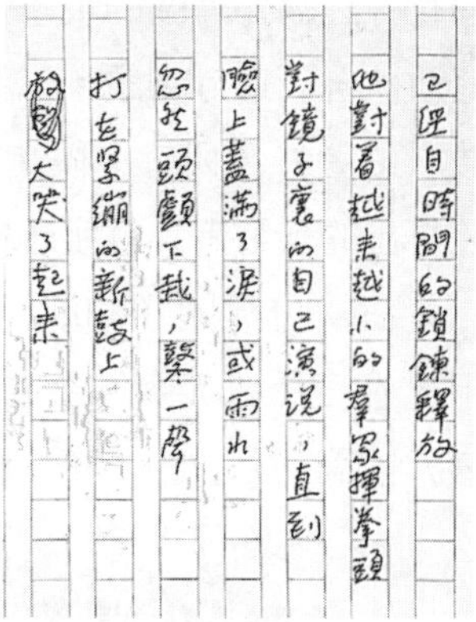

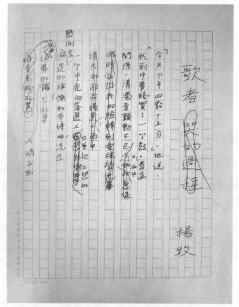

圖 08：楊牧〈歌者〉（〈歌者〉手稿三）

起來」的「放聲」一詞刪去。在此現象中，編者到底是用甚麼標
準整理成印刷稿呢？首先，「圖 06」確實應能放為初始詩手
稿。這取決的原因，倒不是因為旗標列了寫作時間，因為時間的
先後排列是相對的，其他兩個詩手稿並無標列時間，便無法在統
一標準上，視「圖 06」為最初。「圖 06」可以被訂為最初，從
現代詩手稿學的角度審視，主要乃是詩行字詞結構樣態尚不穩
定，充滿著大幅度的修改。例如：將首句的「今天下午六點十
五，他說」改為「今天下午四點四點十五分，他說」，這為後面
兩份詩手稿所繼承。另外，主體我的感知活動——聽聞他者買鼓
的話語，到轉看電視螢幕中落選政治人物悲壯謝票聲響——也在
「圖 06」此手稿版本中，開始畫構出詩的情境樣態，而為後續

手稿所維持。

　　那麼，在《微塵》中前面所確立的排序概念，並以最後詩手稿版本，進行謄打的編輯體例，「圖 07」、「圖 08」何者是在此詩的文本生成歷程中，歸屬於時序上的後者呢？據《微塵》的編輯判斷是「圖 08」。但依照現代詩手稿學的詩手稿版本判讀，我們卻看到，「圖 08」的底稿，實為將「圖 06」各種修改進行謄清、清樣的成果，而後再進行修改。其後再依照「圖 08」之修改成果，再次謄清、清樣，終而為「圖 07」。

　　具體的例證，可從「圖 06」第一張手稿後半第 6-11 行，原寫為：「⑥ [5]一個半透的落選人在悲壯謝票／⑦淋濕的旗幟和布幔所在發財車／⑧四週，稀疏的鼓聲／⑨夾著誤導的鑼聲和／⑩斷續的哨音／⑪誤導的鑼」，詩人在其此詩手稿上的修改為，⑥中將「透」改為「禿」；⑦中將「淋」刪去，加上「透」，刪去「幔所在發財車」，加上「條」；刪去⑧、⑨、⑩。這樣的修改，確實在「圖 08」的底稿體現為「一個半禿的落選人在悲壯謝票／濕透的旗幟和布條／誤導的鑼」。而「圖 07」之詩手稿文本，在現代詩手稿學的考察分析下，可知實為依據「圖 08」之修改、謄清的版本。因此，依照《微塵》體例邏輯，針對詩手稿生成由遠而近的排序，其對〈歌者〉所安排的〈歌者〉詩手稿一、二、三之次序，應是錯誤的；亦即，在文本生成的歷程次序應是「圖 06」→「圖 08」→「圖 07」，方為正確。

5　為方便標註討論，在此另將所引詩手稿詩行之標註編號，其後相同。

 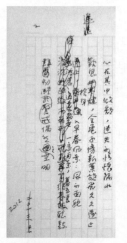 

圖 09：楊牧〈懷古〉　　　　圖 10：楊牧　　　　圖 11：楊牧〈夏至〉
系列詩手稿局部　　〈樟園三首：行蹤〉　　系列詩手稿局部
　　　　　　　　系列詩手稿局部

　　書籍編輯作業是為了呈顯對文本資料的整理，而在楊牧《微塵》這樣詩手稿文本的整理中，則又涉及了對詩文本生成歷程的判斷。除了上述對〈冬天的故事〉、〈歌者〉詩手稿的討論，事實上，我們還可以在《微塵》中發現一些未被整理的訊息，例如：〈懷古〉在目錄中標列為〈無題〉，但進入對應的第 82 頁詩手稿（見「圖 09」），可以看到詩人楊牧，原本詩題初寫為「秋景」而後刪去，改為「深秋即景」復又刪去。對應此詩手稿文本前後版本的發展，與其說是「無題」，不如應說「兩題目斟酌中」更為精準。其實〈冬天的故事〉詩手稿文本中所也存在的「山中手勢」、「山中傳奇」這類定名，同樣也未被印刷打字所表現，可見此已為系統性的編排問題。

　　〈樟園三首：行蹤〉的寫作時間，目錄標列為「2012」，進

入《微塵》頁 35 檢視（見「圖 10」），則可以發現詩人楊牧原標列「二○一三・一」的手寫訊息。至於〈夏至〉的第 58 頁，則有詩人對特定詩行在稿紙字格上進行打勾，代表在詩作書寫歷程的一種自我肯認（見「圖 11」）。由於〈夏至〉歸屬於「輯一　未結集」，因為有發表定稿，尚可以排除；但在「輯二　未定稿」中這種現象，在編輯謄打過程中，就顯然不能迴避思考對此訊息的表現了。

四、小結

　　上述對楊牧《微塵》詩手稿的編排、判讀錯誤的發現，只是詩手稿文本現象的一部份。但使我們省思到，為了方便閱讀，編輯印刷稿所呈現的不只是文字，同時也呈顯了問題。編輯作業下的《微塵》，呈現的是印刷打字系統需求所呈現的視覺，而不是為了手稿原本真實。特別是進入「輯一　未結集」、「輯二　未定稿」之詩手稿本身，更考驗著編輯如何進行判斷，又仰賴著怎樣的詩學、詩手稿文本的知識，操觚這樣的判斷。成冊的《微塵》，凸顯了印刷性與手稿的辯證關係。整理詩手稿，是為了整理給既有印刷出版系統嗎？我們的研究只是立基在這樣的印刷出版系統嗎？我們是否也處於另一種類似於後殖民、東方主義所批判的，從歐美角度去想像東方，並以這份想像製造生產所謂的東方知識一般，無所意識地站在印刷體系排版出版的詩集詩作版面，去想像一首詩的寫作過程。如果東方主義批判歐美對東方的想像運作進而知識化的問題，在一首詩的研究之中，我們是否也應該「跨域」地從詩的排版體系出發，深入詩寫作現場去評估一

首詩所寄寓的詩學？就此看來，《微塵》詩手稿依於出版版面需求所進行的「整理」，正讓我們發現到「整理」同時發生的「捨棄」，即使詩手稿已經如此被高寫真印刷了。

我們對《微塵》的詩手稿研究工作，如何避免僅止於見樹不見林？閱讀、研究詩手稿的詩學工作，在這樣的提問中，實指向如何在已既成的編輯中，由詩學研究者接棒，透過現代詩手稿學開展讀者對錯雜詩手稿文本的視覺——啟動比瀏覽，更深入的精讀。

錯雜的楊牧詩手稿，往往可能因為其塗劃符號，形成的遮掩陰影，以及系列內多版本的重寫，引發的接續問題，而中斷了一般讀者的觀看。但錯雜、多版本的詩手稿反而凸顯了，楊牧詩書寫的一份事實——如何使詩準確指向於其所指，即便這份所指事涉於對時間、音樂乃至於抒情傳統。錯雜的枝節說明了詩人如何對準確進行帶素描感的構思。詩人的詩草稿素描，一如繪畫前的場景草稿素描，一如電影拍攝前的分鏡素描。素描使得腦中構思可初步具形，詩手稿本身就是一份視覺意象，其錯雜本身，隱喻著詩人一系列用字遣詞、想像勾勒、思想考量的詩心運轉，終而得能喚起詩人將來精緻準確的詩定稿。

因此，我們不再只是文獻式地將文件整理在一起，知道他們曾經存在過。而在於從原本編輯系統疏漏的訊息，從手稿學角度理解這些錯失，找到這整理上錯失的邏輯模型。事實上《微塵》衍生的問題，實則也是詩手稿文本性的一部份，而非僅能視為一首詩完成「之外」的餘事。如果就手稿與定稿間的辯證層次來看，只關注定稿，實則會遺缺書寫歷程的記憶，如同探究蝴蝶，卻忽略其蛹變的過程般。因此，在後續之研究楊牧《微塵》詩手

稿文本，我們應更細節化地進入楊牧《微塵》詩手稿的文本生成時間歷程，以及對應形成的文本版本空間地層，予以梳理、考掘。由此追探《微塵》詩手稿文本中交互脈絡的詩學知識，走向楊牧晚期風格詩美學的生成理解。

參考文獻

研究專書

王一川：《漢語形象與現代性情結》，北京：首都師範大學，2001 年。

古添洪：《記號詩學》，臺北市：東大：三民總經銷，1984 年。

何金蘭：《法國文學理論與實踐》，臺北市：秀威出版，2011 年。

吳潛誠：《感性定位：文學的想像與介入》，臺北市：允晨，1994 年。

沈謙：《修辭學》，臺北縣：空大，1995 年。

孟樊：《當代臺灣文學評論大系・新詩批評卷》，臺北市：正中書局，
　　1993 年 5 月。

易鵬：《文本與現代手稿研究》，臺北市：書林，2019 年。

侯吉諒：《名詩手稿：最重要的詩人最重要的作品》，臺北市：海風，
　　1989 年。

奚密：《現當代詩文錄》，臺北市：聯合文學，1998 年。

張漢良：《現代詩論衡》，臺北市：幼獅文化，1977 年 6 月。

陳永國[編譯]：《游牧思想——吉爾・德勒茲　費利克斯・瓜塔里讀本》，
　　長春：吉林人民出版社，2010 年 11 月。

陳芳明：《台灣新文學史》，臺北市：聯經，2011 年。

陳芳明：《後殖民臺灣：文學史論及其周邊》，臺北市：麥田出版，2002
　　年。

陳義芝：《聲納——臺灣現代主義詩學流變》，臺北市：九歌出版社，
　　2006 年。

須文蔚[編]：《告訴我，甚麼叫做記憶：想念楊牧》，臺北市：時報出版，
　　2020 年。

黃錦樹：《文與魂與體：論現代中國性》，臺北市：麥田，2006 年。

黃麗明：《搜尋的日光：楊牧的跨文化詩學》，臺北市：洪範，2015 年。

楊牧：《一首詩的完成：給青年詩人的信》，臺北市：洪範，1991 年。

楊牧：《文學知識》，臺北市：洪範，1979 年。

葉維廉：《比較詩學》，臺北市：東大，2007 年。

葉維廉：《解讀現代・後現代》，臺北市：東大，1999 年。

葉維廉：《歷史、傳釋與美學》，臺北市：東大，1988 年。

廖炳惠：《解構批評論集》，臺北市：東大，1985 年。

翟月琴：《獨弦琴：詩人的抒情聲音》，臺北市：秀威，2018 年。

劉勰[著]；范文瀾[注]：《文心雕龍注》，臺北市：商周，2020 年。

鄭毓瑜：《文本風景：自我與空間的相互定義》，臺北市：麥田，2005 年。

歐美學者編著者著作

BIASI, Pierre-Marc de, "Carnets de travail", Editions Balland, 1988.

BIASI, Pierre-Marc de, "Introduction aux Méthodes Critiques pour l'analyse littéraire", Bordas, Paris, 1990.

BIASI, Pierre-Marc de, "La Génétique des texts", Paris, Ed. Nathan/Her. 2000.

愛德華・薩依德（Edward Wadie Said）[著]；彭淮棟[譯]：《論晚期風格：反常合道的音樂與文學》，台北市：麥田出版，2010 年。

加斯東・巴舍拉（Gaston Bachelard）[著]，龔卓軍、王靜慧[譯]：《空間詩學》，臺北市：張老師，2005 年。

傑哈・簡奈特（Gerard Genette）[著]，廖素珊、楊恩祖[譯]：《辭格Ⅲ》，臺北市：時報文化，2003 年。

哈羅德・布魯姆（Harold Bloom）[著]，徐文博[譯]：《影響的焦慮》，南京市：江蘇教育，2006 年

德希達（Jacques Derrida）[著]，張寧[譯]：《書寫與差異》，臺北市：麥田，2004 年。

德希達（Jacques Derrida）[著]，汪堂家[譯]：《論文字學》，上海市：上海譯文出版社，1999 年。

薩特（Jean-Paul Sartre）[著]，陳宣良等[譯]：《存在與虛無》，北京市：生活・讀書・新知三聯書店，2016 年。

卡爾・曼海姆（Karl Mannheim）[著]：《知識社會學導論》，臺北市：風雲論壇，1998 年。

海德格爾（Martin Heidegger）[著]，陳嘉映、王慶節[譯]：《存在與時間》，北京市：生活・讀書・新知三聯書店，2016 年。

米歇‧傅柯（Michel Foucault）[著]，王德威[譯]：《知識的考掘》，臺北市：麥田，1993 年。

米歇‧傅柯（Michel Foucault）[著]，莫偉民[譯]：《詞與物——人文科學考古學》，上海：三聯書店，2001。

羅蘭‧巴特（Roland Barthes）[著]；江灝[譯]《神話學》，臺北市：麥田，2019 年。

塞夫蘭（Werner J. Severin）、譚卡特（James W. Tankard）[著]，羅世宏[譯]：《傳播理論：起源、方法與應用》，臺北市：五南出版公司，2004 年。

單篇論文

余欣娟：〈辨體與抒情——楊牧的詩學創作論〉：東海大學《東風：從葉珊到楊牧國際學術研討會論文集》（2021 年 11 月），頁 19-32。

吳展良：〈朱子之鬼神論述義〉：《漢學研究》第 31 卷第 4 期（2013 年 12 月），頁 111-144。

阮美慧：〈台灣戰後詩的「現代範式」模習與實踐——以早期白荻、葉珊為例〉：東海大學《東風：從葉珊到楊牧國際學術研討會論文集》（2021 年 11 月），頁 1-18。

奚密：〈楊牧：台灣現代詩的 Game-Changer〉：《臺灣文學學報》第 17 期（2010 年 12 月），頁 1-26。

奚密：〈鐫琢之名：楊牧詩中的希臘與羅馬〉：《臺灣文學學報》第 37 期（2020 年 12 月），頁 3-35。

翁文嫻：〈新詩語言結構的傳承和變形〉：《成大中文學報》第 15 期（2006 年 12 月），頁 179-197。

張松健：〈詩史之際　楊牧的「歷史意識」與「歷史詩學」〉：《中外文學》第 46 卷 1 期（2017 年 3 月），頁 111-145。

梁廷毓：〈論「精怪」與「魔神仔」傳聞中的生態思維與身體界限〉：《臺灣文學研究學報》第 31 期（2020 年 10 月），頁 53-72。

許又方：〈楊牧與唐詩〉：東海大學《東風：從葉珊到楊牧國際學術研討會論文集》（2021 年 11 月），頁 91-100。

陳俊啟：〈尋找精神的故鄉：楊牧作品中的浪漫、古典主義及傳統觀的融會〉：東海大學《東風：從葉珊到楊牧國際學術研討會論文集》（2021 年 11 月），頁 121-148。

陳家煌：〈論白居易詩的晚期風格〉：《國文學報》第 54 期（2013 年 12 月），頁 113-147。

陳義芝：〈住在一千個世界上——楊牧詩與中國古典〉：《淡江中文學報》第 23 期（2010 年 12 月），頁 99-128。

彭孟堯：〈形上學在研究什麼？——評王文方著《形上學》〉：《東吳哲學學報》第 23 期（2011 年 2 月），頁 109-128。

曾珍珍：〈生態楊牧——析論生態意象在楊牧詩歌中的運用〉：《中外文學》第 31 卷第 8 期（2003 年 1 月），頁 161-191。

須文蔚：〈王靖獻〈自由中國詩壇的現代主義〉之研究〉：東海大學《東風：從葉珊到楊牧國際學術研討會論文集》（2021 年 11 月），頁 33-44。

須文蔚：〈楊牧臺港文學跨區域傳播影響論〉：《東華漢學》第 32 期（2020 年 12 月），頁 341-377。

須文蔚：〈楊牧學體系的建構與開展研究〉：《東華漢學》第 26 期（2017 年 12 月），頁 209-230。

黃麗明：〈何遠之有？楊牧詩中的本土與世界〉：《中外文學》第 31 卷第 8 期（2003 年 1 月），頁 133-160。

解昆樺：〈大海濱城熱蘭遮：楊牧〈熱蘭遮城〉及其手稿之後殖民歷史空間詩學〉：《臺灣文學學報》第 37 期（2020 年 12 月），頁 69-101。

解昆樺：〈藏鋒的童話：顧城寓言故事詩手稿中尾段結構的遮蔽修辭〉：《中山人文學報》第 37 期（2014 年 7 月），頁 99-131。

解昆樺：〈雛構新詩文體語言——賴和新詩手稿中的意象經營與修辭意識〉：《臺灣文學研究學報》第 11 期（2010 年 10 月），頁 7-43。

翟月琴：〈靜佇、永在與浮升——楊牧詩歌中聲音與意象的三種關係〉：《清華學報》第 44 卷第 4 期（2014 年 12 月），頁 661-688。

劉正忠：〈楊牧的戲劇獨白體〉：《臺大中文學報》第 35 期（2011 年 12 月），頁 289-328。

劉正忠：〈黼黻與風騷──試論楊牧的《長短歌行》〉：《中國現代文學》第 34 期（2018 年 12 月），頁 143-168。

鄭慧如：〈敘述的抽象化：論楊牧詩〉：《臺灣文學學報》第 37 期（2020 年 12 月），頁 37-68。

望向世界裡的南方：楊牧作品裡的南方論述

國立中興大學台灣文學與跨國文化研究所副教授
詹閔旭

摘　要

　　不少學者主張，楊牧作品展現台灣作家裡少見的世界主義（cosmopolitanism）格局，此說法業已成為楊牧研究的常見論述。不過，楊牧研究多半側重西方文學與文化傳統帶給楊牧創作的影響，較少留意楊牧作品與南方文學與文化之間的連結，因而導致所謂的「世界作家」不免是以北方大國為基準的觀照。這一篇文章希冀梳理楊牧作品裡的南方論述，從另一個角度剖析楊牧作品的世界觀。這一篇文章的研究問題包括：楊牧作品呈現何種南方論述？楊牧作品的南方論述如何反映台灣作家的認識論與世界觀？從南方看世界的研究角度將有助於重新審視楊牧與世界文化的關係。

關鍵詞：楊牧　全球南方　南方論述　跨洲際比較　西方及其他

一、世界裡缺席的南方

　　不少學者主張，楊牧作品展現台灣作家裡少見的世界主義
（cosmopolitanism）格局，此說法業已成為楊牧研究的常見論
述。舉例來說，楊牧榮獲 2013 年紐曼華語文學獎（Newman
Prize for Chinese Literature）時，奚密的獻詞頗具總結性。她是如
此描述楊牧：「楊牧深深浸濡在世界文學、文化與歷史長河，讓
他的作品蘊含多樣性和深度，這是當代漢語詩人，甚至是整部漢
語現代詩史都難以比擬的。」[1]《搜尋的日光：楊牧的跨文化詩
學》（*Rays of the Searching Sun: The Transcultural Poetics of Yang
Mu*）是英語世界第一本楊牧研究專書。該書作者黃麗明主張，
楊牧不但從「全球文學史的視野理解現代漢語詩」，更能「從世
界文學的珍貴資產提煉出跨文化詩學」，這種積極向世界文化取
徑的特色讓楊牧被譽為「花蓮的楊牧，世界的楊牧。」[2]無獨有
偶，此詮釋觀點也出現在中文學術圈的楊牧研究。比方說，邱貴
芬呼應黃麗明的說法，強調世界感是楊牧創作一大特色，便是很
好的例子。[3]無論是在中文或英文學術圈，世界感、世界文學、
世界主義等字眼均成為反覆描述楊牧作品特質的關鍵字眼。

---

[1]　Admin, "2013 Winner Yang Mu," Newman Prize for Chinese Literature. Oct.
1, 2019. Retrieved Feb. 7, 2022. from: https://www.newman-prize-for-
chinese-literature.oucreate.com/winners/2013-yang-mu/

[2]　黃麗明著，詹閔旭、施俊州譯，曾珍珍校譯，《搜尋的日光：楊牧的跨
文化詩學》（台北：洪範，2015），頁 23。

[3]　邱貴芬，〈世界文學空間裡的楊牧〉，收錄於許又方主編《美的辯證：
楊牧文學論輯》（台北：台灣學生書局，2019），頁 44。

　　事實上，楊牧作品裡的世界感其實並不夠「世界」。楊牧研究多半側重西方文學與文化傳統帶給楊牧創作的影響[4]，進而主張楊牧浸濡在世界文學養分，卻較少留意楊牧作品與南方文學與文化之間的連結，因而導致所謂的「世界作家」不免是以北方大國為基準的觀照。我的用意並非否認楊牧是一名具有世界感的作家。我實際想凸顯的是，如果楊牧作品視野未能納入南方世界與南方文學傳統，何以更全面地理解楊牧文學的世界感？我們又該如何理解「北方＝世界」的意識型態困境？這些問題值得更進一步思考。

　　本篇希望以南方作為方法，重新思考楊牧作品的世界感。我們深入分析楊牧作品裡的南方論述之前，恐怕有必要先釐清「南方」的定義。事實上，南方是莫衷一是的概念，不同學者對於南方的範圍、定義與其作為方法學的內涵皆有截然的詮釋。[5]這一篇論文所定義的南方，主要援引自目前備受國際人文與社會科學界關注的全球南方研究（Global South studies），希冀透過南方作為思考起點，凸顯地緣政治所蘊含的權力流動。社會學家達多斯（Nour Dados）和康奈爾（Raewyn Connell）是如此定義南方，深具參考價值：

4　可參考：奚密，〈鐫琢之名：楊牧詩中的希臘與羅馬〉，《台灣文學學報》37 期（2022），頁 3-35。

5　關於南方如何作為方法學的具體嘗試與不同學者的嘗試，可參考我主編的兩本期刊專號：詹閔旭、吳家榮合編，「全球南方華文文學」特約專輯，《中山人文學報》第 51 期（2021.07）。許維賢、詹閔旭合編，「殖民、冷戰、帝國或全球化重構下的南方」特約專輯，《中外文學》第 481 期（2023.6）。

「全球南方」廣義是指拉丁美洲、亞洲、非洲和大洋洲。
這個詞彙和「第三世界」、「邊緣地區」屬近似詞，用以
指涉歐洲和北美以外的地區，這些地方通常（但並非全
部）屬於低收入、且政治與經濟較為邊緣的區域。「全球
南方」這個用法標示了一種思維上的轉折，把討論重心從
發展程度和文化差異，移轉到地緣權力關係。[6]

這一段引文有兩處值得注意。第一，根據達多斯和康奈爾的說
法，全球南方的範疇包括拉丁美洲、亞洲、非洲與大洋洲，這些
地方多屬於前殖民地，且目前當地政治、文化與經濟發展皆較為
弱勢，難以和全球北方（也就是傳統定義的西方）國家匹敵。第
二，全球南方作為方法學的目的是希望把討論焦點從東方 vs.西
方的文化差異，轉化為南方國家與北方國家之間的地緣政治關係
與權力流動。這是非常發人深省的詮釋角度。以往討論到南方
時，往往凸顯南方蘊含的異國情調、熱帶風土、跨文化互動與混
雜，這些討論面向都隱含一種以文化差異為內涵的跨文化詩學論
述。不過，這一篇文章盼望把視野投向楊牧作品裡的南方論述，
目的不只是把南方理解為帶有熱帶風情的異質國境，或是有別於
英美主流的另類文學傳統（文化差異論），而更著重凸顯南方文
學傳統之所以遭到忽視背後更深刻的不均質的權力結構（地緣政
治論），以期闊拓嶄新的論述空間。

　　因此，有別於以往學者傾向強調楊牧作品充分繼承正統西方

---

[6]　Nour Dados and Raewyn Connell, "The Global South," *Contexts*, 11.1 (2012):
12-13.

文學與文化底蘊，這一篇文章則希冀梳理楊牧作品裡的南方論述，從另一個角度剖析楊牧作品的世界觀。這一篇文章的研究問題包括：楊牧作品呈現何種南方論述？楊牧作品的南方論述如何反映台灣作家的認識論與世界觀？從南方看世界的研究角度或許有助於重新衡量楊牧與西方文化的關係。至於方法學方面，這一篇文章試圖帶入全球南方研究。跨文化詩學是楊牧研究核心，凸顯文化異質性、文化混雜、互文性等論述取徑；相形之下，全球南方研究對於資本、權力、地緣政治等議題念茲在茲，可望賦予楊牧跨文化詩學截然不同的面貌。

二、台灣與智利的（不）連結

我想從楊牧的《奇萊後書》談起。《奇萊前書》與《奇萊後書》是楊牧充滿自傳色彩的散文集，深情回顧作家一生的生命歷程、文學啟蒙與文學觀的成形，揭露楊牧創作與現實人生之間的距離。[7]《奇萊前書》側重楊牧童年在花蓮成長的經歷，勾勒全球冷戰與戒嚴台灣時空背景下對文藝、政治與人性的思索。相形之下，《奇萊後書》更往內心指涉，聚焦楊牧的文學觀與詩觀，毋寧「更接近是一本詩學之作」。[8]不過，放到這一篇文章的論述脈絡，看似更往內在指涉的《奇萊後書》所搭建的詩觀其實是全球冷戰局勢下所生產出來的成果，折射出以西方大國為參照的

---

[7]　郝譽翔，〈抒情傳統的省思與再造：論楊牧《奇萊後書》〉，《台北教育大學語文期刊》19 期（2011），頁 215。

[8]　郝譽翔，〈抒情傳統的省思與再造〉，頁 213。

潛意識。換句話說，這二書的書寫重點看似迥異，其實都涉及冷戰時期的台灣社會的政治氛圍與知識論養成。我接下來想從《奇萊後書》的〈愛荷華〉談起。這一篇描寫作家在 1960 年代中期初次離家，赴美國留學，就讀於愛荷華大學詩創作班的時期。這一篇散文具體而微勾勒出楊牧作品裡世界感的起點，更構成《奇萊後書》文學觀的基調。

　　〈愛荷華〉以一段火車旅程揭開序幕，文章講述敘述者搭乘加利福尼亞輕風號，自舊金山發車，沿途經過牛群、白樺樹、玉米田，一路上窗外景色不斷改變，最終抵達座落在愛荷華河畔的大學。作家以悠揚、輕快的語調描述首次異國火車旅行，興奮之情溢於言表。散文中後半段轉而講述敘述者在愛荷華大學創作班選修古英文、研讀《貝爾武甫》與希臘哲學、翻譯羅爾卡的《西班牙浪人吟》等回憶。〈愛荷華〉記錄下楊牧首次出國留學的記憶；與此同時，從這篇回憶求學經歷的創作，我們同樣可以窺見一名台灣詩人如何透過文字、透過閱讀，從英美文學經典汲取創作養分的歷程。

　　不過，〈愛荷華〉通篇最引起我注意的，是楊牧描述火車上一名說西班牙語的鄰座女子：

> 至於我的鄰座，這時我才注意到她一路上都捧著一本書在看，我故意轉過頭去，她也無辜地從書上抬起眼睛來，正好和我的目光撞在一起，迸出淺淺的笑容。我指指窗外用英語說：「稻田。」以為她能意會，就是那大片大片猶在夕陽霞光照耀下的作物，我心中永恆的豐收。誰知她竟搖

搖頭，和氣地笑著，指著自己胸口：「西班牙語。」[9]

〈愛荷華〉以非常短的篇幅提到一名來自中南美洲、說西班牙語的女子。敘述者自台灣飛往美國，儘管第一次離家，他「並沒有捨不得的感覺」[10]，但是見到窗外的稻田景色依然勾起鄉愁，那是他「心中永恆的豐收」，流露出台籍敘事者的原鄉情懷。不過，鄰座女孩顯然對敘述者的稻田鄉愁不大有共鳴，專心投注在手上的西文書籍，那才是她的鄉愁所在。楊牧並未對女子身世多加著墨，但作家告訴我們，這一名女子說西班牙語，因此這一名女子可能和敘述者一樣是初抵美國的外來者（她搖搖頭，表示自己不熟悉英語），而且從女子手中正在閱讀的西班牙書籍推敲（對比台籍敘述者念茲在茲的窗外稻田景觀），這一名女子應當來自於中南美洲。

　　這一段情節之所以值得留意，因為它一方面涉及亞洲與南美洲的跨文化接觸；另一方面，楊牧似乎有意把鄰座女子描寫為敘述者的分身（the double），兩人皆是首次造訪美國的南方遊子：

　　她說，又把手中的書遞過來讓我看一眼：佛南多‧阿里格利亞。這阿里格利亞不知是甚麼人，大概是南美洲吧，講西班牙語的拉丁美洲人，也許是委內瑞拉？而眼前這女孩黑髮半映在花梨色的臉上，長眉大眼，這樣一人單獨旅行，不知道要去哪裡？[11]

9　楊牧，《奇萊後書》（台北：洪範，2009），頁247。
10　楊牧，《奇萊後書》，頁250。
11　楊牧，《奇萊後書》，頁247。

鄰座這一位說西班牙文的女孩，手捧一本書，「這樣一人單獨旅行，不知道要去哪裡？」這一段敘述恐怕迂迴地側寫出楊牧筆下台籍敘述者的心境。正是在這個層次上，鄰座說西班牙語的女孩無疑成了台籍敘述者的分身。

　　值得注意的是，引文特別提到鄰座女孩手捧的書，作者名為「佛南多・阿里格利亞」，這一段情節值得深入推敲細讀。他是何許人？佛南多・阿里格利亞（Fernando Alegría）真有其人，並非虛構作家，亦非台籍敘事者猜測的委內瑞拉人，而是當代智利重量級的作家。阿里格利亞於 1918 年誕生在智利，1940 年代移居美國，專職教職與寫作，一直到 2005 年逝世於美國加州。他曾出版十餘部作品，關注家鄉智利的歷史發展與社會境況，亦觸及智利與美國之間的文化矛盾，代表作包括《勞太羅：一位青年解放者》（*Lautaro: A Young Liberator*, 1944）、《我的駿馬龔扎雷》（*My Horse González*, 1964）、《遊園地》（*The Funhouse*, 1986）。他的不少作品有英譯本，但無中譯本，因此台灣讀者普遍不太熟悉這一位智利作家。

　　我特別挑出阿里格利亞，主要因為這位作家和楊牧有不少共通處，他們二人亦不妨理解為分處台灣與智利兩地的分身。（一）他們都身兼作家、學者、文學評論者等多重身分；（二）兩人皆離開故鄉，選擇在美國留學與教書。阿里格利亞在 1930 年代末期離開智利，前往美國留學，後來長期任教於史丹佛大學，教授西班牙文文學。楊牧則在 1960 年代離開台灣，前往美國留學，畢業後任教美國西雅圖華盛頓大學，教授中西比較文學。（三）楊牧和阿里格利亞兩人曾短暫同校。楊牧在 1966 年 9 月前往赴加州大學柏克萊分校，攻讀比較文學博士學位。與此同

時，阿里格利亞在 1964 年至 1967 年間，剛好也任教於加州大學柏克萊分校的拉丁研究系。儘管從我手邊掌握的有限資料，我不確定楊牧和阿里格利亞是否有私交，但既然楊牧在〈愛荷華〉清楚寫出「佛南多・阿里格利亞」，楊牧不可能不知道他是何許人，也不可能不清楚阿里格利亞的經歷以及兩人之間的巧妙共通點。

　　因此，楊牧〈愛荷華〉把阿里格里亞誤以為是委內瑞拉作家，此處的「誤植」應是刻意為之。楊牧的目的恐怕是為了表達台籍敘述者與鄰座說西語女子相遇時，敘述者對於中南美洲文學傳統的一無所知。從這個角度來看，〈愛荷華〉裡的阿里格里亞以一種誤植、誤識、難以被辨認的角色登場，非常耐人推敲。這種寫法放在擺滿西方大作家姓名與經典著作的〈愛荷華〉裡，凸顯出西方文學傳統與南美洲文學傳統之間極為顯著的權力落差。當台籍敘述者橫跨太平洋，赴美國愛荷華大學求取知識（無論是研讀古英文，或是翻譯西班牙作家羅爾卡的《西班牙浪人吟》），在在展現出一名台灣本土作家走向世界，向世界文學傳統敞開的旅程。弔詭的是，當楊牧刻意把智利詩人阿里格里亞誤認為是委內瑞拉作家，卻提醒讀者，這一條邁向世界之路的侷限：敘述者所投身的是以西方為中心的世界，殖民者的世界，北方的世界，卻對同樣來自南方殖民地世界的文學傳統一無所知。

　　請特別留意，我認為楊牧使用誤植手法是為了「提醒讀者」，而不是「批判敘述者」。畢竟這一篇文章以高度抒情的腔調描述台籍敘述者與西語女子的相逢，營造出極浪漫的氛圍，也以非常短的篇幅、非常隱晦的指涉帶出台籍敘述者認識論的侷限。此認識論侷限是以西方為中心的思維模式，亦即是霍爾

（Stuart Hall）所謂的「西方及其他」（the West and the rest）的論述架構。霍爾主張，西方及其他不只是地理指涉，更是一種觀念，反映了全球權力關係與知識生產之間的微妙辯證。[12]

事實上，這一篇〈愛荷華〉──乃至於楊牧大多數創作──折射出西方及其他的論述架構，這亦是全球人文學界長期通行的主流思考窠臼。儘管後殖民主義學者如薩伊德（Edward Said）、史畢娃克（Gayatri Chakravorty Spivak）、霍米巴巴（Homi K. Bhabha）等人嘗試把關懷投注到非西方地區，整體研究依舊隱含以西方殖民主義的全球擴張為論述參照點的取徑，西方中心主義仍是揮之不去、須不斷加以回應的魅影。儘管台灣不曾遭到英美殖民統治，但 1950 年代韓戰爆發，美國不得不重新審視它在東亞戰略的佈局，因此開始給予台灣經濟與軍事援助。美援也透過文化滲透與教育交換等模式，「將美國理想、意識形態、生活方式傳播給台灣社會大眾。」[13]陳建忠主張，耕莘文教院、亞洲基金會、愛荷華寫作班這些在台灣文學史上扮演重要文藝推廣功能的機構，其實都是美援文藝體制的一環，「促使台灣文學的發展導向有利於美國（或西方）的世界觀與美學觀。」[14]

---

[12] Stuart Hall, "The West and the Rest: Discourse and Power," in *Modernity: An Introduction to Modern Societies*, ed. Stuart Hall, David Held, Don Hubert, and Kenneth Thompson, 184-227 (Oxford: Blackwell Publishers, 1996), p.187.

[13] 趙綺娜，〈美國政府在台灣的教育與文化交流活動（1951-1970）〉，《歐美研究》31.1（2001），頁 122。

[14] 陳建忠，〈「美新處」（USIS）與台灣文學史重寫：以美援文藝體制下的台、港雜誌出版為考察中心〉，《國文學報》52（2012），頁 216。

在此世界觀框架之下，台灣作家與讀者往往嫻熟於西方理論與文學傳統，卻對全球南方文學的發展與變化極度陌生，甚至默不關心。冷戰時期美援文藝體制同時也養成了楊牧及其文學觀，因此才產生出這一篇〈愛荷華〉。〈愛荷華〉不只是楊牧的文學啟蒙回憶錄，更標誌冷戰時期美援文藝體制如何介入了台灣作家的認識論與世界觀。

以西方為主導的世界觀框架一直到全球南方研究（Global South studies）崛起之後才有所變化。隨著 1980 年代布蘭特報告（Brandt Reports）把全球劃分為富裕北方和貧苦南方，「全球南方」一詞成為「第三世界」術語的替代品，聯合國開發計畫署在 2004 年更進一步發表〈形塑全球南方〉（"Forging a Global South"），呼籲不同南方地區有必要互相認識、對話與結盟。近年來，不少人紛紛改以「全球南方」作為集結點來揭示或回應不平等的國際權力關係，突顯「全球北方」主導下，全球化、帝國主義、新自由主義和離散論述對南方世界的調控或壓迫。「全球南方」有助於修正以往「西方及其他」論述架構的不足之處。瑪勒（Anne Garland Mahler）所定義的「南方」有三項基本內涵：（一）南方指的是在當代全球資本主義與新自由主義浪潮下奮鬥、掙扎、受到衝擊的底層人民；（二）南方試圖捕捉一種去疆域化、去國界化的版圖，跳脫以往第三世界主義只留意第三世界自身的困局；（三）當不同地區的底層人民具有共通的宰制經驗，他們會意識到彼此，進而形塑一種具有抵抗意識的跨國政治主體。[15]換句話說，如果「西方及其他」關注的是西方殖民主義

---

[15]　Anne Garland Mahler: "Global South," *Oxford Bibliographies in Literary and*

的影響與遺緒，「全球南方」則試圖凸顯南方主體的自我覺察，與更深層的「南－南結盟」（South-South cooperation）所隱含的跨國共通經驗。從這個角度來批判性解讀楊牧〈愛荷華〉，南方不免總是以一種錯置、隱匿、無法交流、不可翻譯的姿態現形（有別於西方文化的可翻譯性）。

簡言之，我在這一節試圖說明楊牧作品所隱含的「西方及其他」論述架構。當我們在詮釋楊牧作品時，「西方及其他」向來具有相當強大的詮釋效力，畢竟楊牧一生的創作和研究均圍繞中西比較文學展開。然而，與此同時，我們也必須留意，「西方及其他」的論述框架恐怕也遮蔽了其他橫向連結模式的思考潛力，這一篇〈愛荷華〉所展示的台灣與智利（不）連結，即是很好的例子。

三、歷經中介的南方

我以上梳理了楊牧作品裡遭到誤識、隱匿、消音的南方。不過，話說回來，如果說楊牧對於南方世界一無所知，恐怕不夠周延，畢竟這種說法忽略了楊牧自 1980 年代以後的一系列全球弱小民族詩作。這些作品包括了描寫阿富汗的〈班吉夏山谷〉（1984）、描寫西藏的〈喇嘛轉世〉（1987）、描寫流浪白俄的〈伯力〉（1994）、〈孤寂‧1910〉（1994）和〈聖‧彼得堡〉（1994）、以及描寫車臣的〈失落的指環：為車臣而作〉

Critical Theory, ed. Eugene O'Brien. Oct. 25, 2017. Retrieved December 30, 2020. From: https://www.oxfordbibliographies.com/view/document/obo-9780190221911/obo-9780190221911-0055.xml

（2000）等，這些都是楊牧基於人文主義精神而書寫的南方題材。接下來，我的討論將從剖析這一系列作品，批判性反省這些作品裡南方論述的洞見與不見。

　　弱小民族系列是楊牧在 1980 年代刻意經營的主題，呼應他自 1970 年代以後的創作轉向。楊牧在 1960 年代至 1970 年代洛杉磯留學期間，碰巧經歷美國反戰與民權運動，乃至於全球抗議運動最為風起雲湧的時期，大大衝擊楊牧的創作態度。楊牧在〈柏克萊精神〉這一篇散文提及，「柏克萊使我睜開眼睛，更迫切地觀察社會體認社會。」[16]為此，1972 年，楊牧把筆名從「葉珊」改為「楊牧」，象徵葉珊時期的浪漫文風告一段落，轉而啟動更為入世、更具人文關懷精神的創作主題。除了以台灣社會與政治議題為主軸的詩作之外，弱小民族系列作亦是楊牧創作關懷轉型後的產物。誠如楊牧在《奇萊後書》的〈中途〉提及：

> 其實〈班吉夏山谷〉正是為事而作，而事發在阿富汗一遼遠的曠野深處，須經過密集的想像才能找到那方位，重建那艱難的情節以襯托詩之抒情於顯隱間。那也是屬於我長久經營的，弱小民族系列，除了阿富汗，還有西藏，賽爾維亞，車臣，以及流浪的白俄，和追尋記憶歸屬的新英格蘭鄉山子弟。[17]

楊牧在這一篇自傳性散文清楚指出，弱小民族系列是刻意經營的

---

[16]　楊牧，《柏克萊精神》（台北：洪範，1977），頁 88。

[17]　楊牧，《奇萊後書》，頁 385-386。

主題。無論是描寫阿富汗、西藏、賽爾維亞、車臣、抑或者是白俄，這些詩作對飄泊、離散、失根的南方底層人民投以深深關懷，一方面展現楊牧的淑世關懷；另一方面，也讓人一窺楊牧書寫南方世界的嘗試。

不過，即便楊牧的弱小民族系列詩作觸及南方人民的苦難，我們仍必須把這種南方連結予以問題化（problematized），不斷逼問：楊牧如何書寫南方？弱小民族系列詩作如何和前一節所討論的「誤識南方」共構出楊牧的南方論述？我認為楊牧的弱小民族系列詩作有兩大特點：一、這些詩作皆帶有反戰色彩。二、這些詩作的創作動機皆屬於「為事而作」的時事詩。這兩大特色值得深入探討，揭示潛藏在人文關懷詩作背後的知識預設框架。

首先，先談反戰詩。1984 年的〈班吉夏山谷〉是楊牧作品裡典型的反戰詩作。班吉夏山谷（Panjshir Valley，又譯為潘傑希爾山谷）是阿富汗中北部的重要戰略位置，1980 年至 1985 年的蘇阿戰爭期間，蘇聯盟軍對此地發動 9 次侵略攻擊。楊牧在〈班吉夏山谷〉描寫班吉夏山谷人民長期生活在兵荒馬亂之中，甚至數度遭到敵軍佔領攻陷的困境：

> 他們在班吉夏山谷佈置了
> 佔領軍總部和無數的哨崗
> 紅軍在村莊裡外結伴巡邏
> 我的族人沉默地觀看
> 並且鋸著木頭，剝著豆
> 在井邊汲水，燠熱的空氣裡

　　忽然拔起嬰兒的哭聲[18]

當現實中的蘇聯部隊不斷進軍，突破軍隊防線，甚至佔領班吉夏山谷，楊牧則在〈班吉夏山谷〉大量使用二元對立關係——「我的族人」vs.「紅軍」、「我們」vs.「他們」——，重新擘畫雙方的邊界，讓班吉夏山谷還給被佔領者，「我們的，完全屬於我們的／班吉夏山谷。」除此之外，這首詩更透過鋸木、剝豆、汲水等日常生活家務，以及啼哭的嬰兒，凸顯戰爭帶給班吉夏山谷人民的影響，藉此傳遞詩人的反戰態度。劉正忠認為，這一首詩是楊牧揣摩「他人之口」與「他人之眼」，進入「他人的身體」，表現出對於全球弱小民族感同身受的情感，進而得以「代言其心聲」。[19]

　　〈喇嘛轉世〉把戰爭拉大到整個南方世界的苦難。西藏向來有活佛轉世傳說，相信西藏活佛圓寂之後，他的靈魂會轉世到新生兒的肉體。楊牧在這一首詩巧妙運用轉世說，講述一群西藏喇嘛分成好幾隊伍，踏上尋找轉世活佛之旅，途經喀什米爾、墨西哥、摩洛哥、剛果等地，藉此帶出詩人對全球南方世界的觀察。必須要特別留意的是，楊牧不只是描寫尋找活佛的歷程，更勾勒出全球南方世界飽受戰爭與恐懼的威脅。舉例來說，楊牧寫道，其中一支隊伍托缽走進以色列（古老的加利利），親眼見證「忽然石橋那轟然一聲／是恐怖份子引發報復的炸彈」。另一支隊伍踏入高句麗，「催淚彈裏鴿子紛紛飛起，武裝部隊／包圍之下，

18　楊牧，《有人》（台北：洪範，1986），頁151-152。
19　劉正忠，〈楊牧的戲劇獨白體〉，《台大中文學報》，35期（2011），頁318。

只見一個青年學生／澆油向自己，並且點火／大呼一聲跳下，曳著濃煙烈焰」。換句話說，〈喇嘛轉世〉不只是尋找轉世活佛之旅，更是這一群西藏喇嘛見證全球南方人民的苦難經歷，傳達出詩人鮮明的人道主義關懷。

　　楊牧的反戰精神亦在〈伯力〉、〈孤寂・1910〉、〈聖・彼得堡〉、〈失落的指環：為車臣而作〉等詩作可一探究竟，深刻凸顯楊牧的人道主義精神，也展現楊牧對於南方世界的理解。儘管楊牧的南方書寫展現了作家本人的人道主義精神，但正因為楊牧的南方詩作總是以反戰詩的形式登場，導致楊牧作品裡的南方世界纏繞了戰爭意象。楊牧筆下的南方總已是遭到入侵、剝削、荼毒的戰場，不免大幅度限縮了南方論述的內涵。

　　其次，這些詩作除了是反戰詩，更屬於時事詩。如前所述，楊牧在〈中途〉坦言，〈班吉夏山谷〉是「為事而作」[20]，因為詩人有感於阿富汗連年烽火，遂提筆為這些身處遙遠山谷的底層人民發聲。除了〈班吉夏山谷〉，楊牧在接受曾珍珍訪談時也提到，〈喇嘛轉世〉和〈失落的指環：為車臣而作〉亦是從新聞報導取得創作靈感。[21]換句話說，楊牧弱小民族詩作的創作歷程往往依循一定的公式：發生戰爭→媒體報導→詩人提筆創作。

---

[20]　楊牧，《奇萊後書》，頁 385。

[21]　曾珍珍，〈英雄回家──冬日在東華訪談楊牧〉，《人社東華》，2014年第 1 期：http://journal.ndhu.edu.tw/%E8%8B%B1%E9%9B%84%E5%9B%9E%E5%AE%B6%E2%94%80%E5%86%AC%E6%97%A5%E5%9C%A8%E6%9D%B1%E8%8F%AF%E8%A8%AA%E8%AB%87%E6%A5%8A%E7%89%A7%E2%94%80%E2%94%80%E6%9B%BE%E7%8F%8D%E7%8F%8D/

　　〈失落的指環：為車臣而作〉清楚交代詩人的創作歷程。這首詩描寫一名車臣青年因為家園遭到外敵入侵，轉而變成為國家奮戰的士兵。〈失落的指環〉和前述詩作不同，它把戰爭視為爭取獨立自主的必要之惡。全詩不但以士兵為敘述觀點，更充滿「我狙擊的準心」、「我的射程」、「我快槍下喪命」等字眼，化被動為主動，讓受害者勇於起身反抗，流露出楊牧詩作裡少見的「憤怒」。有意思的是，這首詩分為兩個部分：第一部分採用敘事詩形式，共 32 節，細膩描寫士兵的心路歷程；第二部分則是一封家書，採用散文形式，以附錄的形式解釋這一首詩創作的來龍去脈。〈失落的指環〉特別附上「家書」的獨特形式設計耐人尋味。黃麗明主張，這首詩發表於 2000 年總統大選前夕，彼時台灣與中國政治關係緊張，於是家書迂迴地傳達出車臣和台灣皆面臨大國威脅的「類同性比較」。[22]車臣和台灣的弱勢連結，無疑呼應我前面提到的南方結盟。

　　然而，〈家書〉對我而言更值得留意的地方，在於《紐約時報》在這一首詩作裡扮演的角色。

　　　　那幾天早上起來就到街口買報，追蹤一件新聞。二月中
　　　　旬，俄羅斯軍隊在持續四個多月的猛烈攻擊之後，急於對
　　　　全世界宣布他們已經拿下了車臣首府果羅茲尼。《紐約時
　　　　報》顯然對俄軍所說並不相信，但莫斯科軍部和圍城前進
　　　　指揮所嚴格控制新聞，《時報》危言戒慎，讀起來像讀味
　　　　吉爾的史詩，既悲壯，又遙遠。到二月中旬，果羅茲尼已

22　黃麗明，《搜尋的日光》。

　　經被俄軍轟炸得翻了一層皮，建築物，道路，橋樑，通訊
　　設施，水電，燃煤，無不徹底摧殘，破壞殆盡。[23]

楊牧在〈失落的指環〉提到，這首詩的創作緣起來自《紐約時
報》的報導，而且這是楊牧長期「追蹤」的一件新聞。緊接著，
詩人描述《紐約時報》如何身歷其境地描寫這一場發生在遠方的
戰爭，更傳達報紙本身的觀點：「《紐約時報》顯然對俄軍所說
並不相信。」從這個角度來看，這一份西方主流媒體是世界新聞
的流通平台，它負責轉載俄軍和車臣之間的緊張關係，成為南方
弱勢國家之間得以看見彼此的重要渠道。與此同時，它的觀點和
詮釋角度也形塑了讀者對這一場戰爭的理解。這一首詩呈現出多
層次的翻譯：《紐約時報》翻譯了車臣的戰爭，南方總是以新聞
報導的方式，進入楊牧的生活。而當楊牧閱讀西方視角的新聞，
他也把錯置的車臣新聞翻譯進入台灣語境，讓車臣戰役和台海危
機產生共振。南方總是必須經歷西方媒體的中介才能現身。

　　我在這一節重新閱讀楊牧自 1980 年代以後的一系列弱小民
族詩作，這些詩作呈現出楊牧的南方論述，它總是與戰爭有關，
它也總是受到西方新聞報導刺激而產生的時事詩。總歸來說，楊
牧的這些詩作所呈現的南方論述至少具備兩層意義。第一，這些
詩作兼具反戰詩和時事詩兩種類型，而西方媒體在創作過程裡扮
演了重要中介。如果光是以人道主義與淑世精神來剖析楊牧的弱
小民族系列詩作，無疑過度簡化了全球地緣政治結構的分際，而
忽略了西方國家在南方論述傳播過程所扮演的角色。第二，楊牧

---

[23]　楊牧，《涉事》（台北：洪範，2000），頁 126。

作品裡的西方論述和南方論述的內涵大不相同。西方想像總是寄
託在大學課堂和圖書館的書籍之海，以文學經典、古老文明的姿
態現身，具備一種歷史感；相形之下，南方想像則投影在戰爭與
人禍，往往由西方新聞報導啟動作家的靈感泉源，具備一種現實
感。歷史感 vs. 現實感，西方 vs. 南方，兩兩對立，饒富趣味。

　　楊牧的南方論述折射出他在冷戰社會氛圍長成所養成的文學
觀和認識論，那是一種以西方為中心的認識論，進而對南方世界
的認識較為薄弱。佘佳燕以為，無論是楊牧翻譯洛爾迦的《西班
牙浪人吟》或是書寫〈失落的指環〉，都表現出跨區域、跨文化
的普世價值，展現作家的人文關懷。[24]這種看法呼應我在這一篇
文章開頭提到的，許多學者刻意凸顯楊牧的世界觀。我基本上同
意這樣的觀點，但我認為楊牧在處理南方文化和北方文化時，卻
又難以合而觀之，這是時代加諸在他身上的限制。這種說法並非
無的放矢。當楊牧在 1980 年代創作弱小民族詩作時，台灣文壇
同時吹起一股魔幻寫實風，積極向拉美文學傳統和大師取經，拉
美文學影響了許多台灣作家如駱以軍、童偉格、黃崇凱等人，我
們在這些作家的訪談裡時常可以聽到南方文學傳統帶給新一世代
作家的衝擊與影響。相形之下，南方的文學傳統與作家極少出現
在楊牧作品，只能以戰爭、傷亡、災禍等形式現身，這或許便源
自於楊牧對於北方和南方截然不同的內涵想像，亦是全球地緣政
治造就了南北方文學知識置身於不均質、不對等的權力階層。

---

[24]　佘佳燕，〈論楊牧譯洛爾迦詩的動機及意義〉，《台灣文學學報》37
　　期（2020）：頁 120。

參考書目

佘佳燕。2020。〈論楊牧譯洛爾伽詩的動機及意義〉。《台灣文學學報》
　　37 期：103-122。

邱貴芬。2019。〈世界文學空間裡的楊牧〉。收錄於許又方主編，《美的
　　辯證：楊牧文學論輯》。台北：台灣學生書局。

奚密。2022。〈鐫琢之名：楊牧詩中的希臘與羅馬〉。《台灣文學學報》
　　37 期：3-35。

郝譽翔。2011。〈抒情傳統的省思與再造：論楊牧《奇萊後書》〉。《台
　　北教育大學語文期刊》19 期：209-236。

許維賢、詹閔旭合編。2023。「殖民、冷戰、帝國或全球化重構下的南
　　方」特約專輯，《中外文學》第 481 期。

陳建忠。2012。〈「美新處」（USIS）與台灣文學史重寫：以美援文藝體
　　制下的台、港雜誌出版為考察中心〉，《國文學報》52 期：211-
　　242。

曾珍珍。2014。〈英雄回家——冬日在東華訪談楊牧〉。《人社東華》第 1
　　期：http://journal.ndhu.edu.tw/%E8%8B%B1%E9%9B%84%E5%9B%9
　　E%E5%AE%B6%E2%94%80%E5%86%AC%E6%97%A5%E5%9C%A
　　8%E6%9D%B1%E8%8F%AF%E8%A8%AA%E8%AB%87%E6%A5%
　　8A%E7%89%A7%E2%94%80%E2%94%80%E6%9B%BE%E7%8F%8
　　D%E7%8F%8D/

黃麗明著，詹閔旭、施俊州譯，曾珍珍校譯。2015。《搜尋的日光：楊牧
　　的跨文化詩學》。台北：洪範。

楊牧。1977。《柏克萊精神》。台北：洪範。

楊牧。1986。《有人》。台北：洪範。

楊牧。2000。《涉事》。台北：洪範。

楊牧。2009。《奇萊後書》。台北：洪範。

詹閔旭、吳家榮合編。2021。「全球南方華文文學」特約專輯，《中山人
　　文學報》第 51 期。

趙綺娜。2021。〈美國政府在台灣的教育與文化交流活動（1951-1970）〉，《歐美研究》31 卷 1 期：109-127。

劉正忠。2011。〈楊牧的戲劇獨白體〉。《台大中文學報》35 期：289-328。

Admin. 2019. "2013 Winner Yang Mu." Newman Prize for Chinese Literature. Oct. 1. Retrieved Feb. 7, 2022. from: https://www.newman-prize-for-chinese-literature.oucreate.com/winners/2013-yang-mu/

Dados, Nour and Raewyn Connell. 2012. "The Global South." Contexts, 11.1: 12-13.

Hall, Stuart. 1996. "The West and the Rest: Discourse and Power." In *Modernity: An Introduction to Modern Societies*. Eds. Stuart Hall, David Held, Don Hubert, and Kenneth Thompson. Oxford: Blackwell Publishers.

Mahler, Anne Garland. 2017. "Global South." *Oxford Bibliographies in Literary and Critical Theory*. Ed. Eugene O'Brien. Oct. 25. Retrieved December 30, 2020. From: https://www.oxfordbibliographies.com/view/document/obo-9780190221911/obo-9780190221911-0055.xml

從「葉珊」到「楊牧」：
現代抒情傳統中的「作者」及其應答

東海大學中國文學系副教授
劉淑貞

摘　要

　　本文從 1964 年乃至 1972 年間，少年「葉珊」告別「葉珊」、重新自我命名為「楊牧」的過程談起，指出這個命名的過程，乃是書寫者意識到更為廣大的他者世界，從而不得不引入個人與政治性、歷史性對話的可能，所產生的一個「第二次浪漫主義」的「作者」。其中最直接的現實觸因，正是其時在北美沸騰一時的越戰與保釣運動。本文討論少年「葉珊」如何拉鋸於「詩」與「政治」之間，進而告別年少的抒情時代，並在中國歷史傳說的典故裡，找到一個安放抒情自我的「面具」，終摸索出一個全新的名字「楊牧」。本文嘗試指出：如果將這個命名的過程放置在六、七〇年代陳世驤所搭建的中國抒情傳統脈絡下，將會發現，從「葉珊」到成為「楊牧」的過程，本身就是一個重新發明抒情傳統意義下的「作者」的過程；這裡的「作者」，其實是「士」在六、七〇年代語境中的一種現代性重寫。本文亦將指出，從「楊牧」這個名字出發，楊牧回應了他在 1964 至 1972 年間持續思考的幾個命題，包括詩的功能、詩的超越性，以及詩與人的關係。

關鍵詞：葉珊　北美保釣運動　作者　士

一、作別「葉珊」

　　1940 年生於花蓮的楊牧，眾所周悉他在三十歲以前有過一個前身「葉珊」。一般研究者也慣於將這兩個筆名視作是作者前後期風格的分野。自 1960 年出版第一部詩集《水之湄》以降，少年「葉珊」以其強烈的浪漫主義風格作為詩人出道，此後的《花季》（1963）、《燈船》（1966）、《葉珊散文集》（1966）等作品，大抵皆延續此路徑，作品中充溢著淋漓的感物與愁傷。對少年「葉珊」而言，那其實是一個近乎書寫本能的抒情時代，是他個人寫作的青春期──「我曾經是，而且真是，非常注意風雨季節的遞嬗，和人面星象的影映。」（葉珊：1966，頁 1）自然景物倒映於心象，和個人主體的經驗產生撞擊的共感，從而迸生為聲響與詩句，大抵是「葉珊時代」最顯而易見的風格。然而這個時期並沒有持續太久。1964 年，受到與聶華苓共同主持愛荷華大學寫作工作坊的安格爾教授的引薦，少年葉珊赴北美愛荷華攻讀碩士學位。1966 年轉往加州柏克萊大學繼續攻讀比較文學博士。1972 年改以「楊牧」為筆名，沿用迄其晚年。

　　這段赴美求學的八年經歷，無論對「少年葉珊」或後來跨越三十歲的「楊牧」，顯然都是一個關鍵的轉換時期。1964 年，葉珊抵達北美愛荷華大學，正是越戰趨於白熱化的階段，北美各地可見喧囂的抗議遊行，反戰的呼聲趨高。自台灣島嶼那些（花蓮的山風海雨、東海的風與金門夜哨的馬燈水井──）「風雨季節的遞嬗」中走出，接連向一個更為廣大的世界，少年葉珊很快地在這個美國中西部的小城反身思考此前的浪漫主義路線，並尋

思未來的方向。對葉珊來說，這個轉向顯然並非一蹴可幾。在時間上，那是一個跨越了整個二十歲的十年、反覆省思同一個問題的經過，彷彿在青春時代的末端一再地重新練習了「告別」，告別自己寫作意義上的「童年」：他的浪漫主義時代。如同為其書寫自傳的張惠菁對這個時期的「葉珊」所指出的：「這不會是他最後一次感覺童年結束。童年並不一次了結。童年是相對的。」[1] 換句話說，少年葉珊的自我告別之路，那其實是一段漫長的歷程——或許甚至早於他的北美之行，萌生於他大學生活的終結——「離開了東海，才知道在東海的四年只是我孩提時代的延續。那些美麗的夢幻，那些憧憬都同樣疏落，同樣紊亂」[2]；「我覺得自己已經慢慢冷酷起來了，從童年一下子跳到中年。」[3]

　　「詩」與「現實」的裂縫，從大度山的東海時代即已出現，跟隨他此後的遷徙挪移——自東海、金門、愛荷華乃至加州柏克萊的數次流轉，遙遠而離散的空間倏忽成為這個時期重新度量感官的單位：「……昨天拂曉車過鹽湖城，那四周平坦的大地使我以為是舟行湖中，或是海洋，或是沙漠；但那只是『遙遠』——有一次瘂弦對我說：『遙遠，什麼叫遙遠？到了河南以後，平原無際，你才知道什麼叫遙遠。』秋雨落在陌生的平原上，我已體會到遙遠的涵義；不在河南，不在湖北，而在異國一個籍籍無名

1　張惠菁，〈童年的結束〉，《楊牧》（台北：聯合文學出版公司，2002），頁 91。

2　葉珊，〈又是風起了的時候〉，《葉珊散文集》（台北：洪範，1977），頁 61。

3　葉珊，〈又是風起了的時候〉，《葉珊散文集》（台北：洪範，1977），頁 63。

的大州」；「而那『遙遠』兩個字已不只是兩個方塊字。那裡隱藏著被剝奪和被壓抑的無奈。」[4]「遙遠」的地方有什麼？有1965年達臻於高峰的越戰；有戰火在遠方燃燒。對1965年置身於北美的葉珊而言，沸騰的越戰已經不是當年在花蓮海隅幻想如同海明威筆下的尼克・亞當斯「搭火車離開小鎮」、「跑到義大利去參戰開救護車」的浪漫想像了。世界的遠方，也不是十八歲在太平洋畔的教室裡所想像的那個未來——「搞不好將來去做船員吧，不也是很浪漫的嗎？」進言之，那是舊世界的純粹抒情遭遇外邊世界的現實撞擊，從而迫使「葉珊」重新思考前此的浪漫主義路徑能否持存的可能？如果可能，那將會是一種什麼樣的形式？

　　出版於1966年的《葉珊散文集》可以看到這種思考演化的端倪，與反覆向浪漫主義告別的手勢。《葉》書收錄了自1959年至1965年間的作品，大約是大學乃至赴美初期的階段。值得留意的是書中獨立闢出了一輯收錄十五封「給濟慈的信」。這十五封書信是觀察葉珊進行自我告別儀式的軌跡，一個重要的據點：從〈綠湖的風暴〉、〈自然的悸動〉等極端浪漫主義，自然景物以一種近乎宗教性的觸媒，引發書寫主體的強烈共振；到了〈最後的狩獵〉，可以看到在抒情基調的寫作裡，引注進了較前此的自然山海更為複雜的他者與身分命題——不同種族的婚姻關係、原住民與漢族的界線問題、文明的現代性與前現代……此時的「葉珊」顯然無法處理這種歧異，因而它只能被收攏為是浪漫

4　葉珊，〈秋雨落在陌生的平原上〉，《葉珊散文集》（台北：洪範，1977），頁147。

化的一種音響，如同詩句——「也許我不該說那是『故事』，它不是故事，是永遠震顫我心弦的低微的音響，它在我靈魂的深處跳動，壓迫我，提醒我，戕害我；它卻使我永遠保有一份『形而上』的自覺和恐懼——也許就著這份洪荒的自覺和恐懼，我到今天還活著，還寫著：幻想的深度，悲鬱的雲層。」[5]

〈最後的狩獵〉寫於 1963 年。在某種意義上，它其實答覆了楊牧在整個「葉珊時期」的重要癥結——所有的「故事」，都只是叩問自我的聲響——這裡的「故事」可以無盡推延為自我以外的所有客體經驗／現象，是「自我」的觸媒，詩的燃料。於是，濟慈詩中的中世紀歐洲，和葉珊《水之湄》、《花季》裡的宋代意象、古典故事，其實都只是一種用以叩響自我抒情聲帶的媒介，而非現實意義上的歷史／事件。換言之，經驗世界被自我浪漫化。如同浪漫主義裡的核心始終蹲踞有一個強大的抒情主體，各種客體經驗最終只能服膺於這個自我的果核，叩響主體而發為詩句。

然而，這個被少年葉珊攜帶往「遠方」的抒情自我，在1964 年抵達北美愛荷華大學後，顯然有了關鍵性的蛻變。1964年，葉珊以「中國留學生」的身分抵達世界的中心「美國」，彼時遙遠的越戰正在遠方開打，「詩」於世界的政治現實似乎脫落了開來。冷戰的局勢使「台灣」這個身分愈趨曖昧。而過去奉為引路者的濟慈所嚮往的中世紀古典文學，在愛荷華期間也愈來愈難以給予相對應的支撐。對葉珊而言，那其實是一個過去強固的

---

[5] 葉珊，〈最後的狩獵〉，《葉珊散文集》（台北：洪範，1977），頁87。

「抒情自我」邊界屢屢遭受挑戰、難以自我定位的特殊時期：

> 直到最近，每當我告訴滿座的外國人：「我來自台灣一個
> 最低度開發的地區，小港口，不利耕種的鄉野，斧斤不響
> 的原始森林，貧窮的鄰舍」，我幾乎不知道自己身處何
> 方，我也不知道心裡填塞的是驕傲抑是哀傷，是充實抑是
> 空虛。[6]

客體經驗無法再以浪漫化的美感為抒情主體提供奧援，最核心的
問題，是這個抒情詩的書寫主體的自我同一性遭受到搖撼——在
葉珊時期，這個具有強大統合經驗現實之能力的抒情主體，可以
透過抒情的發動弭平經驗的差異與皺褶；換言之，此刻當下的自
然景觀與古典文學裡的世界是不具差異性的；串連起它們的時
間，就是作者自己內在的時間性。然而，1964 年的葉珊顯然遭
遇了一個全新的「美國時間」——這個外在的現實時間性衝擊了
抒情主體唯我論式的時間軸，而讓歷史與事件真正浮現。少年葉
珊勢必要重新尋找一種「詩」的方法：

> 山的形象已經非常黯淡了，海濤月波恰似奔走的清風，在
> 葭藜叢中消逝。……不能把握到的我們必須泰然地放棄，
> 不論是詩，是自然，或是七彩斑爛的情意。……啊，舊夢
> 而已！我怎麼能否認那次坐在草地上看蒲公英飛散種籽的
> 神奇不也是一種追憶？我怎麼能否認，當我一路吟誦你的

6　葉珊，〈山窗下〉，《葉珊散文集》（台北：洪範，1977），頁 198。

詩句踏雨探訪一座小森林的時候，不也是嘗試去捕捉奧菲
麗亞式的瘋狂而已？那些都是我要放棄的；群山深谷中的
蘭香，野渡急湍上的水響，七月的三角洲，十月的小港
口，就如同詩，如同音樂，厚厚的一冊闔起來了，長長的
曲調停息了，讓我們把古典的幽香藏在心裡。[7]

……我感覺我竟是一個逃避的人！不久以前趕著整理一冊
譯詩，我每天下午都坐在院子裡埋首工作，飛鳥和松鼠的
詫異變成躭留異國的學生的諷刺；我不知道在別人的民謠
和旋律裡，到底能不能為自己找到宣洩愁緒的路。
而我事實上已經很厭倦於思維。我感覺到彩虹的無聊和多
餘，我體會到春雨的沉悶和喧鬧；我已經不再能夠掌握鳥
囀的喜悅了，看楓樹飄羽，榆樹遮天，那種早期的迷戀也
會蕩然。詩人，這是我寫給你的最後一封信。[8]

　　作為《葉珊散文集》裡最後完成的一篇作品，宣稱要「把古
典的幽香藏在心裡」，〈作別〉（1965）是少年葉珊寫給濟慈的
最後一封信。信中除了「作別」濟慈，也「作別」自身的浪漫主
義時代，將自我從黏著的、具一體性的抒情世界裡陣痛性地割離
出來，嘗試搭架一種新的「書寫主體」。換句話說，葉珊其實面
臨了他自己的<u>現代性問題</u>。問題是，那會是一種什麼樣的「書寫

7　葉珊，〈作別〉，《葉珊散文集》（台北：洪範，1977），頁 141-
　　142。
8　葉珊，〈作別〉，《葉珊散文集》（台北：洪範，1977），頁 142-
　　143。

主體」？在告別浪漫主義的「作者」之後，動心起念要揚棄「葉珊」的書寫者葉珊，該如何成為「楊牧」？直言之，少年葉珊在這裡遭遇的，其實是一個置換「作者」內核的問題。

　　我認為 1966 年以後的「柏克萊時代」是這個切換的一個重要推力。這一年葉珊轉往柏克萊加州大學攻讀博士學位，結識劉大任、郭松棻、李渝等人。在陳世驤所主持的中國研究中心，這群「柏克萊」時期聚集的同儕，幾乎是共同面對了上世紀六、七〇年代之交的風起雲湧──那個龐大的「外部世界」。此時美國社會剛剛經歷了 1964 年越戰大屠殺的創傷，反戰聲浪席捲學風自由的柏克萊大學，學生大規模參與反戰的抗議運動。政治與社會的強烈介入性質促使許多留美的寫作者改變其對文學的看法。最典型的例子就是郭松棻、劉大任與李渝。郭李在後來的保釣運動中投入甚深，甚至宣稱揚棄寫作，投身政治運動的實踐行動之中。而其時同在加州的葉珊舊友唐文標亦曾提議與郭松棻、劉大任、張系國、葉珊等人，共同創辦「大風社」，以討論政治與社會為主軸，發行雜誌。[9]有意思的是，在愛荷華時期即已開始多次「告別」浪漫主義、嘗試探索詩與現實之裂縫的葉珊，反戰與保釣理應是一個極佳的介入點。然而他似乎並不如他的柏克萊友人熱切投注於政治運動的實踐，而多半回到他所研讀的歐洲中世紀文學與希臘文的學習之中。1971 年，保釣運動在北美各地甚囂其上時，時在麻省教書的葉珊甚至是完全缺席，是事後從報紙得知。

　　換句話說，與其說是柏克萊時期激盪的政治性事件促使「葉

---

[9]　這個雜誌後來不了了之，葉珊在第一次參與會議後就退出，沒有持續。

珊」徹底告別他的浪漫主義，轉向「楊牧」，我認為更精準的說
法是：那其實是一個台灣留美知識分子紛紛重塑「自我」的時期
——各自尋求<u>自我之道</u>。在學院的體制裡，那其實也是他的老師
陳世驤（以美國為基地、以台灣中文系為傳播場域）搭建他「中
國抒情傳統」論述的重要時期。陳世驤耗費了整個六〇年代，在
東西比較文學的學術場域上重新定義「中國古典遺產」，並以之
借代整個「東方文學」，認為它可堪比擬希臘遺產之於西歐文
學；陳並且明確地為「中國文學」的源頭進行溯流——中國文學
的榮耀並不在史詩；它的光榮在別處，在抒情的傳統裡。[10]

　　陳世驤一手搭建的「中國抒情傳統」，在六〇年代的語境
裡，毋寧是一種**民族規範詩學的邏輯**。他將「抒情詩」視為中國
文學的根源，而推溯到兩部經典《詩經》與《楚辭》；其中，值
得留意的是他對〈離騷〉的定義：——它，通篇近四百行，借用
一句品評抒情詩的現代話來說，是「文學家切身地反映的自我影
像」；他並且指出：「《楚辭》其他各篇，都是各式各樣的抒情
詩歌：祭歌、頌詞、悲歌、悼亡詩，以及發洩焦慮、慘戚、哀
求，或憤懣等用韻文寫成的激昂慷慨的自我傾訴。」[11]

　　陳世驤透過〈離騷〉中強烈的自我傾訴傾向，指出這其中的
「自我」就是抒情詩的書寫主體；他並認為這種抒情「自我」是
所有中國文學的根本核心，《楚辭》以後，無論文體再怎麼演化
——漢賦、唐詩、宋詞、元曲……乃至非韻文類的「散文」，皆
是「抒情詩」的變體，也都可以被收納進「中國抒情傳統」的概

---

[10] 陳世驤，〈中國的抒情傳統〉，《陳世驤文存》（台北：志文，
　　1972），頁32。
[11] 同上。

念，換言之，所有以「中文」寫作的寫作者（無論文類），都可以是「抒情詩人」。陳的這個論述其實是藉由溯源的工作，為戰後離散的中文書寫者（包括身處北美的他自己）的自我意識尋找到一個**民族性的根源**。用黃錦樹的話來說，「中國抒情傳統」其實是包括陳世驤在內的一種離散敘事。是關乎六〇年代離散華人自我認同的一項工程，為的是答覆「我是誰」、「我」來自「何方」的問題。這個問題基本上是戰後冷戰體系下的華人共同的課題。而 1971 年以柏克萊加州大學為首的保釣運動，則是從另一個方向，以政治行動答覆了它。

1971 年發生於北美的保釣運動，起因於 1970 年 9 月 10 日，美國與日本協議，二戰期間美軍所佔據的琉球羣島主權，將於 1972 年歸還日本，並私議將釣魚臺羣島劃歸在琉球的屬地之內，因而引發了一連串海內外華人學生的保釣運動。其中反彈最大的是留美的臺灣與港澳學生。而北美最初的基地，就是加州柏克萊大學。保釣運動最初是一個主權上的抗議運動，但逐漸在運動中衍生出國族身分認同的命題。以參與最深的郭松棻為例，他對美國、日本與台灣國民黨政府等右派帝國資本主義的共謀結構的批判，以及對 1949 以來台灣高壓統治的戒嚴氛圍的反動，都使得他在保釣運動的路線中，最後選擇轉向左翼的中華人民共和國政府，進行歷史性的自我認同接軌。換言之，保釣運動也是一個關乎「自我為何」的問題。郭松棻其實是在政治性的行動上，實踐了一種自我的中國認同──他甚至為此捨棄了作為「作者」的「郭松棻」。

我認為在這個論述脈絡下，自六〇年代中期即已醞釀、告別浪漫主義前身，而終誕生於 1972 年的作者「楊牧」，將顯得格

外具有討論性。在越戰與保釣的衝擊下，舊有的浪漫主義路線似乎不再可行；然而「葉珊」似乎並也沒有參與他柏克萊友人的政治抱負的意圖——沒有放棄「作者」名字的打算，而是思考如何回填補充它。如同他後來對這段經歷的回溯：

> 人過三十，所聞所見，莫不感慨系之。這時生命中總難免有一種奇異的衝斥力，又想突破現實的氛圍，那是一種尋覓摸索的心情，有點陌生，有點熟悉，略帶十五六歲時之跡象，可是又不完全一樣。過去立志要追求的東西，有一部分好像已經到了眼前，不但已成事實，而且逐漸陳舊，變得可厭。這其中尤其包括一些對於詩的設想和憧憬。我在柏克萊數年，結交到幾位才學非凡理想越絕的朋友，他們對某些問題的看法，雖然不是我所能夠同意的，可是他們對文學，對藝術，對人生的洞察力，卻為我所深深佩服。我之離開柏克萊，忽然與這些朋友相忘於江湖，自然有一種作為魚類所獨具的孤獨感覺，血，或許因生物之特性，到底是冷的；鰓鰭俱全；也或許是因為生物的本能，終使我在潮水和礁岩之激盪交錯中，感知一條河流，聽到一種召喚，快樂地向我祖先奮鬥死滅的水域溯游。……**詩仍是最可靠的信物吧**。[12]

這段自白陳述了他在「柏克萊時期」之後的思考，仍是重回「詩」，甚至是重回抒情詩的古老召喚——「感知一條河流，聽

12　楊牧，〈自序〉，《瓶中稿》（台北：志文出版社，1975），頁 2-3。

到一種召喚，快樂地向我祖先奮鬥死滅的水域溯游。」對他而言，選擇以詩作為三十歲後一種介入、面對世界的路徑，幾乎是一種「血」的選擇；「血」的隱喻既是指向天生的右外野者，同時也是一種來自中文字詞內在的音聲召喚，古老的抒情。也因此，柏克萊時期的葉珊似乎耗費相當比重的思考，考慮該將他自浪漫主義時代即已萃取出的「古典」放置於何處？而有意思的是，他以「葉珊」作為筆名所出版的最後一部作品，正是以古典材料寫就的詩集《傳說》。《傳說》的出版暗示我們，比起政治行動，少年葉珊似乎認為詩——這一漂流在中文漫長歷史河流中的「瓶中稿」，更具有一種永恆意義上的介入性，甚而可以介入六、七〇年代瞬息萬變的世界情勢與政治時局？

這樣的詩觀毋寧與他的老師陳世驤建構的「中國抒情傳統」共享著同一種救贖邏輯。某種意義上，陳世驤的抒情傳統在六、七〇年代之交，有效地賦予「抒情」以一種家國敘事工程。張淑香曾經指出，以陳世驤為起源，當今普遍建構於台灣中文系學術場域上的中國抒情傳統，其實是一種關乎中國本體意識的意識形態，為缺乏形而上神祇的中國文學，提供一個跨越時間、歷史與死亡的、關於「永恆」的寄望。[13]進言之，那是「作者」意識到世局的變幻莫測與生命的短暫，死亡的必然，而將渺小的自身寄望於漫長的時間——投擲向龐大「歷史」的一部分。有趣的是這非但主導了中國文學裡具本體意義的抒情特質，同時也延展至這個抒情主體所開展的現實與倫理邏輯，比如立言、立功、立名，

---

[13]　張淑香〈抒情傳統的本體意識——從理論的「演出」解讀〈蘭亭集序〉〉，《抒情傳統的省思與探索》，台北：大安，1992，頁42-45。

乃是為了超克人與時間之間短暫的寄存關係，作詩為文的「作者」與立言立名的「士」之間，陡然共享了同一種共通的救贖邏輯。

換句話說，對許多早年發跡且持續寫作的詩人而言，風格上的變換或許不過是一種個人書寫演化上的必然；然而，在楊牧的個案裡，這個「告別葉珊」、「成為楊牧」的命名過程，卻似乎不盡然僅是一種個人風格的選擇而已。在六○、七○年代的政治現實語境與文學史的場域座標上，從「葉珊」到「楊牧」的重新命名過程，其實是一個文學史事件。如果將這個命名的過程放置在六、七○年代陳世驤所搭建的中國抒情傳統脈絡下，將會發現，從「葉珊」到成為「楊牧」的過程，本身就是一個重新發明抒情傳統意義下的「作者」的過程；這裡的「作者」，其實是「士」在六、七○年代語境中的一種現代性重寫。

二、傳說、面具與作者

出版於 1971 年、作為最後一部以「葉珊」之名發表的作品《傳說》，因此是相當具有關鍵性意義的討論個案。《傳說》的前記裡，葉珊有這樣的宣言：

> 自從「燈船」出版以後，這些是我第一次真正結集的新作品；在這期間的「非渡集」不能算數，因為它只是一些舊作的選錄。這將近五年的時間，在我寫詩的生涯裡來說，變遷很大，探索最廣，今日與昨日的衝突也最大。……這個五年似乎見證了最稀罕的肯定，我幾乎沒有一刻能夠執

著一種風格一種觀點一種技巧，總是在瞬息變化中不斷地駁斥，否決，摧毀——摧毀自己的過去。這在從前「水之湄」到「花季」的時期發生過，在「花季」到「燈船」的時期也發生過，但都沒有這五年的經驗顯得那麼冷酷而徹底。[14]

《傳說》的寫作時間從 1966 年乃至 1971 年間，正是葉珊的「柏克萊時期」。可視為是葉珊北美時代其現代性進程的一種結果——「我幾乎沒有一刻能夠執著一種風格一種觀點一種技巧，總是在瞬息變化中不斷地駁斥，否決，摧毀——摧毀自己的過去。」從《葉珊散文集》時不斷對浪漫主義的「自我」提出辯證、反思，這五年的「柏克萊時期」正是反越戰、北美保釣運動在加州最甚囂塵上的一段時期。舊時的浪漫主義主體受到搖撼，異國的情境與保釣所引發的身分認同，都將使「自我」的概念複雜化與立體化——它顯然需要接引一個**歷史的外在座架**來承接自身。對葉珊而言，這個凝縮、應答了一切身分、政治、國族與抒情、詩學……彷彿稜鏡不同切面、折射著內在與外在向度的「自我」，其實涵涉著互為表裡的美學、倫理與政治。它其實是陳世驤為中國抒情傳統所找到的那個最初的作者屈原所象徵的一種理型。這個理型，在後來張淑香自中國抒情傳統中所發現的一種「抒情自我的原型」有著清楚的定義與指涉：

屈原作為第一個抒情自我的誕生，刻記著中國文學抒情

---

[14]　葉珊，〈前記〉，《傳說》（台北：志文出版社，1971），頁 1。

傳統的一個全新的起點；從此開創了一個詩人的歷史系
譜。對於他之後的詩人而言，他乃成為一個抒情自我的原
型。[15]

以「屈原」作為整個中國抒情傳統的元祖「作者」，其特徵本身
就規範了這一詩學系統的作者性。如同黃錦樹指出以「屈原」作
為光源所投射出的一種中國抒情傳統式的浪漫主體（他舉的個案
是王國維），是被美學、倫理與政治的鋼線所拉撐起來：

> ……它既不像它的西方浪漫主義前輩那樣，因情感與欲望
> 的狂放而可能走向情欲的狂放，甚至探勘母子父女兄妹之
> 類帶著神話色彩的，甚或絕望自虐頹廢的亂倫肉欲；也不
> 像它的西方現代主義同代人，在叔本華的精神子嗣尼采和
> 佛洛依德的啟發下義無反顧的朝向人的內在性挖掘，直挖
> 掘到道德譜系盡頭處最鬆軟最深最幽暗的沼澤爛泥，在那
> 人性邊界的雲夢大澤，古老的爬蟲類在太古洪荒的草叢朽
> 木那裡發出嘶嘶聲。不是的，解衣散髮走到那沼澤外頭的
> 屈原，在變成猙獰的山鬼之前就被漢族最古老最強悍的超
> 我給投進汨羅江去了。[16]

---

[15] 張淑香，〈抒情自我的原型：屈原與《離騷》〉，收入柯慶明、蕭馳
編，《中國抒情傳統的再發現：一個現代學術思潮的論文選集》（台
北：台灣大學出版中心，2009），頁300。

[16] 黃錦樹，〈面具的奧秘——現代抒情散文的主體問題〉，《論嘗試文》
（台北：麥田，2016），頁129。

　　黃錦樹的這段論述相當有效地為中國抒情傳統的「抒情主體」，賦予其邊界。這裡的「抒情」並非西方浪漫主義內核的情欲主體，甚至也並非一種現代主義式的內在性的自我——充滿思辨、自我挖掘，甚至挑戰道德邊界。恰恰相反地，在陳世驤往上溯源、將抒情傳統的根源推定到《詩經》與《楚辭》，他的這兩大參照系分別從各自的情本真出發：《詩經》途經〈詩大序〉「詩者，志之所之也，在心為志，發言為詩。」、「情發於聲，聲成文謂之音。治世之音安以樂，其政和；亂世之音怨以怒，其政乖；亡國之音哀以思，其民困。故正得失，動天地，感鬼神，莫近於詩。先王以是經夫婦，成孝敬，厚人倫，美教化，移風俗。」是繞經儒家而由「情真」闡揚而成為一套身教人教的倫常禮教系統；〈九歌〉從屈原傾訴性的自白、獨白出發，這個「抒情自我」上天遁地，以楚地奇花異草獻諸神靈，其中有巫之祭舞——基本上承接了〈詩經〉那種自我表述：「情動於中而形於言，言之不足故嗟嘆之，嗟嘆之不足故永歌之，永歌之不足，不知手之舞之足之蹈之也。」而最後兩章〈國殤〉、〈禮魂〉卻降落於一種對消亡和佚失的頂禮（「身既死兮神以靈，魂魄毅兮為鬼雄。」、「成禮兮會鼓，傳芭兮代舞，姱女倡兮容與。春蘭兮秋菊，長無絕兮終古。」）；在時間為死亡所洞開的空無前，國族文明的百代廢墟轉瞬成空，禮與舞——那些情動於衷而發為文之物，成為一種對死亡的答禮、回覆——那即是抒情詩的一種歷史超越性。進言之，這是一座由抒情發動、以情真迄及一種精神性的昇華，從而規範了其主體日常的倫理性與道德性，輻射擴充於三綱五常，是自我朝向齊家、治國的橫幅開展，也就是士的世間道路。而凡此種種立言立德，乃都有一個終極目的——立名

——這裡的「名」不僅是現世之名，同時是那抒情主體有感於個人於時間長河中的渺小微茫，而必須「留下名字」作為歷史，以在時間中刻下一個印記。

如同張淑香所指出的，中國抒情傳統乃是一種由個人與他人、萬物乃至時間集體共同存在的感通意識[17]，「情」既是燃料原動力同時也是一種連結，是共同體的通道。在建構其自身系統的同時，也決定了其系統內在的超我。美學、倫理與政治在這個系統裡彼此互相補充、流注。那是一種「中國抒情詩人」的輪廓與理型。是自屈原以降反覆被歷代詩人的隊伍所不斷補充、疊加，成為一種民族規範詩學的表徵。有意思的是，「中國抒情傳統」這個概念本身就是一種中西比較文學框架下的發明的產物，在六、七〇年代的北美離散情境中被離散去國者陳世驤所創建之際，它早已預設了一個與之接軌的民族共同體的概念。在這個意義上回頭重看《傳說》，以及少年葉珊的自我告別，將是一個有意思的討論。從濟慈所接引的浪漫主義離開，告別濟慈所謂「美即是真，真即是美。」——晚期葉珊所面臨的，毋寧正是「真」所連結到的「自我」向度經由更為廣大的他者世界而變得更為複雜化，進而認知到「真」所能拓展的定義的可能性。

換句話說，葉珊所思索的，是如何將浪漫主義那種連結到純粹美學的「自我」，轉換成另一種更能應答世界衝擊的「自我」——也即是如何置換抒情詩內在的「作者」的問題。對葉珊而言，在六、七〇年代的政治運動熱潮中始終保持一種觀望態度，

---

[17]　張淑香，〈抒情傳統的本體意識——從理論的「演出」解讀〈蘭亭集序〉〉，《抒情傳統的省思與探索》（台北：大安出版社，1992）。

而保釣運動中所觸發的國族認同問題又使「台灣」顯得曖昧。他所念茲在茲的古典文學該在其中被置放到什麼位置——如果他無法放棄（**詩仍是最可靠的信物吧。**）？詩作為信物，也就是說，詩所指涉的「自我」本身就作為一種信物，可被投遞向無垠的時間，答覆一切經驗世界。很顯然地，他似乎在尋找一種能答覆一切美學內核與外部世界的「抒情詩學」，且能連續性地並置古典與現代——以漫長的歷史性去對應出「自我」的座標，那或許就是那把延陵季子所掛的**寶劍**：「那是北遊前／最令我悲傷的夏的脅迫／也是江南女子纖弱的歌聲啊／以針的微痛和線的縫合／令我寶劍出鞘／立下南旋贈予的承諾……／誰知北地胭脂，齊魯衣冠／誦詩三百竟使我變成／一介遲遲不返的儒者」。[18]

　　收錄於《傳說》中的〈延陵季子掛劍〉或許正是此時期葉珊的思索與回覆。北遊後的「北地胭脂」「齊魯衣冠」暗指北美經驗的外部世界與學院生活——「誰知我封了劍（人們傳說／你就這樣念著念著／就這樣死了）只有簫的七孔／猶暗黑地訴說我中原以後的幻滅／在早年，弓馬刀劍本事／比辯論修辭更重要的課程」[19]中原以後的幻滅，現代性經驗襲來，唯獨掛於樹梢的寶劍作為一種**詩的信物**，能抵禦世局複雜的變化，那其實正是中國抒情傳統的奧義——立下碑文以對應不斷流逝的時間，**江流石不轉**。有意思的是，〈延陵季子掛劍〉是葉珊初次以「戲劇獨白體」的形式進行寫作——這個嘗試過渡到他的楊牧時期。借用古典典故的場景化與戲劇化來收納「古典」，但似乎是以此形式為

18　葉珊，〈延陵季子掛劍〉，《傳說》（台北：志文出版社，1971），頁6。

19　同上，頁6-7。

了重新回覆、應答一個現代性自我？

　　換言之，古典文學的戲劇化是他搭建一種「現代抒情自我」的重要形式（或過道）。如同黃錦樹在討論張淑香將屈原視為中國第一個抒情自我的誕生時，對其中「自我戲劇化」這一技術的關注：

> 〈抒情自我的原型〉一方面承近代以來把《離騷》看成是一種「自傳寫作」（自我告白、自我表露、自我對話），但也注意到篇中的敘事華麗壯闊，甚至荒誕不經，上天下地，往來於神巫之間，已經非常接近虛構敘事。那樣盡致的自我戲劇化，如何反而可以作為「第一個抒情自我」的驗證呢？張淑香教授為篇中的虛構辯解是說：從虛構的一面來說，自我不免是一種語言的樣式與書寫風格的建構，也經過欲望、想像與意圖的過濾，是一種有意識的自覺的虛構。它是自我的心象，而非歷史現實的自我。[20]

　　黃錦樹認為，抒情自我裡的「自我」誕生於一種作者的自我戲劇化。這個戲劇化的技術本身就和自我乃通過語言所建構的過程有著親密的連結。是依賴語言作為一種建構的材料與媒介，來進行自覺的自我表述。如果將這個「抒情自我的原型」透過語言的表述、誕生於一種作者自我戲劇化的路徑，挪移到葉珊如何誕生出其「現代性自我」的過程，可以發現古典文學在這一自我戲劇化的過程中毋寧具有一種語言單位的性質——用俄國形式主義

---

[20]　黃錦樹，〈面具的奧秘〉，《論嘗試文》，頁 131-132。

的觀點來看，〈延〉詩中的這個作為內核的典故「延陵季子掛劍」本身並不僅僅只是一個典故，也不是一種歷史現實，而是具有用以建構自身的語言功能。是自我戲劇化的**面具**。在這個意義上，《傳說》對古典文學的挪用形式就顯得格外具有討論性。《傳》書的輯一「掛劍之什」、其二「屏風之什」，非但大量引用古典典故、傳說為詩，且和〈延陵〉一詩採用了相似的手法，都是將其戲劇化，然而其寫作的內容與對象，卻多以他的北美經驗為主。葉維廉在此書的跋中極為精準地指出，《傳說》看似敘事，在材料上也多引注中國古典典故，然而那並不是一種「現實的歷史」。葉維廉注意到葉珊極早就開始在抒情詩中埋設「事件」，但那並非真正意義上的敘事：

> 如《水之湄》的〈消息〉……這首詩雖以事件隱為骨幹，詩人只捕捉「敘事的意味」，他不採用「敘事的程序」，「意味」這兩個字是很重要的，葉珊曾經說：「它不是故事，是永遠震顫我心弦的低微的音響」。[21]

葉維廉指出，《傳說》「不是故事，是微顫的音響」；延陵季子、將進酒、韓愈……都不是一種歷史現實，而只是「聲音」——微顫的音響。他精準地指出葉珊的「敘事」和西方敘事詩、甚或中國〈孔雀東南飛〉的敘事詩邏輯並不相同。一般敘事詩以事件發展為幹，具有明確因果關係，敘事者常置身於被陳述的經驗之外，故無法交感。但抒情詩中的「敘事」卻並不如此：事件

21　葉維廉，〈跋〉，楊牧《傳說》，頁 124-125。

的輪廓是模糊的——「詩人假想一個聽眾，而常常是自己對自己說話，所以其狀出神，其語態是獨白的自言自語，其旋律斷續如夢，依賴自由聯想，多以回憶為線。……所有的『進行』全是內在的。」[22]

葉維廉相當敏銳地察覺葉珊對他那襲自濟慈式的「無上的美」、「古典的驚悸」的服膺，同時亦極欲擺脫之的矛盾欲望。他因此也同時察覺了《傳說》的試驗性，正在於他從抒情詩中的獨白敘事朝向一種戲劇化，尤其是對古典故事的戲劇性開展。有趣的是，葉認為葉珊所擷取的並非故事的敘事性，而是著力於將「聲音的姿式」置入其敘事詩中，〈山洪〉正是這樣一首以聲音作為主導的敘事詩——因為它的主導因素來自於聲音，尤其詩中的兩個說話者在語氣上故意混雜不分，呈現為一種混合的合聲。葉維廉由此而指出，〈山洪〉並非一首「劇詩」，而是一種抒情詩的變體，以甲乙角色作為面具，追索死亡所激起的情緒與思維——

> 《傳說》這本詩集裡許多詩是應用「面具」的。〈續韓愈七言古詩〈山石〉〉、〈延陵季子掛劍〉和〈流螢〉都是通過「面具」發音的，（而且是歷史的「面具」，可以同時保持詩人一向酷愛的「古典的驚悸」）。

葉維廉提出「面具」這個意象，可說深諳抒情詩中自我建構、自我戲劇化的奧義。那確實也是葉珊將投射於古典傳說中的

22　同上，頁 125-126。

自我，賦予其戲劇化，戴上面具而重新成為「作者」的一個過程。這裡的「作者」超克了對浪漫主義那素樸自我的表述欲望與表述形式，以及純粹的「無上的美」所連結到的純粹的「無上的真」──幾近神或宗教式的無瑕自我；取而代之的，是面具底下藉由古典的聲音（微顫的音響）的「現代性自我」──這個「自我」，是柏克萊時期屢屢受政治、哲學、國族、身分等撞擊而不斷在表述形式上呈現一種自我翻新、摧毀、重建的「自我」，終於在西行的路上撿拾回那佚失的「現代中國」──從古典詩學的面具底下，透過自我戲劇化將自我補充、回填。這裡的「自我」是王德威「現代抒情傳統」中所指涉的那個現代抒情主體，離散、複雜、破碎，來自台灣，說寫著中文──彷彿各種聲音的碎片撞擊，反覆修正。而這是「自我」的當下現況。在這個意義下的「楊牧」，其實是現代抒情傳統所重新發明、催生的一個「作者」。如同詩集中的〈將進酒〉所提：「秋水至時百川灌河／蒹葭也有些蒼蒼的意思了／我們的航行也是夠久的了／這方向本是西行不錯／上岸之後據說是星夜向東──而方向是不變的」在這條一路向西、最終竟重回東方的航道，葉珊迎來了他自我戲劇化後的作者「楊牧」。「楊牧」吸納了「葉珊」時期難以消化、彼此扞格的政治／詩學、自我與他者、哲思與行動……，種種碎裂。而 1975 年，作者「楊牧」第一次以「楊牧」為名所發表的詩集，正是那漂過地理與時間之海的《瓶中稿》。那作為「信物」的瓶中詩稿，預示著詩人「楊牧」將再一次重寫浪漫主義──以一種「第二次浪漫主義」的形式。

三、小結

　　本文從 1964 年乃至 1972 年間，少年「葉珊」告別「葉珊」、重新自我命名為「楊牧」的過程談起，指出這個命名的過程，乃是書寫者意識到更為廣大的他者世界，從而不得不引入個人與政治性、歷史性對話的可能，所產生的一個「第二次浪漫主義」的「作者」。其中最直接的現實觸因，正是其時在北美沸騰一時的越戰與保釣運動。本文討論少年「葉珊」如何擺盪於「詩」與「政治」之間，進而告別年少的抒情時代，並在中國歷史傳說的典故裡，找到一個安放抒情自我的「面具」，終摸索出一個全新的名字「楊牧」。本文嘗試指出：如果將這個命名的過程放置在六、七〇年代陳世驤所搭建的中國抒情傳統脈絡下，將會發現，從「葉珊」到成為「楊牧」的過程，本身就是一個重新發明抒情傳統意義下的「作者」的過程；這裡的「作者」，其實是「士」在六、七〇年代語境中的一種現代性重寫。「士」在他的自我現代性重寫之中，在破碎、分歧的身分認同與瞬息萬變的政治抉擇之中，嘗試洞悉「自我」在漫長時間中的座標，搭建起一種連續性的時間，接通古典／現代；而這一透過古典文學將自我戲劇化的過程，正是其技術之一。《山風海雨》是一個「第二次浪漫主義」的「作者」楊牧，所重寫的「葉珊」。在那裡，花蓮的風雨被放置在個人漫長的創作生命歷程裡重新觀看，並延展成為一種「年輪」的軌跡；在那裡，「昔我往矣」是一個關於時差與換取的詞條。過去的「我」遁入無垠的時間之中。而現在、此刻的我，也在同一個時間序列裡。那過去被告別的「葉珊」彷彿只能藉由成為「楊牧」被重新招喚、直面，重新連通。

　　「士」的概念亦可對應到楊牧長年來被定位的學院派位置，同時也在某種程度上決定了他日後在寫作中對政治介入的形式與姿態，以及介入的限度。同時，他在柏克萊時期所遭遇的國族身分認同問題，似乎也將在「楊牧時期」，進入一種以「詩學」來回覆的階段。然而，同時具有日治經驗、白色恐怖與留美經驗（某種意義上，那其實是一種「台灣」），而用「中文」寫作的楊牧，將如何以他那相似於中國抒情傳統的詩學邏輯，來收納如此複雜的身世？凡此種種，或需待《有人》後的「楊牧」來答覆了。

引用書目

張淑香，〈抒情自我的原型：屈原與《離騷》〉，收入柯慶明、蕭馳編，《中國抒情傳統的再發現：一個現代學術思潮的論文選集》。台北：台灣大學出版中心，2009，頁 275-302。

張淑香，《抒情傳統的省思與探索》。台北：大安出版社，1992。

張惠菁，《楊牧》。台北：聯合文學出版公司，2002。

陳世驤，《陳世驤文存》。台北：志文出版社，1972。

黃錦樹，《論嘗試文》。台北：麥田出版社，2016。

楊牧，《瓶中稿》。台北：志文出版社，1975。

葉珊，《傳說》。台北：志文出版社，1971。

葉珊，《葉珊散文集》。台北：洪範書店，1977。

楊牧對六朝詩學的接受與轉化

高雄醫學大學語言與文化中心助理教授
鄭智仁

摘　要

　　1993 年楊牧發表〈時光命題〉一詩，可謂楊牧版的「航向拜占庭」，可視作詩人意圖通往古代的峰頂。然而，鮮少為詩做註的楊牧，卻於這首詩末下了六個註解，其中耐人尋味的便於「寧馨」一詞，楊牧解釋為「晉時口語謂『如此』，『這樣』」。無巧不巧，中國東晉的年代正是拜占庭帝國的開始，而其中詩句「送你航向拜占庭」更可說是捻自葉慈（William Butler Yeats, 1865-1939）詩作而來。楊牧曾表示葉慈的詩作〈航向拜占庭〉（Sailing to Byzantium），「自覺已經久航『到達』（而不只是『航向』而已），到達了古代，接近並也可能化入了永恆的古代文明所蘊涵，以及表現無遺的藝術之極致智慧中。」因而，楊牧必然有其「拜占庭」情結，特別是葉慈神遊的「拜占庭」，據其《靈視》（A Vision）一書的說法，實位於查士丁尼一世（Justinian I, 482-565）開放聖索菲亞大教堂到關閉柏拉圖學院以前的拜占庭帝國時代，而葉慈的〈航向拜占庭〉一詩更指出所謂的「為我靈魂歌吟詠唱的大師」。而楊牧的「拜占庭」理應坐落於六朝，若更具體指涉，應當是晉朝，陸機與陶淵明所生存的朝代，尤其楊牧著有《陸機文賦校釋》以及晚年的 11 首和陶詩。歷來不少學者指出永恆的花蓮或奇萊，是楊牧的「綺色佳」（Ithaca），然而六朝更可說是詩人所欲追尋與嚮往的精神桃花源。故本文主要聚焦楊牧對陸機、謝朓與陶淵明的接受與轉化。

關鍵詞：楊牧　六朝詩學　葉慈　接受美學　陸機

一、前言

　　楊牧（1940-2020）自中學即開始寫詩，葉珊時期的楊牧，是個「右外野的浪漫主義者」。1972 年將筆名更易為「楊牧」，陸續有「柏克萊精神」的介入，轉向知性敘事，筆者先前已指出，在具體與抽象的時間性下，楊牧詩中「樂土意識」從浪漫主義的搜索想像，歷經抒情政治與文化關涉，最後構築了一種和諧的生命秩序[1]。然而不能忽略的是，早先楊牧曾說過：「抒情詩是詩的初步，也是詩的極致」，並特別引陸機（261-303）《文賦》的「詩緣情而綺靡」與「賦體物而瀏亮」，解釋「緣情體物」或許可說是中國文學最基本的創作方法。[2]楊牧的論點意在指出，緣情與體物兩種技巧的結合，又能維持綺靡和瀏亮風格之平衡，方能達到完美境界的文學作品。[3]故緣情與體物，不僅可視作陸機《文賦》的創作實踐核心，亦表示楊牧詩學依循的理念，尤其楊牧在完成《陸機文賦校釋》的序言提及，「近二十年來因為教學研究的需要，幾乎每年都溫習一遍。」[4]

　　另一方面，1993 年楊牧發表〈時光命題〉一詩，此詩可謂楊牧版的「航向拜占庭」，意圖通往古代的峰頂。然而，鮮少為詩做註的楊牧，卻於這首詩末下了六個註解，其中耐人尋味的便於「寧馨」一詞，楊牧解釋為「晉時口語謂『如此』，『這

---

[1]　鄭智仁，〈寧靜致和──論楊牧詩中的樂土意識〉，《臺灣詩學學刊》20 期（2012.11），頁 127-160。

[2]　楊牧，《文學知識》（臺北：洪範書店，1979），頁 45。

[3]　楊牧，《文學知識》，頁 46。

[4]　楊牧，《陸機文賦校釋》（臺北：洪範書店，1985），頁 vi。

樣』」。無巧不巧，中國東晉的年代正是拜占庭帝國的開始，而其中詩句「送你航向拜占庭」更可說是捻自葉慈（William Butler Yeats, 1865-1939）詩作而來。

　　相較於葉慈在〈航向拜占庭〉[5]有所謂的「請將我整肅／檢點，交付與永恆的技藝」的詩句，楊牧在論述葉慈時，曾表示葉慈的詩作〈航向拜占庭〉，「自覺已經久航『到達』（而不只是『航向』而已），到達了古代，接近並也可能化入了永恆的古代文明所蘊涵，以及表現無遺的藝術之極致智慧中。」[6]按此來說，葉慈晚期風格朝向古代文明的意蘊，而楊牧是否意識到自身古典認同的變化？顯然是值得注意的地方。

　　因而，楊牧必然有其「拜占庭」情結，特別是葉慈神遊的「拜占庭」，據其《靈視》（A Vision）一書的說法，實位於查士丁尼一世（Justinian I, 482-565）開放聖索菲亞大教堂到關閉柏拉圖學院以前的拜占庭帝國時代，而葉慈的〈航向拜占庭〉一詩更指出所謂的「為我靈魂歌吟詠唱的大師」。如此一來，楊牧的「拜占庭」理應坐落於六朝。若更具體指涉，應當是晉朝，陸機、陶淵明（365-427）與謝朓（464-499）所生存的朝代，尤其楊牧著有《陸機文賦校釋》以及在晚年寫下的十一首和陶詩。陳義芝曾撰文指出，楊牧《一首詩的完成》是一篇現代「文賦」[7]，確實楊牧有一定程度深受陸機的影響，又如何將之轉化到詩

5　楊牧編譯，《葉慈詩選》（臺北：洪範書店，1997），頁 133-135。

6　楊牧，〈英詩漢譯及葉慈〉，《隱喻與實現》（臺北：洪範書店，2001），頁 63。

7　陳義芝，〈住在一千個世界上──楊牧詩與中國古典〉，《淡江中文學報》23 期（2010.12），頁 111。

的創作上，有鑒於此，需要更進一步聯結楊牧與《文賦》的關
係。

　　故本文擬援用姚斯（Hans Robert Jauss, 1921-1997）的接受
美學理論來進一步探究楊牧對六朝詩學的接受與轉化，不僅是中
後期詩作經常出現或變奏的主題，歷來已有學者指出永恆的花蓮
或奇萊，是楊牧的「綺色佳」（Ithaca）[8]，然而六朝更可說是詩
人所欲追尋與嚮往的精神桃花源。此外，姚斯認為，一部作品的
歷史意義就是在這個過程中得以確定：

> 在這一接受的歷史過程中，對過去作品的再欣賞是同過去
> 藝術與現在藝術之間、傳統評價與當前的文學嘗試之間進
> 行不間斷的調節同時發生的。文學史家無法迴避接受的歷
> 史過程，除非他對指導他理解與判斷的前提條件不聞不
> 問。奠基於接受美學之上的文學史的價值取決於它在通過
> 審美經驗對過去進行不斷的整體化運用中所起到積極作
> 用。[9]

從接受的角度來說，楊牧作為後來的讀者，如何接受陸機、謝朓
與陶淵明等六朝詩人的影響，並調解歷代以來對陸機《文賦》的
評價，特別是姚斯「期待視野」（horizons of expectations）觀點

---

[8]　賴芳伶，〈楊牧「奇萊」意象的隱喻和實現——以《奇萊前書》《奇萊
　　後書》為例〉，收於陳芳明主編，《練習曲的演奏與變奏：詩人楊牧》
　　（臺北：聯經出版事業公司，2012），頁44-45。

[9]　姚斯、霍拉勃著，周寧、金元浦譯，《接受美學與接受理論》（瀋陽：
　　遼寧人民出版社，1987），頁25。

提醒了我們，這表現為一種主體內部的系統或期望的結構，一種「參考系統」或心理設施。[10]換言之，楊牧顯然已有一參照系統，綜合歷代的評價，繼承兩位業師的觀點，並且用來融鑄在詩論上，或是實踐於自己的詩作上。附帶一提的是，楊牧並非透過「復古」的角度來接受，若借用伊瑟爾（Wolfgang Iser, 1926-2007）的讀者理論來說，旨在探究三個基本問題：「一、文本如何被吸收？二、讀者處理文本時，是什麼結構在引導讀者？三、文學文本在其脈絡中的作用是什麼？」[11]因而六朝詩學作為一種「召喚結構」（Appellstrukur）[12]，不僅刺激了楊牧在閱讀過程的審美構思感受[13]，更是在自身的古典認同下，意圖尋找所謂的理想範式，抑或是理想的人格典型。如同伊瑟爾的觀點所言：

> 文學作品激發我們自己的能力，使我們能夠重新創造它所呈現的世界。這種創造性活動的產物，我們可以稱之為文本的虛擬空間，它賦予了文本現實性。這個虛擬空間既不

---

10 R. C. 赫魯伯著，董之林譯，《接受美學理論》（臺北：駱駝出版社，1994），頁64。

11 伊哲著，單德興譯，〈讀者反映批評的回顧〉，《中外文學》19 卷 12 期（1991.5），頁89-90。

12 伊瑟爾指出，作者會預設一個「隱含讀者」（implied reader），指的是一個促使讀者理解文本的召喚回應的結構網絡。參見 Wolfgang Iser. *The act of reading*. London: Routledge and Kegan Paul, 1978. pp.34.

13 伊瑟爾認為：「文本中的結構化空白刺激了讀者按照文本設定的條件進行構思的過程。」除了空白，另外還有各種類型的否定，「喚起了熟悉或確定的元素，只是為了將它們取消掉。然而，被取消的部分仍然在視野之中，從而讓讀者對熟悉或確定的事物的態度進行修改。」參見 Wolfgang Iser. *The act of reading*, pp.169.

是文本本身，也不是讀者的想像力：它是文本與想像力的
融合。[14]

本文認為，楊牧如何接受與轉化六朝詩學中陸機、謝朓與陶淵明
三位詩人所帶來的影響，不僅是賦予期待視野的變奏與再造之
外，更多的是透過古典文本的「空白」重新形塑其自我認同，並
融鑄了理想的詩學體系。

二、佇中區以玄覽：緣情與體物的融涉

六朝的詠物詩，多被鍾嶸評為「巧構形似之言」，如張協、
謝靈運到鮑照，無不被認定為「巧似」。然而深究他們的詩作，
受限於體式與載體的緣故，非但無法全景描摹所謂的形似，顯然
鍾嶸的評判多少是立基於「技巧」為主。陳昌明曾指出，六朝的
詠物詩不似山水或遊仙詩作，少了「悟理」的成分。並認為詠物
之作不是追求概念層次的不斷超昇，而是內斂於物，從具體物之
玩索中，去領悟生命[15]。以此而言，楊牧的詠物甚至自成所謂的
「完整的寓言」[16]，甚且可以與陸機〈文賦〉所言「物昭晰而互

---

[14] Wolfgang Iser, "The Reading Process: a Phenomenological Approach", *New Literary History*, Vol. 3, No. 2, On Interpretation: I (Winter, 1972), pp.284.

[15] 陳昌明，〈游於物──論六朝詠物詩之「觀象」特質〉，《中外文學》15 卷 5 期（1986.10），頁 145-146。

[16] 楊牧在《完整的寓言》後記提到：「這是我的寓言，以鳥獸蟲魚為象徵。我的寓言勢必也要以其他別的物與事為象徵。天地之大，無物無事不可為我們的象徵，而且應該都是綿密渾成的。此之謂『完整的寓言』。」參見楊牧，《完整的寓言》（臺北：洪範書店，1991），頁 152-153。

進」與「挫萬物於筆端」相互對照，楊牧是如此校釋「物」：
「按『物昭晰』之物與『挫萬物』之物，皆指文章所牽涉，支
使，應用的對象，包括辭藻，即修辭的條理和比興意象，乃至於
事例典故等因素都在內。」[17]事實上，不同於六朝的詠物詩僅由
情感興發，楊牧繼承了陸機的詩論，顯然更重視所謂的「理
性」，對於詩賦的詮解當有其統一的看法，例如在〈文學與理
性〉一文曾如此指出：

> 最能夠達到完美境界的文學作品，幾乎都是結合了緣情與
> 體物兩種技巧，而又維持著綺靡和瀏亮風格之平衡的文學
> 作品。這種平衡的功力何由致之？曰理性的嚮導致之。文
> 學固然是藝術想像力的發揮，文學仍有待理性的指引。藝
> 術的想像力不受理性規範之前，僅僅是幽邃的幻思。不著
> 邊際，瀰漫氾濫，很難產生偉大的文學。真正接受理性修
> 正導引的藝術想像力乃演化為有機的詩思。惟當有機的詩
> 思規則地運作的時候，文學才告成立。[18]

按楊牧的看法，藝術的想像力的發揮必得透過理性的規範指引，
方可臻至所謂完美的境界。楊牧認為緣情和體物不分誰先誰後，
可以交錯盤曲而生，並在此文分析《詩經》、蘇軾〈前赤壁賦〉
的有機結構，及其理性規則的意義。更進一步來說，楊牧如此看
待完美平衡的文學作品，體現在其詩藝上又是如何？

17　楊牧，《陸機文賦校釋》，頁34。
18　楊牧，〈文學與理性〉，《失去的樂土》（臺北：洪範書店，2002）。
　　頁66。

　　首先，在時間之流裡，楊牧的物我觀看則有其創作的意圖，葉珊時期的詩作較為唯美浪漫，鮮少進入所謂的「理性」層次。例如早期詩作〈蘆葦地帶〉，便是透過詩中的「我」追憶逝去的愛情。而到了《海岸七疊》的「盈盈草木疏」系列組詩，則是為夫人盈盈譜寫了十四種的草木圖鑑。再到了八〇年代，觀楊牧《有人》詩集，即有不少深受陸機《文賦》的創作論影響，如〈秋探〉一詩，陳義芝即有詳細的比對，認為符合了陸機所言的「暨音聲之迭代，若五色之相宣」[19]，故本文不再贅述。又如〈學院之樹〉[20]一詩，再次客座臺大的詩人楊牧，面對長廊的學院之樹所引發生長的隱喻，以及看到小女孩天真無知的模樣，則是意識到時間的催促，格外需要去追求同情和智慧。何況此詩完成的時間恰與發表《陸機文賦校釋》的初稿同為 1983 年[21]，則不免讓人臆想到詩人創作的實踐與詩論的縝密綰合。

　　再者，楊牧的詠物詩作若對照陸機〈文賦〉所言：「遵四時以歎逝，瞻萬物而思紛」，則其緣情與體物，或如宇文所安（Stephen Owen）的觀點，一個是被動參與自然的循環，一個是在一定的距離之外觀察和反思：

19　陳義芝，〈住在一千個世界上——楊牧詩與中國古典〉，頁 112-114。
20　楊牧，《有人》（臺北：洪範書店，1986），頁 19-23。
21　據許又方論文提及，《校釋》最早以論文的型態署作者本名（王靖獻，1940- ）初刊於臺灣大學文學院出版之《文史哲學報》第三十二期（1983），後重編出版（洪範書店，1985），內容上並無更動，只在書前增序一篇，並改以作者筆名（楊牧）刊行。參見許又方〈楊牧《陸機文賦校釋》述評〉，《東華人文學報》12 期（2008.01），頁 199。

> 我們之所以充分了解外物（形成關於外物的概念）是因為
> 我們不僅意識外物，而且我們自身就是自然的一個有機部
> 分；我們一邊意識各個季節的事物，一邊「遵四時」。自
> 然對我們的情感有強大影響力，它令我們悲、喜、顫抖，
> 這就證明我們參與了自然。[22]

面對時間，詩人瞻萬物而思紛，因而除了〈學院之樹〉之外，
《有人》詩集的〈春歌〉、〈狼〉、〈樹〉、〈俯視〉、〈沼
澤〉、〈急流〉等詩作，皆對自然萬物寄寓了「玄思」，亦對時
間消逝有所感嘆。從緣情到體物，楊牧可說是在尋找完美結合的
平衡結構，尤其承繼陸機的論述，「暨音聲之迭代，若五色之相
宜」，以《有人》詩集而言，楊牧頻以音樂形式寫了〈未完成的
三重奏〉、〈春歌〉、〈秋歌〉、〈昨天的雪的歌〉等詩作，另
有兩首十四行詩（〈旅人十四行〉與〈再見十四行〉），而此詩
集中的第四輯更以「新樂府」為題，完成七首仿樂府詩題的詩
作。如此一來，尋覓音律節奏的比例之高，皆已超過先前的詩
集。

　到了《完整的寓言》，楊牧更是完整了「寓言」的象徵群。
由楊牧《完整的寓言》的後記不難察覺，詩人自承那時已開始明
顯有了一種傾向：「凡事是高度自覺，用心，策略化的」[23]。換
言之，從意識外物，到能察覺自身就是自然的一部分，這其中便

---

[22] 宇文所安著，王柏華、陶慶梅譯，《中國文論：英譯與評論》（上海：
　　上海社科院出版社，2003），頁 93-95。

[23] 楊牧，《完整的寓言》，頁 151。

是「志」扮演了核心角色[24]。依此觀點而論,當楊牧瞻仰萬物,
如何衍生更深刻的詩意,如何思索與自身情感的聯繫,這便是
「興」的意趣,借助於自然物象(或事相)而傳達、喚起一種微
妙超絕的意趣[25],這無非就是楊牧所言的「理性」的規則指引。

　　因此楊牧在《時光命題》莫不顯現了他如何擺盪在緣情與體
物之間的平衡,尤其〈時光命題〉一詩更可謂體現了完整的結
構:

> 燈下細看我一頭白髮:／去年風雪是不是特別大?／半夜
> 也曾獨坐飄搖的天地／我說,撫著胸口想你／／可能是為
> 天上的星星憂慮／有些開春將要從摩羯宮除名／但每次對
> 鏡我都認得她們／許久以來歸宿在我兩鬢／／或許長久關
> 切那棵月桂／受傷還開花?你那樣問／秋天以前我從不去
> 想它／吳剛累死了就輪到我伐／／看早晨的露在葵葉上滾
> 動／設法於脈絡間維持平衡／珠玉將裝飾後腦如哲學與詩
> ／而且比露更美,更在乎／／北半球的鱗狀雲點點反射／
> 在鯖魚游泳的海面,默默／我在探索一條航線,傾全力／
> 將歲月顯示在傲岸的額／／老去的日子裏我還為你寧馨／
> 彈琴,送你航向拜占庭／在將盡未盡的地方中斷,靜／這
> 裡是一切的峰頂[26]

---

[24]　宇文所安,《中國文論:英譯與評論》,頁 95。

[25]　蔡英俊,《比興、物色與情景交融》(臺北:大安出版社,1986),頁
　　　61。

[26]　楊牧,《時光命題》(臺北:洪範書店,1997),頁 46-48。

全詩表達了對時間流逝的感嘆，誠如楊牧在《時光命題》後記所述，白髮和風雪是人生無法避免的困阨與老去，星星的歸宿是神話，吳剛伐桂意謂永劫回歸，永恆的時間與孤寂，而葵葉露珠是生長消亡的隱喻，拜占庭便是象徵古代文明的所在，而琴聲中斷便是情感的消褪，至於一切的峰頂，則是最靜謐的方向。因此當詩人瞻萬物以思紛，因而設法於脈絡間維持平衡，詩人不僅在音韻上注重協和，面對時間無限循環，最後便藉由拜占庭智慧的「不朽」與「靜」來完成了彼此的平衡。楊牧面對時光命題給予的答案，體物而瀏亮，也是以如此「理性」指引了人生的規則。或如姚斯的論點所言，楊牧正是透過文學體驗，進而在詩中體現了自我：

> 在所有時代的文學中均能發現的一種典型的、理想化的、諷刺的或者烏托邦的社會生活幻想。這種文學的社會功能，只有在讀者進入他的生活實踐的期待視野，形成他對世界的理解，並因之也對其社會行為有所影響、從中獲得文學體驗的時候，才真正有可能實現自身。[27]

　　《時光命題》之後，楊牧陸續出版《涉事》、《介殼蟲》到《長短歌行》，以及新近的《微塵》，皆可見到楊牧精於結構平衡的詩作，在形式安排上或兩節、或每節均衡的段落，或八行、十行的句式，無不顯現音樂性，正如詩人所給予的建議：「給整首詩理出一完整的結構，一貫穿的主題，給它明確的色彩，給它

27　姚斯、霍拉勃著，《接受美學與接受理論》，頁 48-49。

音樂。」[28]

三、大江流日夜：意境的轉化

在楊牧晚近詩作中，明顯有幾首是關於謝朓的詩句而有所援用與轉化，如〈客心變奏〉、〈為抒情的雙簧管作〉與〈顏色〉等等，其詩思更可說是通過謝朓的詩意而加以演繹，並將謝詩的意境有所轉化。與謝靈運並稱「大小謝」的謝朓，和王融、沈約等人並稱「竟陵八友」，而世稱「永明體」[29]的特色，便是在體制和聲韻上都有創新之處，從「語言自覺」的角度掌握永明聲律理論的精神[30]。

《時光命題》開卷第一首便是〈客心變奏〉[31]一詩，全詩意境主要借用謝朓的詩句「大江流日夜，客心悲未央」[32]，除了傳達了同樣面對大江流日夜的流逝感，理應是客心悲未央的心境，而既然是客心變奏，楊牧顯然有意稍加變化原先謝朓詩裏的主題

28　楊牧，《一首詩的完成》（臺北：洪範書店，1999），頁 156。

29　「永明末，盛為文章。吳興沈約、陳郡謝朓、琅邪王融以氣類相推轂，汝南周顒善識聲韻。約等文皆用宮商，以平上去入為四聲，以此制韻，不可增減，世呼為永明體。」參見蕭子顯，〈陸厥傳〉，《南齊書》卷52（北京：中華書局，1972），頁 897-900。

30　蔡瑜，〈永明詩學與五言詩的聲境形塑〉，《清華學報》45 卷 1 期（2015.3），頁 38。

31　楊牧，《時光命題》，頁 4-6。

32　詩句出自謝朓〈暫使下都夜發新林至京邑贈西府同僚〉。參見謝朓著，曹融南校注，《謝宣城集校注》（上海：上海古籍出版社，1991），頁 205-206。

意涵。謝朓原作有其近鄉情怯的感受，因而通過對於山水與都邑的摹寫，流露出猝然奉令回京城的哀愁，不僅有著對同僚的不捨之情，甚至懷有長久以來擔憂「常恐鷹隼擊，時菊委嚴霜」的悲愁，以致最後有逃脫羅網而展翅翱翔的渴望。正是在那種氛圍之中，楊牧接收了謝朓詩裡的情境，也傳達了人在異地，「聲音在四方傳播並且愈來愈雜而強烈──／是各自競爭折射的光干涉著我」，甚且說出「在流離的，遠遠被拋棄，剝奪了／愛和關注的陰影裏哭泣：大江流日夜」。於是同樣異鄉客主題的心態，面對流逝的時間如江水，便產生了巨大的「空白」（blanks），伊瑟爾認為，這種空白需要讀者來交流，「可以刺激讀者根據文本設定的術語進行構思的過程」，更指出「有助於打破讀者對語言的正常期望，讓讀者發現他必須重新構思已被形式化的文本，才能吸收它。」[33]

因此，當楊牧透過謝朓的意境無疑聯想到了當年離開西雅圖的心情，而今身在異地香港，自身狀態卻是「久久頹廢的書和劍」，他的處境更是「灰白的頭髮朝一個方向飄泊」，於是從江水的緣情到體物的融涉，而有了「感時傷逝」的哀愁。

不難想像，當楊牧在詩裡行間表述了如何受謝朓詩作意境的影響，而有了幾乎類比的感受，例如謝朓另一首〈詠風〉詩作，原詩如下：

> 徘徊發紅萼，葳蕤動綠蓷。垂楊低復舉，新萍合且離。
> 步櫩行袖靡，當戶思襟披。高響飄歌吹，相思子未知。

---

[33] Wolfgang Iser. *The act of reading*. pp.185.

時拂孤鸞鏡，星鬢視參差。[34]

觀謝朓原詩是賦予植物的擬人狀態，無非是因人的情感而興發的感受，再對照楊牧〈為抒情的雙簧管作〉一詩，則可看出經過構思而轉化的意境：

啊是時當我記憶再生的楊柳
正垂點水面虛無的漣漪，秋天
竟屢次去而復來，比預約的
流星更頻仍，準時，雖然已經
冷卻，它快速滑過我曚瞀的眼
如彩虹探向失信的悲情國度
隨即熄滅，而記憶照樣飄搖而心
在明暗互疊的空氣裡逸失

我拾級而下，細雨早將淺苔的
青石一一淋濕，庭院如此沉靜
復輕輕洋溢一種懊悔，歲月
拂逆的跡象，雖然並不是
我都能夠明白，啊是時當我
聽任他人放縱悲情，將思想投置
虛無，樓頭微風吹動，抒情的

34　謝朓著，曹融南校注，《謝宣城集校注》，頁383。

　　　　或者是雙簧管在走廊上奏鳴[35]

謝朓原詩引用了「孤鸞照鏡」的典故，孤鸞失去伴侶三年，因照鏡而以為見到同類，故展翅悲鳴而死。因此謝朓的詠風，實則隱有面對時間消逝的孤寂與無依。再對照楊牧此詩，同樣面對時間，同樣藉由垂楊的意象，詩人乃透過「雙簧管」的特質，必須兩塊簧片縛在一起才能發聲，因而將詩分為兩段交互振響，相互指涉，我與他人融合，翻轉了原先孤鸞的單音調，而成為抒情的「雙簧管」，既能同聚奏鳴樂曲，也是自我的抒情。

　　再如收錄於《介殼蟲》輯二「心兵之什」的〈顏色〉一詩，楊牧在本詩前引用出自謝朓〈贈王主簿詩二首〉的「餘曲詎幾許？」，而謝朓原詩如下：

　　一

　　　　日落窗中坐，紅妝好顏色。舞衣襞未縫，流黃覆不織。
　　　　蜻蛉草際飛，游蜂花上食。一遇長相思，願寄連翩翼。

　　二

　　　　清吹要碧玉，調弦命綠珠。輕歌急綺帶，含笑解羅襦。
　　　　餘曲詎幾許，高駕且踟躕。徘徊韶景暮，惟有洛城隅。[36]

楊牧的詩題〈顏色〉便是沿用謝朓詩句而來，而特別標舉「餘曲

35　楊牧，《涉事》（臺北：洪範書店，2001），頁 22-23。
36　謝朓著，曹融南校注，《謝宣城集校注》，頁 354-355。

詎幾許」這句，顯然有其寄託之意，於是詩作同樣也分為兩節：

> 何其倦怠如春之尾厭戰的軍士
> 面對瓶花下片片落紅遂想起曾經
> 接受的如此勇毅，矯健的養成教育
> 像繡花針黹一樣細心
> 而綿密，猶勝過
> 劇痛的琢磨，在她
> 右手指尖輕輕捏著
>
> 或者支頤沉思
> 或者兩手交叉在腦後，眼睛
> 隨案上一隻頻頻趺撞兀自不撓的
> 蒼蠅在玻璃光影裏對著召集令鼓翼
> 盤旋──日落窗中坐
> 她在一張草蘭屏風裏
> 摺疊衣服，或者也
> 縫著。或者抬頭看到
> 窗外有蜻蛉和蜜蜂
> 飛過[37]

謝朓的原詩即為閨怨詩，亦可與另一首〈和王主簿季哲怨情詩〉相互對照，王主簿即其舅子王季哲。綜觀謝朓這一組詩作，聲律

---

[37] 楊牧，《介殼蟲》（臺北：洪範書店，2006），頁 52-53。

以外，動詞的妙用與對句，向來是謝朓最拿手之處，第一首寫出
屋內女子穿戴脂粉紅妝，在日落時分依窗而坐，因相思難受而摺
起衣服也不願縫織，看著窗外蜻蜓游蜂，興起了願託飛鳥傳寄相
思的渴望。楊牧深究原詩意境，在細節的處理上更加著墨，不同
於傳統逐臣棄婦的寄託，而寫出現代版的「閨怨」，長久的相思
總是令人倦怠，儘管像是劇痛的折磨，都不如指尖捏針的細心織
就。到了第二首，謝朓套用典故，宛如平遠的構圖設計，將景色
推得更遠，意欲徘徊跼躅早年京城的美好時光，或許緬懷當年八
友在竟陵王幕下的賦詩宴會，究其怨恨，或有當前不被重用的落
寞。而楊牧顯然更聚焦在「顏色」上，尤其「餘曲詎幾許」的援
用，除了表明樂曲剩下不多，更意味著時間的急速流逝，女人的
青春何嘗不是如此度過，或支頤沉思，或兩手交叉腦後，看著蒼
蠅徒勞無功地跌撞，或許在每天的日落之際，衣服在「摺疊」或
「縫著」之間，偶然抬頭看到窗外有蜻蛉和蜜蜂飛過。

　　然而閨怨不就是如此徘徊不前，對鏡梳妝，如同蒼蠅對著玻
璃光影兀自不撓地跌撞，詩人描繪她的顏色倦怠，或如同樣收錄
在「心兵之什」這輯的另一首〈戰爭〉所敘：「鏡子照見屋簷下
一再重複的歌詞／他的眼色生死如蜉蝣」[38]。同樣地，在〈心兵
四首〉這一組詩，詩人顯然更直指所謂的「心兵」為何意，楊牧
援引韓愈〈秋懷〉的詩句：「詰屈避語穽，冥茫觸心兵」作為詩
題，一來點出典故的由來，一則表述內心的冥茫，透過詩句傳達
個人生命的轉折。綜觀這四首詩都點出了關鍵的意涵，諸如「重
疊的音符」、「唱片跳針，單一蛛網格式」，繚繞著詩人所發出

---

[38]　楊牧，《介殼蟲》，頁58。

「凡事盡皆徒然」的憂愁旋律[39]。

　　再對照〈顏色〉所寫的情狀，不難領會楊牧何以要用「心兵」來作為內心的戰爭之外，凡事不僅徒勞而時間也剩下不多。以此觀照謝朓原來詩的意境，楊牧的用意昭然若揭，傳統的閨怨無不緬懷從前倍被重視的氛圍，對比被棄置的當前，同樣的臨窗氛圍，〈青青河畔草〉訴說「空牀難獨守」，謝朓〈贈王主簿詩二首〉最後帶出了懷念從前洛城的一隅，而楊牧則更為看重個人真實的感受，寫出了快樂與憂愁交織的臨窗生態：「她把愛和憂愁用欄杆圍起／一淺淺，淡色調的人工湖／短時間裏定位為臨窗的生態／且張望，一種晚風的表情」[40]。

　　楊牧詩中或有追求樂土的嚮往，因此才有「失去的樂土」之感嘆。而在〈雲舟〉一詩，詩人假定勢必要前往的地方，勾勒了雲舟上一個喜悅的靈魂：

> 凡虛與實都已經試探過，在群星
> 後面我們心中雪亮勢必前往的
> 地方，搭乘潔白的風帆或
> 那邊一逕等候著的大天使的翅膀
>
> 早年是有預言這樣說，透過
> 孤寒的文本：屆時都將在歌聲裏
> 被接走，傍晚的天色穩定的氣流

---

[39]　鄭智仁，〈寧靜致和──論楊牧詩中的樂土意識〉，頁 145-146。
[40]　楊牧，《介殼蟲》，頁 64。

　　　　微微震動的雲舟上一隻喜悅的靈魂[41]

如果參照〈航向拜占庭〉一詩，葉慈顯然亟欲嚮往輝煌不朽的藝
術，而楊牧在此詩中提到大天使來接引，無非是藉肉體與靈魂的
對照，凸顯了痛苦與喜悅。耐人尋味的是「雲舟」意象，或可見
謝朓〈之宣城郡出新林浦向板橋詩〉：

　　　江路西南永，歸流東北鶩。天際識歸舟，雲中辨江樹。
　　　旅思倦搖搖，孤遊昔已屢。既歡懷祿情，復協滄洲趣。
　　　囂塵自茲隔，賞心於此遇。雖無玄豹姿。終隱南山霧。[42]

謝朓出任宣城太守，即已離開京城，向長江西南逆流而行，望著
江水向東北奔流，無邊無際的江水連天，以為船隻可以載他返回
雲霧中的故鄉。然而，此詩到了後半部分便表白了倦於行旅的情
感，同時也傳達遠離囂塵的渴望，而想過著隱居的生活。再就楊
牧的〈雲舟〉而言，儘管化用謝朓的「雲舟」意象，同樣渴望回
到故鄉，誠如葉慈〈航向拜占庭〉的旨趣，楊牧卻是渴望去到不
朽的地方，而靈魂是喜悅的。

四、尚友古人：和陶詩的變奏

　　陸機《文賦》開頭就提到：「佇中區以玄覽，頤情志於典

41　楊牧，《長短歌行》（臺北：洪範書店，2012），頁 6-7。
42　謝朓著，曹融南校注，《謝宣城集校注》，頁 219-220。

墳」，楊牧師承陳世驤的論點進而認為：「詩人所處不僅只在時代活動的中心，猶在精神宇宙之中心，以人情世故的荒漠迷茫為背景；故文學之太初大道，是有意志而無意志的，則其發生乃是超越的舉拔，鍊入歷史社會的關懷之中。」[43]許又方更進一步指出，本書亦有楊牧於幽微處寄寓著個人堅信不渝的批評理型：「其乃批評家透過生命之深刻體認，與其前輩詩人琢磨、交融所致的思想啟悟及人生哲學之定義，斷非為批評而批評的專家行動」[44]。因此，楊牧視陸機為知音的態度，不是如同當今學者般將文本當成理論操作的對象，而是懷抱一種深情在檢視《文賦》的一字一句。[45]

　　楊牧在《陸機文賦校釋》序言：「蓋文學理論之所以有它的價值，有時正立足於它輝煌的主觀意識，此於詩人秉持自己的思索經驗所闡揚的理論，尤其是不可置疑的。陸機是一個身體力行的詩人，不是為評論而評論的學院纂修。」[46]由此我們不難發現，楊牧筆下描述的陸機，正是有理想人格典型的涉入，「陸機有詩的想像與教養，有文學的抱負，有歷史的責任感，所以亡國之後，仍能堅持他的勇氣，忍辱負重以不忝所生。他具有主觀完整的人格，以詩和美學的鍛鍊豐富了他侘傺的行伍生涯。」[47]正如葉慈來到拜占庭，瞧見聖蘇菲亞教堂的壁畫金像，那些聖徒們是能為靈魂歌吟詠唱的大師，儘管肉身衰老，靈魂終於永垂不

43　楊牧，《陸機文賦校釋》，頁 12。

44　許又方，〈楊牧《陸機文賦校釋》述評〉，頁 201。

45　許又方，〈楊牧《陸機文賦校釋》述評〉，頁 229。

46　楊牧，《陸機文賦校釋》，頁 vi。

47　同前註。

朽。是以古代的詩人保留了他們經典，楊牧顯然也從陸機身上啟
迪了對傳統歷史人物性格的想法，尤其陸機〈文賦〉所言「佇中
區以玄覽，頤情志於典墳」，因而必須透過典籍來頤養情志。再
者，陸機雖強調創新，卻也透過「擬古」的實踐，吸取滋養，成
就永恆長流的一部份。[48]

　　早先楊牧寫〈延陵季子掛劍〉與〈鄭玄寤夢〉，則有為其性
格與風度所折服，進而探究他們內心幽微的深情[49]。後續的〈林
沖夜奔〉、〈妙玉坐禪〉與〈吳鳳〉等等詩作，可說是為虛構的
人物寫史，為悲劇發聲，例如在《吳鳳》詩劇中，楊牧經營吳鳳
神格化的形象，寫出「神之所以為神無非／溫柔和安寧」[50]，而
吳鳳最後迎向死寂，既以肉體犧牲成就了永恆的愛，瘟疫與風雨
終至平息，也解決了番人出草的陋習。劉正忠曾指出：「楊牧所
襲取的聲音和角色，多少反映了詩人自身的價值追求，因此抒情
言志的色彩特濃。」[51]觀察楊牧的戲劇獨白體詩作，幾乎都選擇
了自己更強烈認同的人物來作為說話者，更傾向於自我的「同一
邊」而非「對立面」[52]。

---

[48]　林文月，《中古文學論叢》（臺北：國立臺灣大學出版中心，2021），
　　　頁 117。

[49]　楊牧認為：「我致力於詩的戲劇獨白體創造特定時空裡的人物，規範其
　　　性格，神氣，及風度，揭發其心理層次，為他個別的動作找到事件情節
　　　為依據，即以〈延陵季子掛劍〉開始。」參見楊牧，〈抽象疏離 下〉，
　　　《奇萊後書》（臺北：洪範書店，2009），頁 235。

[50]　楊牧，《吳鳳》（臺北：洪範書店，1982 二版），頁 32。

[51]　劉正忠，〈楊牧的戲劇獨白體〉，《臺大中文學報》35 期（2011.12），
　　　頁 310。

[52]　劉正忠，〈楊牧的戲劇獨白體〉，頁 320。

　　另一方面，如同陸機，在亂世中仍保留完整的人格操守，以詩以文紀錄而不枉此生的作家，事實上出現在楊牧的詩作並不多見。楊牧曾指出，這種「古典」價值在於它的啟示力量，以及「古典的教訓」，特別是尚友古人，以他們的品格理想為典型。[53]對中西學識兼容並蓄的楊牧而言，古典文學的研讀，「不是為了使我們脫口能斷章取義，是為了教我們有好的典型可以仰望，好的楷模可以追尋。」[54]陳義芝亦曾撰文分析，楊牧曾有過幾種人物典型的塑造，諸如青鞋布襪的志向、初志初衷的檢驗、悲愴典型的塑造、布衣雄世的自負，以及生命血色的映襯。[55]

　　正如法國哲學家里柯（Paul Ricoeur, 1913- 2005）提出「重新形塑」的觀念，認為在閱讀過程中所掌握到的文本意義，是作品的精心結構及其傳統的重新形塑，以新的方法去體會這種結構及傳統，並加以「實現」，而產生創造性的想像，超越敘事的限制，去添補作品的空白，掌握其弦外之音或尚未道出但又無窮盡的意境[56]。「擬古」本事是古代詩人常見的寫作手法，或借古諷今，或寄託情懷。李貞慧曾指出追和古人這種寫作策略的用意：

> 在特定的典式或典範之下，既要同時呈示兩種意義脈絡，又必須能夠清晰顯現創作者獨立之精神與聲音，所牽涉的，其實便是如何在與前代典範的互文之間，透過某些形式設計與寫作策略，保留典範／典式足供辨識之特徵，而

53　楊牧，〈古典〉，《一首詩的完成》，頁72-76。
54　同前註，頁76。
55　陳義芝，〈住在一千個世界上——楊牧詩與中國古典〉，頁99-128。
56　廖炳惠，《里柯》（臺北：東大圖書公司，1993），頁154。

又能將典範／典式轉化、挪移為自己獨特的書寫，形成自
我生命或思想歷程的印記。[57]

透過某些形式或策略，將典範轉化或挪移，形塑自身的生命或思
想歷程的印記，這便是追和古人的意義，「借由所和對象的經
驗，引起對自身經驗的省思，並以之與所和對象展開或同感、或
疏離的交流、對話，甚至是駁論等。」[58]如此一來，楊牧必然認
知到必須要有創新的意志，要能去除陳言慣性套語和浮誇的書
寫，尤其擬古之作容易受阻於對象的節操與氣度。特別是當楊牧
欲針對古代詩人及其文本挪用與重塑，必然是選取能讓其「尚友
古人」的典範，大抵詩中常見的對象有屈原、陶淵明、謝朓、杜
甫與韓愈等等，原因正如楊牧所言：「惟有一個理解傳統，認知
過去的詩人，始能把握到他與他的時代的歸屬關係。」[59]

此外，楊牧曾在〈古典〉一文提及：「詩不是吟詠助興的小
調，詩是心血精力的凝聚；詩不是風流自賞的花箋，詩是干預色
景的洪鐘；詩不是個人起居的流水帳，詩是我們用以詮釋宇宙的
一份主觀的，真實的記錄。」[60]因此，楊牧認為這就是「古典的
教訓」，不僅僅止於那片刻的喜悅和驚悸而已，它超越感官而臻
於精神。[61]在這一篇文章裡，楊牧曾訴說：「一組良好的句子浮

---

[57]　李貞慧，〈典範、對位、自我書寫：論蘇軾集中的《和陶擬古》九首〉，
　　　《清華學報》36卷2期（2006.12），頁430。

[58]　同前註。

[59]　楊牧，〈歷史意識〉，《一首詩的完成》，頁64-65。

[60]　楊牧，《一首詩的完成》，頁72。

[61]　楊牧，《一首詩的完成》，頁73。

現，來自六朝古詩」[62]，然而只從古人詩詞找合適句子，後來便感悟到借助古人的美文佳句，永遠表現不了自己，因而詩人認為，應該以尚友古人，以他們的品格理想為典型。[63]

在晚近的《長短歌行》，楊牧顯然就有明顯二組追崇的典型，陶淵明與韓愈，相較於早期擬古代言的傾向，綜觀楊牧後期所寫的變奏詩作，格外需要關注的是楊牧的創作意圖，何以借助古代而思慮次第展開的視境：

> 直到最近這十年，我反過來要讓人在詩裡找不到我，所以，我在《長短歌行》裡和陶詩以及韓愈的〈琴操〉，藉著陶淵明和韓愈引導人進入我思考的境界，有時更想誤導。[64]

奚密曾經指出，「傳統不是一些僵化的實踐和不變的成規的總合，而從來就是一個不斷演化，不斷成長的有機體，不斷向個人作者的修正和新穎的詮釋開放」。[65]《長短歌行》一共收錄四輯詩作，其中「和陶」詩作共十一首，也有挪用韓愈〈琴操〉而來的變奏九首，擬古數量之多，遠遠超過往昔任何一部詩集。然

---

[62] 楊牧，《一首詩的完成》，頁 73。

[63] 楊牧，《一首詩的完成》，頁 75。

[64] 曾珍珍，〈英雄回家──冬日在東華訪談楊牧〉，《人社東華》第 1 期，2014。
http://journal.ndhu.edu.tw/e_paper/e_paper_c.php?SID=2。2022.2.20 檢索。

[65] 奚密，《現代漢詩：一九一七年以來的理論與實踐》（上海：上海三聯書店，2008），頁 199。

而,與其說是擬古,倒不如說這是楊牧版的「航向拜占庭」,通往古代智慧的峰頂,詩人的唱和與變奏的用意值得深入追究。有鑒於此,楊牧曾提及要藉由詩來發展一個特定的故事情節:「在累積的閱讀領悟之餘,思考到一個詩人創作當下主觀,自我的流露和詩的客觀表現,那種普遍超越或結合了美學和道德的潛力,應該如何對應,相提並論。」[66]如此一來,從 2010 年到 2012 年之間所創作的「和陶詩」系列,顯然就是楊牧晚期最重要的作品。

「和陶詩」的起源,始自東坡,其曾言:「古之詩人,有擬古之作矣,未有追和古人者也;追和古人,則始於吾。吾於詩人,無所甚好,獨好淵明之詩。」[67]蘇軾一生共和陶詩凡一百有九篇,可謂歷來和陶詩數量最多的文人之一。

關於楊牧對陶淵明詩作的唱和,除了詩題的遙相呼應,或映照陶詩的意境之外,尚且聯繫自身境遇。最早寫於 1972 年的〈一種寥落(仿陶)〉[68],即有意要仿擬陶淵明的心境,只是年輕的楊牧,方才過了三十而立的年紀,自然不似歸去來兮的陶淵明,儘管此詩提及形影神的字眼,詩人猶且寫下形體的追求,「獨飲淒涼閒愁酒/趕殺蛞蝓的/寥落」。

晚近楊牧收錄整理和陶詩作,並輯名為「有會而作」,自然也是取自陶淵明的詩題而來。而陶淵明這篇〈有會而作〉的自序有言,該詩乃因遭逢旱災而農事不繼,因而有會而作,自是有感

66　楊牧,〈抽象疏離 下〉,《奇萊後書》,頁 112。
67　蘇軾〈與蘇轍書〉一文,引自蘇轍,《欒城集‧子瞻和陶淵明詩集引》(上海:上海古籍出版社,1987),頁 1402。。
68　楊牧,《楊牧詩集 I》(臺北:洪範書店,1978),頁 548-549。

而發[69]。此詩完成於陶淵明離世前一年,「歲月將欲暮,如何辛苦悲」[70],許是陶淵明晚年的心聲。因此,楊牧觀照古典不單只是純粹涉及國族認同的關係,或跟自我想像(過去)的情感密切相關。誠如伊瑟爾的觀點所言:「同一個文本在不同的歷史情境中可以有不同的『意義』。由於意義本身具有多種變化,所以可以得出結論,任何一個意義只是一個有限的、實用的建構,而不是一個全面和客觀的基準。」[71]

因此就形式而言,關於楊牧這十一首和陶詩,取材自陶淵明的十首詩作,更深層的意識是要回歸詩學傳統,楊牧何以要模擬陶淵明寫作的處境,或跟陶淵明的四言詩有關,陶的四言詩正是仿擬《詩經》的形式寫就而成,例如〈停雲〉等九首詩作。這對長期研究詩經的楊牧而言,無疑在傳承古典文學這條道路上,與之心靈遙相契映。再者,陶淵明九首四言詩,楊牧竟仿題作了四首。從內容來看,楊牧〈和陶詩〉最早寫於 2010 年,分別是〈停雲〉、〈榮木〉、〈時運〉與〈九日閒居〉這四篇詩作,其中〈榮木〉、〈時運〉與〈九日閒居〉曾被楊牧以〈和陶詩三首〉為題發表於報刊[72],後續多篇和陶詩作,看似單純的借題發揮,實則意在追和陶淵明的精神氣度。

69　「舊穀既沒,新穀未登,頗為老農,而值年災,日月尚悠,為患未已。登歲之功,既不可希,朝夕所資,煙火裁通。旬日已來,始念飢乏,歲雲夕矣,慨然永懷,今我不述,後生何聞哉!」參見龔斌校箋,《陶淵明集校箋》(臺北:里仁書局,2007),頁 307。

70　龔斌,《陶淵明集校箋》,頁 307。

71　Wolfgang Iser. *The fictive and the imaginary: Charting literary anthropology.* New York: The Johns Hopkins University Press, 1993. pp.19.

72　楊牧,〈和陶詩三首〉,《自由時報・副刊》2011 年 4 月 11 日。

　　再從變奏（Variation）來說，「變奏」在西方音樂上有其理論脈絡，最簡單的定義，就是「主題和變奏」，體現了重複性的原則：主題具有特定結構之後，是一系列具有相同或非常相似結構的不連續段落。[73]於是變奏曲式就是建立在重複的技巧上，經由數次的重複，使用變化修改的技巧，利用複雜的旋律、和聲、樂句架構，節奏和性格所產生的結果。[74]以此而論，楊牧確實結合過往的閱讀經驗與美學體悟，再透過和陶的精神仿擬，除了主題重複亦有所變奏，讓七十歲的楊牧再一次銘刻自身、流露自我的生命旅程。因此，這系列〈和陶詩〉的主題可概分三類，一是時間的流逝，二為閒適的態度，三則是生死的領悟。

（一）時間的流逝

　　〈停雲〉[75]歷來被認作為陶集開卷之作，陶淵明當時正值四十歲，其詩乃有序言：「思親友也。罇湛新醪，園列初榮，願言不從，嘆息彌襟。」就詩題字面意涵來說，為描寫天上停滯的雲層。事實上，詩人思念親友，卻礙於路途阻隔，徒有美酒卻不能同歡的感慨，而寫下「八表同昏，平路伊阻」、「八表同昏，平陸成江」，表現出對未來感到昏暗而茫然，路途又受江河所阻，祈願「安得促席，說彼平生」。而楊牧的〈停雲〉[76]，則幾乎淡

73　Don Michael Randel (editor). *The New Harvard Dictionary of Music*. Harvard University Press, 1986. pp.902.

74　Elaine Sisman. *Haydn and the Classical Variation*. Harvard University Press,1993. pp.3.

75　龔斌，《陶淵明集校箋》，頁 5。

76　楊牧，《長短歌行》，頁 38-39。

化了懷人的色彩，轉而訴說擁有終究失去，「即使那些早年曾經擁有／曾經為我們爭馳過大暑的火星群／也都黯然隱晦，分解為／微末的不明飛行體」。值得注意的是，此詩開頭的「風的意志顯著衰歇」，以及結尾的「日光惺忪引退」與「海水繾綣／疏離」等詩句，無論衰歇、引退或疏離，在在都是直指年華老去，皆為感慨時間流逝之情狀。

　　與〈停雲〉同年寫成的另一首〈時運〉[77]，陶淵明如此述及：「時運，游暮春也。春服既成，景物斯和，偶影獨游，欣慨交心。」並且援用三月三修禊的風俗，其典故乃出自孔子當年和四位弟子出遊，當弟子服侍老師坐下之後，孔子便要他們各自說出志趣，直待最後曾點說出：「莫春者，春服既成。冠者五六人，童子六七人，浴乎沂，風乎舞雩，詠而歸」，而讓孔子喟然讚嘆其意趣：「吾與點也！」[78]這種恬靜的生活，陶淵明徒然欣羨，進而感慨「但恨殊世，邈不可追」，儘管止息在草廬，卻是「黃唐莫逮，慨獨在余」。到了楊牧〈時運〉的心境，顯然與陶詩的意境相似，而有著「時不我予」的孤獨感：

> 我垂首獨坐午后漸稀的日影
> 深知文本雜沓穿心未必構成意念：
> 懊悔，似乎看得見秧苗在春風裏
> 同時抖動系列的羽翼，聽到魚鱗
> 跳躍於清溪，秋光逡巡門外選擇方向

77　龔斌，《陶淵明集校箋》，頁9。

78　語出《論語・先進》，見朱熹，《論語集注》，收入《四書章句集注》卷6（北京：中華書局，1983），頁130。

　　惟獨我垂首坐對薄薄的暮寒

　　認真尋覓，卻找不到

　　如何回應宇宙賦我以浩蕩的主題[79]

時間運轉不息，楊牧首句就點明此身孤獨的狀態，獨坐而且無人
可問，認真尋覓卻找不到，「如何回應宇宙賦我以浩蕩的主
題」。其後，詩人開始覺悟，有時恢弘的知識可以讓文字錯誤減
至最低，但能否有時不要呢？於是便設想風不以時而起，白雪不
以時而降，「籬前的竹如何顯示節操／猗猗為你簷下閉門讀書的
典型」。我以為，當詩人最後提到大智慧不必一定就是古來，而
「金針只為你專屬之度與」，便是隔著十六個世紀而與陶淵明來
場亙古的對話，亦是與自我堅持孤獨的對話。

　　做為和陶詩輯名的〈有會而作〉，楊牧顯然取自陶詩「歲月
將欲暮，如何辛苦悲」的意涵：

　　不知道昨夜無聲淡出，向那不完整的

　　寓言逝去的是不是即使宛轉

　　回歸也未必就能指認的──

　　如迷路的星辰曾經不期而遇

　　在宇宙傾斜的邊緣，來不及照亮

　　即怔忡失色且下定決心趕赴

　　更遠的未知──但或許

　　也將在眼前剎那浮現，見證

79　楊牧，《長短歌行》，頁 40-41。

　　　有會相許卻恍惚未及信守的諾言[80]

這首詩作有著楊牧一貫抽象概念的探索,並通過時間與空間的碰撞,當昨夜無聲離去,寓言不再完整而消逝,即使回歸也未必能指認。但詩人表述曾經因迷路而與星辰不期而遇,只是未來更遙遠而且未知,假若真的有會相許,卻也會在恍惚間條忽飄逝,來不及信守承諾,惟有在眼前方才得以見證。大抵楊牧年少時期對未來有無數的憧憬,中年之際,有時緬懷過去。而所謂見證,無疑可以看出楊牧後期對當下現在的時間是何其敏銳,對時間的消逝何其不忍。

(二)閒適的態度

　　陶淵明自卸下彭澤令後,辭官歸園田居,且因閒適才有閒心觀察自然,無論採菊或望山,悠然自得,而被鍾嶸譽為「古今隱逸詩人之宗也」[81]。因此,若要和陶詩,就不可能缺了閒適這一塊。我們且看楊牧〈榮木〉一詩,如何因應時光的快速推移而有如此的應對:

　　　如超越的視聽重拾遠方傳達來到的
　　　號音,當他悠然隨之定向盤旋
　　　且維持一種接近神聖的面容不改
　　　閃擊我微微顫抖的心,提醒我

80　楊牧,《長短歌行》,頁 58-59。
81　鍾嶸,《詩品讀本》(臺北:三民書局,2003),頁 93。

　　　亢倉子能以耳視而目聽

　　　我們比誰都知道季節推移可以延伸
　　　為生死輪迴的象徵只是耳聰目明
　　　運作之餘事，錯亂的感官無時
　　　不試探著宇宙天光沛然莫之能禦的
　　　秩序，弗顧陰陽鑿鑿迭代的規律[82]

　　首先，陶淵明書寫〈榮木〉，其有序言：「念將老也。日月推
遷，已復九夏，總角聞道，白首無成。」[83]觀此詩一共四章，乃
為陶淵明眼見老之將至，更眼見木槿盛開之艷麗，卻又凋謝迅
速，因此感慨人生若寄，責備自己一事無成，最後則期勉自身不
墜先師遺訓而能策馬奮起。尤其陶詩提到「四十無聞，斯不足
畏」，表明當年四十歲，雖已白髮卻毫無事功，能否真不畏懼？
勢必要有積極進取功業之心。然而，楊牧的和詩已年屆七十，早
已過了六十耳順的年紀，顯然更為著重在「秩序」與「規律」，
何況楊牧在詩中標舉亢倉子這位道家人物，因修行而能以耳視目
聽，故詩人乃於詩末寫道：「錯亂的感官無時／不試探著宇宙天
光沛然莫之能禦的／秩序，弗顧陰陽鑿鑿迭代的規律」，無疑呼
應孔子所云：「七十從心所欲，不逾矩。」

　　此外，〈九日閒居〉一詩，則體現了詩人楊牧如何應對時間
的閒情逸致，所謂九日，本為重九之意，按陶詩其序所云：「余

82　楊牧，《長短歌行》，頁 42-43。
83　龔斌，《陶淵明集校箋》，頁 15。

閒居，愛重九之名。秋菊盈園，而持醪靡由，空服九華，寄懷於
言。」[84]陶淵明認為：「世短意長多，斯人樂久生」，因而陶詩
著墨在最後的詩句，「斂襟獨閒謠，緬焉起深情。棲遲固多娛，
淹留豈無成。」閒適在鄉里田園之間，難道就一事無成？且看楊
牧和陶的詩意：

> 去年擬就的一些種植計畫
> 到晚夏就證明是蹉跎了無疑
> 山坡最高處多餘的蛇莓之類
> 曾經以為可將覆盆子取代，唯其
> 五月子熟嘗試入藥，諸家本草
> 頗見強調這屬性，或者
> 且坐窗前這樣遠遠觀之，小花
> 閃爍綠蔭濃密處無不怡人若繁星
>
> 即使憂鬱可能因文字并生，短暫
> 如季候病開始，且坐窗前這樣
> 遠望漫不經心——意識與性靈判若
> 兩人，可是一支筆何曾不讓思想超前
> 感性搶先？舉凡喬木種種都經目測
> 繼之以實地丈量，反覆比對，配置
> 在接近西線多陽光的隙地前

84　龔斌，《陶淵明集校箋》，頁 78。

縱使去年的計畫到今天還不見執行[85]

楊牧在詩的開頭便已提到，去年擬就的種植計畫卻因故蹉跎，甚至已延遲了一年。而從山坡高處採收的蛇莓，過去中藥典籍皆強調其解熱解毒屬性，惟詩人卻漫不經心坐在窗前，將「閒」居之「閒」表達得淋漓盡致，尤其楊牧偏愛獨坐窗前的舉止，已在多首詩作顯露無遺。[86]

　　〈阻風〉一詩取題自陶淵明〈庚子歲五月中從都還阻風於規林二首〉[87]，此二詩為陶淵明時任桓玄僚佐，因公事而須至江陵，途中經過潯陽省親，為大風阻於規林，進而感慨宦遊生活的倦怠。陶詩有言：「久遊戀所生，如何淹在茲。靜念園林好，人間良可辭。當年詎有幾，縱心復何疑！」楊牧此詩則盡得陶詩精髓而寫出：

　　　　在想像不可及的前方向處
　　　　一神物為漸趨團圓的月暈所包圍
　　　　感受魂魄交叉示意有力在其中
　　　　比早期共識的修辭籌術更堅決
　　　　不可移：焦點設定，倍數無限
　　　　確認在渺茫宇宙的盡頭無誤
　　　　屏息，忘情，一顆孤獨的心遂放任

85　楊牧，《長短歌行》，頁 44-45。
86　例如〈望湖〉、〈雉〉、〈殘餘的日光〉、〈顏色〉、〈自君之出矣〉
　　等詩作。
87　龔斌，《陶淵明集校箋》，頁 190。

　　　展翅飛行如鶯[88]

屏息，忘情，放任孤獨的心展翅飛行，無非附和陶淵明的詩句：
「當年詎有幾？縱心復何疑」。再者，楊牧這般閒適的心態，或
許也是對文字「修辭」的放任，如此一來，方能馳騁想像到無邊
際的渺茫宇宙。

（三）生死的領悟

　　楊牧的和陶詩有近半觸及生死的議題，諸如〈與人論作
詩〉、〈連雨一〉、〈連雨二〉、〈形影神〉。首先，楊牧和陶
輯作的開篇〈與人論作詩〉引用了「今日天氣佳」，乃是取自陶
淵明的〈諸人共遊周家墓柏下〉：「今日天氣佳，清吹與鳴彈，
感彼柏下人，安得不為歡。清歌散新聲，綠酒開芳顏。未知明日
事，余襟良以殫」[89]，陶淵明原意在於，人生須及時行樂，即便
未知明日事，也要趁好天氣出遊，放開胸鬱，盡情歡樂。不過，
楊牧顯然意不在此，「未知明日事」，即已構築了一些「空
白」，誠如伊瑟爾所談的「閱讀行為」的論點：「這些空白在整
個文本和讀者的關係之間起了樞紐的作用。因此，文本的空白結
構空白激發了讀者根據文本所設定的條件進行構思的過程。」[90]
是以當楊牧內斂地寫出：「舉凡意象符號／與聲韻等皆隱約築起
心牢將你我／於拗峭棂櫊間幽禁，再也／聽不見箜篌上下交響，

88　楊牧，《長短歌行》，頁 50-51。

89　龔斌校箋，《陶淵明集校箋》，頁 109。

90　Wolfgang Iser. *The act of reading*. pp.169.

看不／到水邊有陰影迅速自樹巔跌落」[91]，這些詩句全然不似陶詩原先放蕩情懷的本意，反倒有所轉化，凸顯了作詩所陷入的心牢／辛勞。緊接著楊牧在第二段寫道：

> 允許我以破曉時分目睹
> 那啟明一等星的光度為準
> 既知短時間裡眾宿合絃罷
> 都將紛紛熄火，滅去，如賢愚不肖
> 各取歸途，在午後細雨中分別
> 趕路：零亂的腳程踏過彼此倉惶
> 多風的胸次[92]

生命無非短暫，走到最後的歸途，任誰都會熄火滅去，何況詩人用最亮的啟明一等星（金星）為標準，任誰也都無法恆久光亮。破曉觀星，午後細雨，時間緩慢流動，眾人卻早已趕路離去，楊牧刻意巧用這種時間的參差對照，除了用以營造人生無法長久的憂慮，另一方面無非感慨再也無法持續永恆的事物，譬如作詩。因而與人論作詩一事，在詩人楊牧看來，惟有把握有限的時間，儘管腳程零亂，倉惶飄搖，縱使無法如陶詩中所敘寫的放開憂愁，也要解放意象與聲韻的束縛，掙脫自時間帶給生命焦慮的心牢。

　　王國瓔曾指出：「撫讀陶淵明詩文，不難發現其反覆吟味，

---

[91]　楊牧，《長短歌行》，頁36。
[92]　楊牧，《長短歌行》，頁37。

而且縈繞不去的,就是如何因應生命過程中的生死榮辱。反映的是,陶淵明自我觀照、自我思索個人在天地宇宙間的定位之際,似乎始終未能完全超越生死榮辱的焦慮與困擾。」[93]其中,陶淵明歷來探究生死課題最有名的詩作,即是〈形影神〉組詩,詩前并序:「貴賤賢愚,莫不營營以惜生,斯甚惑焉!故極陳形影之苦,言神辨自然以釋之。好事君子,共取其心焉。」[94]〈形影神〉可視作陶淵明劃分人生的三種層次,在人生終究要走向終點的前提之下,既然無法追求長生不老,「形」在接受形體終將幻滅之際,向「影」提議必須要把握時光,飲酒作樂,忘卻生死之憂。影則不願消極應對,主張「立善有遺愛」,不願「身沒名亦盡」。最後是「神」調解形影的衝突,主張順從自然,縱浪大化,不喜亦不懼。

回到楊牧〈形影神〉[95]這三首詩作上,對於形影的主張,楊牧顯然有了語義的翻轉,例如「影致形」這一節,詩人先是就影的積極面進行改造,「生來不為超越而存在或因蹉跎猶豫/靦腆懷抱萬種空虛」,將立善遺愛的美名轉喻為空虛,「奚覺無一人/眼前這就是我們極端晦澀」、「惟四肢深陷封閉型空間」,最後語帶諷謔的筆觸,「與隱花植物類進行了一次無性生殖/彷彿不屬於自己」,對照陶詩本意是說「身沒名亦盡」,楊牧在此詩中探討如何面對死亡這件事,認定影的追求到最後卻從不屬於自己。

---

[93] 王國瓔,〈樂天委分,以至百年——陶淵明〈自祭文〉之自畫像〉,《中國語文學》第 34 輯(1999 年 12 月),頁 338。

[94] 龔斌,《陶淵明集校箋》,頁 65。

[95] 楊牧,《長短歌行》,頁 60-65。

　　其次，「形贈影」一節，詩人將生命比喻為蜉蝣，「假使你
確定此刻你之所以飄搖零落正如／午時水世界的蜉蝣在漩渦中心
短暫／取得一個位置」，接續鋪陳一個假設，「構架為一永恆的
／生命論述，或死亡」，用以驅遣失重的符號，以虛無支配陌生
的罔兩，然而一切的前提是永恆，畢竟生命渺小如蜉蝣，短暫取
得一個位置又是如何。詩人於是藉「形」的口吻告知追逐功名的
「影」，調整角度，「告別過去，未來，現在」。告別，意謂不
再歸返，也意謂不再擁抱那些虛名幻影。

　　陶淵明〈形影神〉組詩最重要的意旨當是「神釋」，同樣在
〈神釋〉這一節，楊牧給出了新的創見，「神」認為自身不是普
救論者而欣喜，因為擁有絕對的自由，而且零羈絆，但神釋就是
要論辯自然之道，解決形影所遭受的痛苦：

> 惟有當寂寞也變成完全屬於我
> 的時候，當四冥八荒充滿了宇宙勢必
> 沉淪的異象，我站在雷雨初歇的野地
> 嘗試解說一些重複的徵兆
> 為你，以約定的程式
> 直探依稀多情的心，堅持摧折
> 當無邊的寂寞證明完全屬於我
> 也只有流落人生歧路上的你
> 和你，是我惟一的不捨[96]

---

[96]　楊牧，《長短歌行》，頁 64-65。

因為毫無羈絆，自然也無寂寞可言。順著解讀「約定」這個脈絡，或可從《詩經‧邶風‧擊鼓》的「死生契闊」以及〈上邪〉的異象來看待。然而詩到了最後，結果那個流落人生歧路上的你，卻是「神」惟一的不捨。另一方面，神何以要解說這些重複的徵兆與約定？畢竟形影本來不離，「與君雖異物，生而相依附。結託善惡同，安得不相語」，只有神的超越是不行的。天若有情天亦老，然而擁有一顆多情的心，才能讓無邊的寂寞有所歸屬，這便是人間最難解的習題，讓人聯想到楊牧先前寫過的詩句：「愛是心的神明」[97]。

如此一來，〈形影神〉這三首和陶詩，既是楊牧在時間焦慮的籠罩下，於面對生死而來的領悟，亦是拓展形體只能逐酒之樂的局限，也避免身後逐名的虛無之感，進而重新構築以愛做為超越的價值所在。從另一方面來說，〈形影神〉無非也是詩人楊牧自我最深情的對話。

至於楊牧晚近對方向的渴求，可以〈歸鳥〉為代表，此詩事實上也是仿擬陶淵明同樣寫過的〈歸鳥〉，一方面既嚮往陶的境界，畢竟英雄終須歸返，不僅有著陶淵明〈歸鳥〉詩中嚮往能有與心相和的同調；另一方面，楊牧同時也在尋索回歸和諧平衡的心境：

> 有一個方向早已設定，泂遠八表
> 而我也曾經去過且單獨於風雨
> 最急的一天蕭索折回，記憶裏

97　楊牧，〈春歌〉，《有人》，頁53。

是殘存陡降的氣溫在時間盡頭
波動如海水，是快速消蝕的
光明大幅染過微雲的山

有一個方向屬未來或於渾沌
滂沛回歸時必然出現，當我們奮起
比翼，無形中意會到風正鼓盪著某種
和諧交擊的能，躍升的力，並且
隨光陰推移而成立一組呼吸吐納
剛柔並濟之姿，如我們最熟悉的靈鼈
雲霓在腋下奔流迅速撩撥著平衡的心情[98]

綜觀楊牧這一首詩作，一共分為四節，皆以「有一個方向」起始，而這個方向必然也是楊牧長期以來設想回歸的途徑。天地既是萬物之逆旅，光陰猶且百代之過客。且看詩至最後，詩人凝縮入定的矇瞇，告知最終歸返的目的地：「終於深入從未來到過的，無夢的／虛領域之實境，六翮傾斜且左右翱翔／超越矰繳窺伺的極限」。如果說陶淵明的〈歸鳥〉最後是「矰繳奚施，已卷安勞」，對照其〈歸去來兮辭〉所言的「雲無心以出岫，鳥倦飛而知還」[99]，而楊牧則認為自己心嚮無夢的實境，嚮往自在的翱翔，甚至得以超越矰繳窺伺的極限，固然是一種幻想的解脫，則其體現的是和諧平衡的生命秩序，並無外在任何的干擾，心安自

---

98 楊牧，《長短歌行》，頁 54。
99 楊勇，《陶淵明集校箋》（臺北：正文書局，1999），頁 40-41、266-267。

得，方能抵達精神的桃花源[100]。誠如劉正忠的論點，楊牧憑藉現代技術與現代感性，重啟和陶之事（也等於是重新定義了「和陶」）。不拘著於有形的「田園」概念，不強說農稼之務，反而營造一種形上思辯的趣味，這是一種創造性轉換[101]。透過和陶詩的追和，不僅看出楊牧嚮往陶淵明躬身田園的精神，更深層來說，無疑是構建了一座晚期精神的田園居所。

五、結語

　　本文試圖從楊牧的「拜占庭」情結出發，歸納詩人如何承繼六朝詩學的大家，進而尋求緣情與體物的完美平衡的境地。誠如楊牧所言：「結構，觀點，語氣，聲調，甚至色彩——這些因素決定一首詩的外在形式，而形式取捨由詩人的心神掌握，始終是一種奧秘，卻又左右了主旨的表達。」[102]故本文主要聚焦楊牧對六朝詩學的接受與轉化，大抵會有三種途徑。

　　第一，楊牧透過陸機〈文賦〉的詮解，一方面承接了陸機的詩論，自成所謂的「完整的寓言」，並完成了詩論《一首詩的完成》。在創作上，既瞻萬物而思紛，同時又不像六朝詠物詩的「巧構形似」，且能維持緣情與體物的平衡，既重視聲音，也不忘色彩，尤其從《有人》開始，後期的詩作陸續有了朝向結構平衡的嘗試。

　　第二，在接受六朝詩人的影響下，楊牧後期時常援用謝朓的

100　鄭智仁，〈寧靜致和——論楊牧詩中的樂土意識〉，頁 154-155。
101　劉正忠，〈黼黻與風騷——試論楊牧的《長短歌行》〉，頁 161。
102　楊牧，《有人》，頁 180。

詩句或意象，除了同情共感以外，也時有翻轉原詩意境的時候，進而呈顯了他如何面對時間消逝的真實感受，例如〈客心變奏〉、〈為抒情的雙簧管作〉、〈顏色〉與〈雲舟〉等詩作，可說是詩人挪用謝朓的詩意來應對時間產生的孤獨或對生命的反思。

　　第三，楊牧尚友古人，以其品格理想為典型，是其所謂的「古典的教訓」，尤以晚近寫了十一首「和陶詩」為例，可說是「尚友古人」的極致表現。並且為了尋求理想的人格典型，一方面既嚮往陶的境界，另一方面，楊牧同時也如陶淵明同樣寫過的〈歸鳥〉，意在尋索回歸和諧平衡的心境。

　　大江流日夜，楊牧長期以來透過時光命題，凸顯了對記憶與遺忘的憂懼。如今詩人已搭乘雲舟航向他與葉慈皆嚮往的「拜占庭」，果真在時間的長流，留下不朽的詩藝。

參考文獻

一、專書

宇文所安著，王柏華、陶慶梅譯，《中國文論：英譯與評論》，上海：上
　　海社科院出版社，2003。

朱熹，《四書章句集注》，北京：中華書局，1983。

林文月，《中古文學論叢》，臺北：國立臺灣大學出版中心，2021。

奚密，《現代漢詩：一九一七年以來的理論與實踐》，上海：上海三聯書
　　店，2008。

許又方主編，《向具象與抽象航行：楊牧文學論輯》，臺北：臺灣學生書
　　局，2021。

陳芳明主編，《練習曲的演奏與變奏：詩人楊牧》，臺北：聯經出版事業
　　公司，2012。

楊勇，《陶淵明集校箋》，臺北：正文書局，1999。

謝朓著，曹融南校注，《謝宣城集校注》，上海：上海古籍出版社，
　　1991。

楊牧，《楊牧詩集 I》，臺北：洪範書店，1978。

楊牧，《文學知識》，臺北：洪範書店，1979。

楊牧，《吳鳳》，臺北：洪範書店，1982 二版。

楊牧，《陸機文賦校釋》，臺北：洪範書店，1985。

楊牧，《有人》，臺北：洪範書店，1986。

楊牧，《完整的寓言》，臺北：洪範書店，1991。

楊牧，《時光命題》，臺北：洪範書店，1997。

楊牧，《一首詩的完成》，臺北：洪範書店，1999。

楊牧，《涉事》，臺北：洪範書店，2001。

楊牧，《隱喻與實現》，臺北：洪範書店，2001。

楊牧，《失去的樂土》，臺北：洪範書店，2002。

楊牧，《介殼蟲》，臺北：洪範書店，2006。

楊牧，《奇萊後書》，臺北：洪範書店，2009。

楊牧，《長短歌行》，臺北：洪範書店，2013。

楊牧編譯，《葉慈詩選》，臺北：洪範書店，1997。

廖炳惠，《里柯》，臺北：東大圖書股份有限公司，1993。

蔡英俊，《比興、物色與情景交融》，臺北：大安出版社，1986。

蕭子顯，《南齊書》，北京：中華書局，1972。

鍾嶸，《詩品讀本》，臺北：三民書局，2003。

蘇轍，《欒城集》，上海：上海古籍出版社，1987。

龔斌校箋，《陶淵明集校箋》，臺北：里仁書局，2007。

姚斯、霍拉勃著，周寧、金元浦譯，《接受美學與接受理論》，瀋陽：遼寧人民出版社，1987。

R. C. 赫魯伯著，董之林譯，《接受美學理論》，臺北：駱駝出版社，1994。

Don Michael Randel (Editor). *The New Harvard Dictionary of Music*. Harvard University Press, 1986.

Elaine Sisman. *Haydn and the Classical Variation*. Harvard University Press,1993.

Wolfgang Iser. *The act of reading*. London: Routledge and Kegan Paul, 1978.

Wolfgang Iser. *The fictive and the imaginary: Charting literary anthropology*. New York: The Johns Hopkins University Press, 1993.

二、期刊論文

李貞慧，〈典範、對位、自我書寫：論蘇軾集中的《和陶擬古》九首〉，《清華學報》36 卷 2 期，2006.12，頁 427-463。

許又方〈楊牧《陸機文賦校釋》述評〉，《東華人文學報》12 期，2008.01，頁 197-232。

陳昌明，〈游於物──論六朝詠物詩之「觀象」特質〉，《中外文學》15 卷 5 期，1986.10，頁 139-160。

陳義芝，〈住在一千個世界上──楊牧詩與中國古典〉，《淡江中文學報》23 期，2010.12，頁 99-128。

曾珍珍，〈英雄回家──冬日在東華訪談楊牧〉，《人社東華》第 1 期，

2014。

http://journal.ndhu.edu.tw/e_paper/e_paper_c.php?SID=2。2022.2.20 檢索。

蔡瑜，〈永明詩學與五言詩的聲境形塑〉，《清華學報》45 卷 1 期，2015.03，頁 35-72。

劉正忠，〈楊牧的戲劇獨白體〉，《臺大中文學報》35 期，2011.12，頁 289-328。

劉正忠，〈魖黢與風騷──試論楊牧的《長短歌行》〉，《中國現代文學》34 期，2018.12，頁 143-168。

鄭智仁，〈寧靜致和──論楊牧詩中的樂土意識〉，《臺灣詩學學刊》20 期，2012.11，頁 127-160。

Wolfgang Iser 著，單德興譯，〈讀者反應批評的回顧〉，《中外文學》19 卷 12 期，1991.5，頁 85-100。

Wolfgang Iser, "The Reading Process: a Phenomenological Approach", *New Literary History*, Winter, 1972, Vol. 3, No. 2, On Interpretation: I, pp.279-299.

編輯後記

　　這本論文集收錄 2022 年 3 月 10 日在東華大學舉行的「楊牧文學青年論壇」的 9 篇論文，分別自楊牧的詩（劇）、散文、手稿與文學編輯層面立論，探討詩人隱寄在詩中的台灣意識、南方意象、歷史記憶，也涉及楊牧對古典的傳承與創新、作為編輯的成長過程與貢獻等，視野十分寬廣，同時也展現楊牧文學的全面性。

　　正因楊牧的文學成就全面且寬廣，近年來我們遂思考如何推展詩人的文學研究，向下紮根且積極擴展。所謂「青年論壇」，是指四十五歲以下年輕世代的學者間的論述，並且延伸至碩、博士研究生，於是去年的「楊牧研討會」在金門大學舉辦，遂有六篇研究生論述發表，這是向下紮根；而從今年開始，我們與馬來西亞拉曼大學（Universiti Tunku Abdul Rahman）將於八月合辦「楊牧文學國際研討會」，全數邀請東南亞地區的學者共襄盛舉；2025 年則已與日本熊本學園大學取得合作協議，將「楊牧研討會」移師日本舉行，同樣的，主要邀請日本學者與會。這是積極擴展。未來我們希望進一步推廣至韓國、越南（已取得聯繫），然後歐陸、美洲，使「楊牧學」成為國際學術研究中重要的一環。

　　當然，這一切都要感謝和碩聯合科技公司的董事長童子賢先生，他長年贊助楊牧文學研究中心的業務，使我們得以順利推動

這些計畫。

　　書名「往返尋覓詮釋」出自楊牧老師的詩句。

許又方　謹識

2024 年 1 月 27 日

國家圖書館出版品預行編目資料

往返尋覓詮釋——楊牧文學論輯

許又方主編. – 初版. – 臺北市：臺灣學生，2024.04
面；公分

ISBN 978-957-15-1936-4 (平裝)

1. 楊牧　2. 台灣文學　3. 文學評論

863.4　　　　　　　　　　　　　　113001836

往返尋覓詮釋——楊牧文學論輯

主　編　者　許又方
出　版　者　臺灣學生書局有限公司
發　行　人　楊雲龍
發　行　所　臺灣學生書局有限公司
地　　　址　臺北市和平東路一段 75 巷 11 號
劃 撥 帳 號　00024668
電　　　話　(02)23928185
傳　　　眞　(02)23928105
E - m a i l　student.book@msa.hinet.net
網　　　址　www.studentbook.com.tw
登 記 證 字 號　行政院新聞局局版北市業字第玖捌壹號
定　　　價　新臺幣三六〇元
出 版 日 期　二〇二四年四月初版
I S B N　978-957-15-1936-4